競馬の終わり

杉山俊彦

集英社文庫

競馬の終わり

おいしいピロシキがつくれない。何度やっても駄目だ。生地をつくる。好みの具を入れる。サケやひき肉など何でもありだ。オーブンで焼く。時が過ぎるのを待つ。完成。のはずなのだ。たしかに物体はできあがる。しかし焼きたてパンというより食べ物的な汚物、といったものを果たしてピロシキと呼びえるのか。この汚物、実を言うとまずいわけではない。見た目だって実は悪くないし、それなりの味がする。ふんわりとした香りも立つ。生地の味と具材の味が邪魔しあうわけではないし、双方はやたらに主張しない。これに不満を述べる雪山遭難者がいるとは思えない。でも、おいしくはない。安さが売りのラーメン屋のしょうゆラーメンに似ている。酷評は受けないが、もどかしさがある。売り物ならともかく、自分でつくっている分、実際の味以上に失望感がある。レシピ通りの調理時間を変えても駄目、生地のこね方を変えても駄目。このためにわざわざスーパークッキングオーブンを買ったというのに意味なしだ。油で揚げてもやっぱり駄目。それぞれ味は異なるが、微妙な感じは同じだった。

何なんだろう。

この男の脳内にはピロシキの完成形がある。ピロシキのイデアだ。それは決して特異なものではない。札幌《さっぽろ》のパン屋で買ったピロシキ、あれはおいしかった。そのピロシキこそ彼のイデアだ。しかし新潟で食べたピロシキ、それもイデアであったし、東京のピロシキもそうだった。どれも高めの値段ではない。普通だ。つまり職人がそれなりの材料を用意すればつくれる代物なのだ。男はパン職人ではないから、プロより下回るのは当然だ。でも、彼らの味に近づけないのがどうしても解せない。腕前の違いはあれ、同じ人間ではないか。

一ヶ月前にピロシキづくりを思い立った男は、この日も幻滅する羽目になった。アンナおばさんのピロシキづくりという新しいサイトを見つけて、情報端末上にあらわれたアンナおばさんのホログラムの指示通りに作業してみたが、結果はいつもと変わらなかった。何かとしか言えない何かが違う。どう？　おいしいでしょ？　イワンの馬鹿もびっくりの味よ、これが二十二世紀のピロシキなのよ、としたり顔のアンナおばさんを睨《にら》みつけたあと、端末の電源を落として彼女のつかの間の生命を断ち切った。

男は椅子に腰掛けた。何ともいえない悲しい思いが彼を囚《とら》える。ため息すら出ない。壁には歴代名馬のポスタースクリーンが貼ってある。エクリプス、セントサイモン、マンノウォー、オグリキャップなどのスターホースたちが一分ごとに切り替わる。彼はピロシキをじっと見ている。食べ物と認めたくないが食べ物でしかないパンが、自分の存在をアピールするわけでもなく、消え入るようにしているわけでもなく、ぽつんと存在している。すると激情が襲った。とんでもない怒りが込み上げてきた。自分でも驚くほどの勢いで立ち上がった男は、テーブルに置かれた食べかけのジャムピロシキをつかむと、憤然と壁に向かって歩き、窓を開けた。暗い寒風がどっと入り込んだ。それに負けない勢いで男はピロシキを放り投げた。哀れなピロシキは回転しながら雪上に落下した。

捨てられたピロシキの向こうに車のライトが見えた。静寂に反抗するエンジン音とともに近づいてくる。電灯の下で止まった。暗いのでわかりづらいが、黒塗りの高級車に見える。ドアが開き、この自宅兼事務所に向かって二つの人影が迫る。小雪のなかをゆっくり歩いてくるその姿は不吉なしるしのようだ。

姿が浮かび上がってきた。どちらも男だ。先を歩く者は木のように背中を伸ばす長身の男だ。一メートル八十五はあるだろうか、緋色《ひいろ》のマフラーに黒いコートを着込んでいる。ずいぶんと厚いコートだ。コートのかさばり方からするに、おそらくロジーナ繊維工業の防弾防レーザー二重繊維だろう。雪から頭を守っているシャプカにも同じ繊維が織り込まれていると思われる。高い鼻。青い目。頬はこけている。真冬だというのに、表情ひとつ変えずまっすぐ歩いている。一つの目標だけに専念する、とでもいうようにだ。この牧場が他人の私有地であることを理解していると思えない歩き方。顔つきは不遜そのもの。どう見てもロシアのテクノクラートだ。後ろからひょこひょこついてくるのは日本人。あったかいラーメン食べたいという顔をしている。この日本人もロシア帽子をかぶっているが、似合っていない。

窓から見ている男に気づいた日本人が走り寄ってきた。

「北海道地区管理府だ。開けろ」

「窓開いてますよ」

「ドアだよドア」

「開いてますよ」

日本人は舌打ちをしつつドアに向かい、従僕さながらにドアを開けた。ロシア人が礼を言わず、住人への挨拶も言わず、中に入った。

「お前が牧場主か」ロシア人は日本語で尋ねた。

「笹田《ささだ》といいます」

「他の者は」

「帰りました」

「家族は」

「妻と娘が一人。過去形ですが」

ロシア人は何も言わずシャプカをテーブルに置いた。自分の家にいるようにだ。笹田は苛立《いらだ》ちを感じた。

「それでお役人さんが何の用ですか。牛乳買いに来たんですか。ここはサラブレッド牧場なんですけどね」

笹田は出来る限り嫌みったらしく言ったつもりだったが、ロシア人は表情を崩さなかった。死後硬直のようにぴくりともしない。

後ろにいた日本人が、まるで母親の背中から顔を覗《のぞ》かせるようにして言った。

「こちらは弁務官閣下だ」

笹田は驚いた。北海道地区管理府弁務官、つまり北海道で一番偉いというわけだ。三十をとっくに過ぎた男が驚くことなんてそうそうない。こんなに驚いたのは妻と娘が消えていたあの朝以来だ。

「アレクセイ・イリッチだ」弁務官は日本語的発音ながら、しかしぞんざいに言った。

笹田は権力者の突然の訪問に驚いているが、同時に二つの疑問が浮かんだ。そのうちの一つを口にした。それは重要度が低い疑問だった。

「お偉方なのに護衛は付かないんですか」

背の高いロシア人の後ろにいる日本人は中年太りの男で、弁務官を名乗る男のほうがむしろ護衛に見える。

「ＳＰはお前が感知できない所に配置している。余計なことを考えるな」その日本人が偉そうに言った。

そういうものか、ピロシキを焼いているときすでに、訳のわからないセンサーで体中を測定されていたのかもなと思いつつ、笹田は今一度ロシア人の顔を見た。冷たさよりも冷たいもの、そういう言語的遊びでしか表現できないものが、実際にその表情にある。笹田の脳が記憶を呼び起こした。そういえば弁務官はこんな名前でこういう憎たらしい顔だった。何かのニュースで見たことがある。年齢は四十ほどであったか。自分より三歳程度年上か。そのわりに地位の差はずいぶんとあるものだ。

「閣下にお飲み物をお出ししようとは思わんのかね。それは余計な考えではないぞ」部下の日本人が、上司の顔をぽかんと見つめる日本人に言った。

「ジガ九〇ならありますけど。いや、九一だったかな」

「二五〇くらいないのか」

「しょっちゅう買出しに行くわけじゃないんで」

「すぐ帰るから飲み物なんて必要ない。立ち話で結構」弁務官が割って言った。そして、今のやりとりをまったく聞いてなかったというように話題を変えた。「牧場に来るのは初めてだが、ずいぶんと臭いがきついな」

「バイオ牧草の臭いですよ」笹田は答えた。「早く育つし、最近の重酸性雨にも耐える生命力があり、栄養は通常の牧草より段違いですが、臭いも段違いなんですよ。夏場はもっとひどくなる。野良犬の尻を鼻に縛り付けたようだと言った人がいましたよ。うまいたとえだと思いますね。馬は喜んで食べるので別に構わないんですが」

「一年中こんな所で暮らすのは私には耐えられんな」

「暮らさなくて結構ですよ。そもそも弁務官閣下が何用で。先ほど申し上げた通り、ここはサラブレッド牧場なんですが」と笹田は重要度が高い疑問を口にした。馬主資格を持っている政治家は現在いないはずだ。地域経済政策の一環として政治家が大牧場を視察するのなら話はわかるが、ここは中途半端な牧場だ。しかも目の前にいる男は、北海道選出の名前だけ代議士ではなく、本国から派遣された超エリートだ。権力者が不意に訪れた驚きと恐れが牧場主の体内を侵食していたが、それよりも苛立ちのほうが優ってきた。

「馬を買いに来た」弁務官は言った。「サラブレッドだ」

「弁務官閣下が馬に興味があるとはうれしいですね」笹田はロシア人を見上げつつ言う。

「しかし食用としてのサラブレッドは費用対効果の観点からお勧めできませんね。余所《よそ》をあたってください」

「私は冗談を好まない」

「弁務官がこの牧場に来るほうが冗談でしょう」昔見たニュースの断片を再構成していた笹田の脳が口に語らせた。現在の北海道地区弁務官にして、日本首府新潟の次期弁務官候補、そしてロシア大統領候補とまで噂《うわさ》される若きエリート、アレクセイ・イリッチ。間近で見ると噂は妥当だと感じる。真っ暗な牧場のなかを歩いてくるのを見たときは管理府の上級官僚に思えたが、やはり違う。至近距離で立つこの男は政治家だ。自分の欲求さえ満たせばそれでいいという顔。一流政治家の顔だ。

「世界を決定するのはスピードだ」弁務官はぶしつけに言った。「スピードは法、スピードは歴史。速度に対応できない者は生きながら死刑宣告が与えられる。裁かれないのは世界の要求に適応する者のみだ。競馬もしかり。近代競馬の発祥はイギリスの王政復古時だ。八十キロの斤量を背負わせて一万メートルを一時間で走る、これが当時の競馬だ。ずいぶんと牧歌的なものだ。しかし産業革命と歩調をあわせるように、距離が短縮され、斤量が減った。スピード化だ。世界が速度を求めた結果だ。馬自身もそうだ。スタミナ血統は淘汰《とうた》され、スピード化ならびに早熟性に対応できた血が生き残る。この繰り返し。二十世紀の時点で、ほぼすべてのサラブレッドはファラリスの血に集約された。ファラリスはスプリンターであった。スピードの勝利だ。この子孫は代を経て二つに分かれた。ファラリスのスピードを維持した者、そしてさらにスピードを進化させた者だ。むろん維持するだけで汲々《きゅうきゅう》とした者は淘汰され、父祖を超えた者が生き残った。その子孫はさらに二つに分かれた。維持した者と進化させた者。繰り返し。この繰り返しだ。生存競争をわかりやすく、もっとも短いサイクルで、われわれに見せつけるのが、サラブレッドだ。私がもっとも愛する存在だ」

「ロシア人がサラブレッド好きとは初耳です。私の記憶によると、ダーウィンはイギリス人だったと思いますがね」

「君は競馬が好きかね。馬産の職についているのだから、馬が嫌いということはないだろうが、レースとしての競馬はどうかね」イリッチは立ったまま話す。座ろうとする気配はない。部下の日本人は座りたそうに腰を小刻みに左右に動かした。

笹田が競馬に触れたのは七歳のときだ。せっかくの日曜だというのに、父親に競馬場へ連れて行かれた。中山《なかやま》競馬場だ。ロシア軍東京占領後の米軍千葉反攻時に劣化ウラン弾にまみれ、すっかり廃墟《はいきょ》と化し、再建されなかった中山だが、当時は改修されたばかりだった。桜上水《さくらじようすい》から京王《けいおう》線で新宿《しんじゆく》、成田《なりた》リニアで西船橋《にしふなばし》、武蔵野《むさしの》線で船橋法典《ほうてん》、子供にとってなかなかの小旅行だった。

駅を出て、子供の足には酷な長い長い地下道を歩いた末にたどりついた競馬場の地下フロアには、至るところにモニターがあり、訳のわからない数字が世の中のすべてのデータを観測しているかのように表示されていた。秘密基地みたい、少年はそう感じたのだが、地上に出るとそこはぽっかりと空いた空虚のようだった。スタンドに入はちらほらといるのだが、楕円形《だえんけい》をなす芝と土がまったく無意味に存在していた。日常性が壊滅的になかった。学校にしろ、繁華街にしろ、あるいは児童公園にもある生産性、目的性という代物が完全に欠如しているように見えた。ふらっとやってきた宇宙人が残した謎のメッセージのようにも見えた。でも、このぽっかりとした空間で何かが行われる、という予感は妙なほどに感じられた。

父と息子は自由席にいた。父親は一レースからずっと外し続けた。息子は遠くで走る馬と、父親の首筋に浮き上がる血管を交互に見やりながら時間をつぶした。予感した何かとは、馬がパカパカと走ることであったが、それは少年の興味を引かなかった。

息子がつまらなそうにしていると感じた父親は、メインレース発走前にゴール前へ連れて行った。スタンドにはさほど客が入っていなかったが、ゴール前だけは混み合っていた。親子の右に立つのは、来い来い来いとあらぬ点を見ながらつぶやく若者で、左には中年男性が思いつめた顔でターフを見つめていた。近くの公園でハトに餌をやっているおじさんが見せる表情と同じだった。

頼んでないのに、父親は息子を肩車に乗せた。視界が開けた。直線の右端にゲートがある。無意味な空虚を埋めるように馬が周回している。ファンファーレが鳴った。馬がゲートに入る。スタート。飛び出した馬たちがいつのまにか少年の前を通り過ぎた。芝がめくれ上がった。コーナーを回る。向こう正面。まだ一団のままだ。コーナーを回る。

最後の直線に入る。角度のきつい上り坂が待ち構える。駆け上がる馬は小さい。それが実寸大になっていく。騎手が懸命に鞭《むち》を振るう。馬はひたすらここへ向かう。観客の声がうねる。ブツブツつぶやいていた若者が叫びだし、中年男性が声にならない声を出したが、子供の耳に響いたのは徐々に大きくなる蹄《ひづめ》の音だった。一頭がゴール。そのあと、残りの馬たちがなだれ込んだ。よく見えたかい、肩車のまま父親は尋ねた。走る馬たちは何かから逃げているように息子は感じた。

父親はそれっきり息子を連れ出さなかった。

学生のとき、友達どうしで競馬場に行った。中山だ。メインレース発走が近づくと、ゴール前に行こうと誘われた。人ごみに溢《あふ》れている。同じ場所だ。子供のときより視線が低いことに彼は不思議さを感じた。レースが始まり、馬群がくるっとトラックを回り、最後の直線。力を振り絞り駆け上がってくるサラブレッド。不意に笹田は目の前の芝生が地獄に見えた。苦しみそのもの。限界の場。さらに端的に言えば、ひどい場所だ。そんな場所を走るサラブレッドは自発的だ。鞭で追われるからではない。彼らには一線が見えるのだ。世界に引かれた一本の線。ゴールライン。苦役からの解放。安楽の地点。至福。この世にあり、この世ではありえない空間。向こう側。あっち。あの場所。

社会人になって、交際中の女性と競馬場に行った。競馬を見てみたいと言われたからだ。中山開催の時期だった。彼女は情報端末の出馬表を指差して、七八九が来るんじゃないと言った。だって馬名が、と言う。笹田が覗くと、アンチハムエッグ、タタラフミフミ、リンゴチャンという馬名だ。ほら頭文字がね、と彼女は笑った。君は天才だと笹田は述べて、二人そろって三連単を買った。そして三度目の場所に立った。彼には二つの思いがあった。子供のときの印象、それはこの世を駆け回る逃亡であった。学生のときの印象、これは天国への突入だ。二つの感覚が天秤《てんびん》のように釣り合っている。だが、どちらも何か違う気がする。スタート。馬群が駆ける。四コーナーを回り、坂を上って最後の攻防。各馬一団。生命が渾然《こんぜん》一体となってゴールへ向かう。このとき笹田は一団から割って出た一頭の馬の目を見た。馬の目は笹田を見ていなかった。彼は馬が見ている方向に振り向いた。空があった。青空がパカッと広がっていた。先頭の馬がゴールラインを駆け抜けた。ケッコンスレバという牝馬《ひんば》だった。

父親が牧場をはじめると宣言したとき、彼は自分も手伝うと言った。

「競馬って可能性だと思いますよ。ありえるんですよ、いろんなことが」笹田は競馬が好きかという弁務官の問いにこう答えた。

笹田の返答を聞く、独特な歴史を持つ雪国から来た人間の表情は能面のごとく硬いままだが、軽くうなずいた。

「私が競馬に興味を持ったのは日本地域に赴任してからだ。札幌記念に招待された。そして初めて競馬というものを見た。絶望、私は絶望を感じた。金稼ぎのために産み育てられたサラブレッドが走らされている。命を削って走らされている。強靭《きようじん》な心肺機能を内蔵する胴体と反比例する細い脚が芝生を蹴る。そして最後の直線。疲労の限界だ。それは死に至る病だ。死に向かう運動。疲労で上がる首。尻に鞭。脚を一歩踏み出すごとに苦しみが増す。本当に命を削る闘争だ。しかし死ではない。苦しみの極限にいるが、しかし死ではない。死に迫りながら死を味わえない。絶望。絶望の連続。一脚ごとに絶望は深まる。体力を削られ切った状態で動き続けなければならない。ゴールが近づくほど絶望は正体を見せる。前進するにつれゴールは遠のくようだ。低下する体力ゆえの絶望ではない。状況そのものが絶望だ。

それでもゴールラインはある。彼らはゴール地点に到達する。目標達成。しかしそれはゴールなのか。騎手が手綱を緩める。速度が落ちていく。やがて停止する。向きを変えて引き返す。最低限に陥った体力が僅かずつ復活する。厩舎《きゆうしや》に帰る。そしてトレーニング。そしてレース。どこに彼らのゴールがあるのだろう。絶え間ない繰り返しではないか。いや、ある。引退はゴールだ。レース生命はそこで終わる。だが、無事に引退できるサラブレッドは限られている。他は殺される。いなかったことにされる。産んだこと、育てたこと、売買したこと、調教したこと、出走させたこと、これらがすべてなかったことにされる。少量のデータが遺灰として残る。こんな馬がいたという記録。無論、そんなもの誰も見ない。これが競馬だ。だから私は競馬が好きだ」

「キルケゴールがロシア生まれだとは知りませんでしたよ」笹田は言った。

「キルケゴールはロシア人だ。ヘーゲルがロシア人であるようにだ」イリッチは言った。

取り替えたばかりの蛍光灯の下で、金髪のオールバックが光っている。ジェルでべたべたなのだ。心底嫌な人物だ、笹田の体内から嫌悪感は消えない。イリッチの後ろに立つ手持ちぶさたの部下が、ちらりと窓を見た。食べ物からゴミへと転落したピロシキが、相変わらず雪に埋もれている。まるで凍え死んだ兵士のように。ピロシキなんか二度とつくらない、笹田はそう思ってから言った。

「競馬が好きだから、馬主になることにした？」

「そういうわけではない」

「ではなぜですか」

「競馬改革を知っているだろう」

「もちろん。サラブレッドのサイボーグ化……」

「施行は三年後、今の一歳馬が四歳になった時点でサイボーグ化が行われる。つまり現一歳馬が生身で行われる最後のダービー世代ということになる」

「だったら何です」

イリッチの無表情に、幾分の険しさが宿った。その険しさは笹田にも当てはまる。部分的に。

「ひどい話だ」イリッチは吐き捨てた。「馬をサイボーグ化すれば格段に速くなるだろう。メンテナンスが楽になるだろう。故障した脚を取り替えればよいのだから。しかし、そんなものをサラブレッドと呼べるのか」

イリッチは世の中のすべてを見下すように言った。義憤というより嘲笑であった。自分の立ち位置は世間より上だと自認している。そこからくだらない俗界を見下ろしている。そういう自信に満ち溢れた口ぶりだ。彼にないものは自信の欠如だろう。サイボーグ化に関しては同意見の持ち主であるイリッチであるが、笹田はやはり気に入らない。

「あんたなんてむしろ賛成しそうですがね。賢慮で知られる弁務官閣下はもちろん腹脳《ふくのう》化《か》済みでしょう」

「そんなくだらんものを入れる趣味はない」イリッチは再び吐き捨てた。部下は渋面《じゅうめん》になった。彼は腹脳化しているのだろう。

「生体改造をくだらないと思っているのなら、やめさせればいいじゃないですか。偉いんでしょう」

「そんな権限は北海道地区弁務官にない。腹脳化は国家政策であり、地方統治とは異なる」イリッチは冷たく言った。「しかしダービー馬のオーナーになる権利にある」

「当牧場の生産馬がダービー馬になるとでも?」

そういうことだ、とイリッチはやはり冷たく言った。

笹田は右手で自分の髪をべったりと撫《な》でつけてから述べた。汗が髪に移る。「何を根拠にそうおっしゃられるのかはわかりませんが、駿風《しゅんぷう》牧場を評価していただいてありがとうございます。しかしひいき目に見ましても、閣下に売却できる馬のなかに、未来のダービー馬がいるとは思えませんな」

「サッドソングの初仔《はつご》だ」弁務官は端的に言った。

サッドソングは笹田が一番期待している繁殖牝馬だ。新世界牧場の生産馬で、二歳時は四戦三勝。GⅢを一つ勝っている。三歳になり二戦を消化して桜花《おうか》賞に臨んだ。四番人気だった。結果は三着。その後、調教中に軽度の骨折。半年後に復帰したが、成績は奮わなかった。この馬は新馬戦で駿風牧場生産の最高傑作、タイムビートと対戦している。二着だった。四コーナーを一緒に回ってきて最後の直線。そこでタイムビートに突き離されたものの、喰《く》らいつこうとする姿勢が見えた。中継を見ていた笹田はいい馬だなと思った。成績不振のまま引退したあと、相場より高い金額を出して買い付けた。

九頭いる現一歳世代でもっとも期待しているのがこの馬の初仔だ。難産であった。笹田が馬小屋に入ったとき、出産という初めての経験を迎えるサッドソングは、心を売らない娼婦《しょうふ》のように横たわっていた。彼女は戦った。生命をつくりだす戦いだ。彼女は全身全霊で戦闘する。自分は見ているだけだ。出産のたびごとに笹田は無力を感じる。そして、母の胎内から粘液に包まれて、ごろりとしたものが出てきた。どの母からでも同じであるが、それは神聖な物体だ。ある程度体が出たあとで、人間が引っ張り上げる必要に迫られる場合があるが、この仔馬は自力でずるっと落ちた。エビのようにビクッビクッと動いた。液にまみれる仔を母馬が舐《な》めた。ゆっくり舌を動かし、体液をぬぐう。豪放な走行を予期させる大きめの尻の下にある細い脚で、仔が起き上がった。胸囲が厚い。普通に見れば、たくましい心肺を内蔵する胸と感じるだろう。笹田は別の印象を持った。からっぽだと感じたのだ。肺も骨もない、内側からふくれあがるからっぽ。充実な無規定。仔馬の鼻息が白く吹き上がり、消えた。全身に疲労をにじませるサッドソングが仔を慈しむ。彼女は心を売ったのだ。

イリッチが血統を説明する。

「父はフォーレッグズ。日本独立時最後のダービー馬。米国血統で、その父メラニオンはアメリカ二歳王者決定戦ブリーダーズカップジュヴナイルと、三冠緒戦ケンタッキーダービーならびに第二戦プリークネスステークスを勝っている。現代の最主流系統マイプラグマに属する。昨年のサイアーランキング五位。母はサッドソング。桜花賞三着の実績がある。血統は異系に彩られている。彼女の父はシングアゲイン。三大始祖ゴドルフィンアラビアンの血を引く最後の馬。アメリカのハリケーン災害時に死んで、父系として絶滅した。彼女の母の父はシュミハドクショ。三大始祖の主流ダーレーアラビアン系でありながら、中興の祖ファラリスの血を引かない異端血統。すでに絶滅した三大始祖バイアリータークの血まで色濃く持っている。一方、サッドソングの母系をたどると、明治時代に小岩井《こいわい》牧場が輸入した日本の基礎牝馬フロリースカップに行き着く。古色《こしょく》蒼然《そうぜん》たる血統だ。つまりサッドソングは現代的要素が何も無い。にもかかわらず、クラシックで三着までこぎ着けた馬だ。その馬に君は最主流血統を配合した。マイナーな母とメジャーな父の組み合わせから誕生した名馬は多いから。というより、君はメジャー種牡馬《しゅぼば》に合うはずのマイナー牝馬を探していた。それがサッドソングだった。違うかね」

「日本の種牡馬のなかで競走馬として最高の能力を持っているのはフォーレッグズだと思います」笹田は言った。「逃げ切り濃厚のクレイジーディーラが故障したおかげでダービー馬になれたのはたしかです。でも超スローペースにもかかわらず後方から追い込んだあの脚は本物です。しかも血統からいって適性距離は二千以下です。ジョッキーがそれを理解していたがゆえに、スタミナ温存のために位置取りが後ろになりすぎた。本当は前で競馬ができる馬です。アメリカ的な加速スピードを持っている。二歳時のレースがそれを証明している。これは短距離化する現代競馬に必須の能力です。スタートしてまごまごする馬はその時点で終わりです」

「アメリカ自身がスピードを失ったのは皮肉だな。初動が遅れ、北海道戦線に二個中隊しか送れなかった愚鈍な国だ。速度の重要性を理解していたからこそ、世界一の大国になったというのに。もっとも、歴史は必然と皮肉で成り立つものだが」と弁務官が口を挟んだ。

「しかしスピードだけでは勝てません」笹田は説明を続ける。「道中でじっと溜《た》めて直線でずばっと伸びる、つまりヨーロッパ的作業をこなせる、これができないとただ前に行くだけの短距離馬になってしまう。我慢強さと軽さ、日本競馬には、一見相反するこの二つの要素が必要です。フォーレッグズはどちらの才能も一流です。でも彼には欠点がある。血が主流すぎる。主流血脈のみで固めてしまっている。競走馬としてはよくても、種牡馬としては問題です。交配の相手も主流ばかりなのだから。彼の系統マイプラグマが最主流であるということは、当然繁殖牝馬だってマイプラグマ系ばかりということです。しかもフォーレッグズはほかの主流の血も持っている。どうしても繁殖相手と血がかぶる。つまりクロスが強くなる。クロスはご存知ですよね」

「血統表のなかに同一の種牡馬ないし繁殖牝馬が登場する。つまり祖先が重なりあうことだ」

「そうです。そして近親交配の結果、貧弱な体質になってしまったり、気性が荒すぎて本来の能力を発揮できない事態に陥る。フォーレッグズが能力のわりに、種牡馬として今ひとつ足りない成績に終わっているのはそのせいだと思います。でも主流から離れた牝馬なら、異系の肌なら、仔はアウトクロスになる。異種交配の強靭さが備わると思いました」

「そして順調に生まれ、育っている」と弁務官。「この一帯で評判になっているのだろう。すでに調査済みだ」

笹田はうなずいた。「でも売り物じゃないんですよ」

「なぜかね」

「売約済みだからです」

「田沢《たざわ》氏には話をつけてある。彼はすすんで権利を放棄した」

笹田は呆《あき》れた。政治家とは何て汚い人種なのだろう。どの職業がもっとも卑劣かを選挙で選べば、政治家が最多得票を集めるかもしれない。ただし、がめつい田沢が権力に怯《おび》える姿を想像すると少しおかしかった。馬が故障した直後に、もっと楽しませてくれないと元が取れないと言い放つ男だ。

「それで私にどうしろと」

「売ってほしい」

「お前に選択権は無い」これが俺の仕事だというように部下が口を開いた。

「でしょうね」笹田は投げやりに言った。だが、どうにか抵抗できないものかという意志が、諦めをあらわす言葉のなかにある。

「当たり前だ」自分の仕事振りを見せ付けるように部下が言った。

「でも、ご自身の目で確認されてからでも遅くないと思いますよ。馬房にお連れしますが」

部下は一歩前に進み、イリッチの顔をうかがった。弁務官は無言で笹田を凝視した。それが返答だった。権力者の顔だった。笹田は引き下がった。見もしないで買うということは、おそらく屋外のＳＰに自分を監視させているようなやり方で、仔馬のデータをすでに収集済みなのだろう。生産者である自分でさえ知らないデータを知っているのだ。

笹田はもともと田沢にだって売るつもりがなかった。笹田はオーナーブリーダーではない。生産馬の売却益で生計を立てている。この馬のよさをアピールすれば、田沢から多額の金を手に入れることができる。タイムビートはあれこれとセールストークをして田沢に買わせたのだった。だが、田沢には売りたくなかった。タイムビートの二の舞になる気がしたのだ。幸い、当歳時に田沢は興味を示さなかった。ほかの馬主にも持ちかけず、せりにも出さなかった。自家生産馬として走らせるつもりでいたのだ。田沢に売らないと決めたとき、この馬で馬主としてＧⅠを取ってみようという気になったのだった。本業とは外れるが、資金繰りは順調だったので、この牝馬を売らなくても年越しそばを食べることができた。明けて一歳になったとき、親睦会の打ち合わせで来ていた牧場主が目にとめた。彼は口が軽く、仔馬はすぐ有名になった。評判を聞きつけた田沢が買いたいと言い出した。今まで世話になってきた有力馬主の頼みを断るわけにはいかなかった。

しぶしぶ手放した馬がいま自分の手に戻り、呆れるほどの速度で離れようとしている。「わかりました」笹田は部下の男には目もくれない。「ただし、円建ての支払いならば。ルーブルで払うほどあなた悪人じゃないでしょう」

弁務官は不服そうではあるが、承諾した。「交渉成立だ。何か質問あるかね」

「もしかして狂人じみたことを考えているのではないですか」弁務官は話を切り上げる態勢にあったが、笹田は臆せず言った。一つの疑念が彼をよぎったのだ。「あなたはサラブレッドの機械化を快く思っていない。自分にはそれを止める権限はないが、せめて生身で行われるダービーを自分の馬で勝ちたいと思った。それは合ってますよね」

「そうだ」

「そして、所有するのは一頭だけ……」

「ほう」イリッチの表情に初めて明確な変化が起こった。表情筋の動作は感心を示していた。「よくわかったな」

笹田は言う。「自分が選んだたった一頭の馬でダービーを勝つ。あなたはそういう性格の持ち主だ。急にそう思えました。ダービーオーナーとはつまり名誉であり虚栄です。究極の虚栄かもしれません。あなたはそうしたものを求める人だ。子供が泣きながらおもちゃをねだるように、あなたは名誉という虚栄を欲しがる。金と権力に物を言わせて有力馬を買い占めれば、勝つ確率は増えるが、それで負けたら評判は地に落ちる。そういう計算をしたはずですよ。たった一頭なら話は違う。チャーチル風に言えば、ダービーを勝つのはロシア大統領になることより難しい。それを一頭だけで成し遂げようとするんですからね。ありえないことが案の定失敗に終わっても、血眼になって罵倒する人なんかいません。そりゃそうだろでかたづいてしまう。でも、達成してしまったら……」

弁務官は再び無表情に戻り、目の前にいる日本人の言葉を聞いている。笹田は話を続ける。

「ただ、そう考えても、弁務官という地位にある人が、いきなり馬主になりたいと言い出すのは腑《ふ》に落ちないんですよ。何か裏があるのではと勘ぐってしまう。部下一人行かせればよいものを、わざわざ自身でこんな牧場に来るのも怪しい。私の生産馬に興味があっても、私に興味があるようには見えません。何かしら奇想天外な企《たくら》みが隠されているんじゃないですかね。例えばアトランティス大陸の財宝のありかを示す鍵が、あるサラブレッドの血のなかに閉じ込めてあって、それが時を経て、子孫たるあの牝馬に発現するとか……」

弁務官はこう返答した。「君は思いのほかくだらない人間のようだな」

「本当のことが知りたいだけですよ」

「残念ながら突飛な話など何もないんだ」弁務官は答えた。「先ほど述べた理由がすべてだ。競馬の終わりを自分で閉めたい、ただそれだけのことだ。私にとって大事な話だから、自分で来た。ただそれだけのことだ。面白おかしくて突飛な話なんてありはしない。世の中に存在する驚くような話はたいていくだらないものだ。驚かせるという要素しかない。栄光とベクトルを逆にするもの、それが驚くべき話だ。サラブレッドのサイボーグ化なんてまさにそれではないか。つまらない。ゴミ虫ほどの価値もない。しかし決定されてしまったのであれば、せめて自分の手で墓を掘りたい。これは普通の話だ。一頭のみでダービーを制覇する、これはありえる話だ。可能な話だ。私が為《な》そうとするのは、ありふれたアンチクライマックスだ」

西暦二一一〇年、温暖化が原因と思われる自然災害が地球各地を襲った。アフリカは干ばつに見舞われ、前年比八割減という壊滅的な不作により、七千万の死者を生み出した。しかしほかの国々は援助をしなかった。そんな余裕はなかったのだ。巨大津波が東南アジア全域に押し寄せ、地域の政治経済は完全に麻痺《まひ》した。ヨーロッパではイナゴとネズミが大量発生し、農業はもとより、交通機関やネットワークシステムなど、社会的インフラにダメージを与えた。イナゴの大群により、パリは霧のロンドンのように視界が閉ざされ、ネズミの襲来はついにピサの斜塔を倒した。また、イナゴとネズミは原発にも押し寄せ、三つの原発で事故が発生した。どの原発にもネズミ捕り器が備わっていたが、一匹捕まえた時点でその有用性を満たしてしまった。空と陸の黒い津波はノルマンディーと呼ばれ、歓迎されなかった。アメリカは一夏に二百八十四のハリケーンを迎え、大損害を被った。うち八個は大都市を掃除機のように巻き込んでしまうレベルの巨大ハリケーンだった。デトロイトでは車という車が上空に巻き上げられ、ペンタゴンは壊滅し、ディズニーランドは被災者収容所と化した。ハリケーンはカミカゼアタックと呼ばれた。失恋したばかりのボブや宿題をやらないエイミーたちは歓迎した。

こういう自然災害に対し、産業の主力であるナノテクノロジーは何の役にも立たなかった。自動車サイズのスペースシャトル、リンゴより小さいスイカ、百枚刃ひげ剃《そ》りを作った高高度技術は無力だった。

物理的被害に歩調をあわせて、国際金融資本はアメリカから逃避した。株安が始まり、ドル、債権のトリプル安に発展した。ニューヨークはハリケーン被害を受けなかったが、自殺者は被災地よりウォール街のほうが多かった。乗数的な経済破綻が起こり、需要の減少は供給の減少となった。経済のメルトダウンは軍事面に及んだ。経済失速のため、アメリカは軍事へゲモニーを維持できなくなった。従来は屈強なＳＰが世界を高圧的に見張っていたのが、ヘルニア持ちの駐在に交代したようなものだった。一方、キリスト教とエコロジー思想を融合させた新興宗教グリーンプラネットは、ハリケーンは横暴な人類の環境破壊を戒める自然＝神の罰だと主張し、テクノロジー不信を背景に勢力を伸ばした。

世界第二位の経済大国である中国は被害が軽微だった。黄砂による環境被害が発生したが、二十億の人民にとってそんなのは大したことではなかった。人民解放軍がクーデターを起こした。これは大したことだった。反乱は成功し、軍政府が誕生した。しかし広大かつ経済力にあふれる大陸をまとめる力を彼らは持たなかった。政府は二ヶ月あまりで崩壊し、中国大陸は清朝《しん》終焉《しゅうえん》時さながらに軍閥化、分断化した。

日本は天災から無縁であった。世界がぐちゃぐちゃになっているというニュースの後は、ＣＭをはさんでラーメン特集だった。というより、ネットテレビはニュース以外たいていラーメン関連であった。人々はこぞってラーメン株に投資し、もうけた金でラーメンをひたすら食べた。日本史においては、西暦二一一〇年はラーメン異常流行の年なのである。世界中から小麦を輸入した年でもある。

そしてロシア。雪に閉ざされたこの国は、二十世紀のソヴィエト連邦時代に世界大恐慌から逃れたように、世界を襲った災害と関係なかった。温暖化でも止《や》まない雪が、彼らを殴りつけるように抱きかかえ、そして異物の進入を許さなかった。ロシアは世界の強国となった。独力での成長ではなく、他国が衰退したがゆえの相対として。欧米から逃げてきた投機マネーがロシアに入り込んだが、その資本を活《い》かしきるほどの産業の基盤はなかった。

それでも他国を上まわったことに変わりはない。産業は発展しないわけではなかった。特に伝統的に強い軍需産業は一段と成長を見せた。天は精神と野卑と隷属の国に味方した。日本人がラーメンに夢中だったとき、ロシア人はナショナリズムを育てていた。

このとき、ロシア人の血に埋め込まれた、南下政策という熱い野望が再び滾《たぎ》りはじめた。ロシア人は世界一雪が嫌いな国民だ、これを彼ら自身が思い出していた。磁石のように彼らは南を志向する。

西暦二一一一年三月八日午前四時四〇分、ニューヨークのワンサウザンドタワーが爆弾テロにより崩壊した。グリーンプラネット過激派がネット上で犯行声明を出した。物質文明の象徴たる現代のバベルの塔の破壊に成功した、というものだった。午前五時、アムール川近郊の中国小軍閥がロシア領内に国境侵犯した。その三十分後、チチハルはロシア軍スホーイ九九九爆撃機が落とす爆弾をありったけ浴びていた。

同日、国連はロシア非難決議を採択。ロシア国連脱退。

三月二十五日、開戦一週間で北京《ペキン》、天津《てんしん》を占領していたロシア軍は山東《さんとう》、遼東《りょうとう》両半島の制圧を完了。物量に勝るが初動が鈍く、しかも軍閥間の連携が取れない中国軍を、クルスク火器工業製二輪戦車の大量かつ集中投入で電撃的に撃破した。二輪戦車は二ヶ月前に完成されたばかりの機動兵器であり、ロシア軍はその運用にすでに精通しており、中国側はそんなものがあること自体知らなかった。これはスピードの勝利であった。そしてロシア軍は中国側と停戦した。占領地域はそのままロシア領になった。ロシアには余力があり過ぎるほどあったが、黄海《こうかい》から太平洋に抜ける海路を得ただけで充分だった。世界一の人口を擁する中国全土を支配しようとする愚策は、モスクワ公園でウオッカを飲んでいた爺《じい》さんでも思いつけなかった。

その爺さんが考えていたことは、死んだ婆《ばあ》さんと、殴ってやりたいウラジミールと、日本占領だった。

七月、長春《ちょうしゅん》にてロシア人警官殺害。日本人による犯行という噂が立つ。

八月、日米とともにロシアを非難した朝鮮が一転して中立を宣言。

九月、東京駐在のロシア外交官射殺される。ロシア政府は警視庁の捜査を拒否。ロシア大使館閉鎖、本国に引き上げ。ロシア国内で反日運動が繰り返される。

十月五日、ロシア国境警備艇が礼文島《れぶんとう》付近にて領海侵犯、海上保安庁巡視船と接触、双方に負傷者。ロシア側は日本の領海侵犯と主張。

十月八日、ロシア軍駆逐艦が尖閣《せんかく》諸島付近にて領海侵犯。海上保安庁巡視船に逆に警告を出し、発砲する。巡視船撃沈。ロシア、日本に対し宣戦布告。柴川《しばかわ》首相、国民に開戦を公告。同日、アメリカがロシアに宣戦布告。

開戦して三日間、ミサイルの打ち合い。

十月十一日、ロシア軍、宗谷《そうや》岬に上陸。橋頭堡《きょうとうほ》を築く。二輪戦車師団を先頭に南下。

十月十四日、九州上陸を目指していたロシア艦隊が玄界灘《げんかいなだ》にて海上自衛隊ならびに米第七艦隊と衝突。ロシア軍五十隻中二十三隻撃沈、海上自衛隊三十五隻中十五隻撃沈、アメリカ軍二十隻中八隻撃沈。両軍被害甚大。ロシア艦隊撤退。

十一月三日、ロシア軍、札幌占領。

十一月二十八日、函館《はこだて》占領。

十二月十五日、ロシア軍、津軽《つがる》、下北《しもきた》半島上陸。

二一一二年一月二十三日、仙台《せんだい》占領。上越《じょうえつ》には攻め込まず、一路東京へ。

二月十日、隠岐《おき》近海にて海戦。ロシア軍一方的勝利。舞鶴《まいづる》に上陸。京都に向かう。

二月二十日、京都占領。大阪へ向かう。

三月五日、宇都宮《うつのみや》占領。政府が長野県長野市松代《まつしろ》に移転。

三月十日、長岡京《ながおかきょう》会戦。陸上自衛隊、アメリカ合同宣勝利。関西での戦いが膠着化《こうちゃくか》。

三月三十日、ロシア大統領ワシーリエヴィッチ、寿司《すし》で食中毒にかかり死亡。

七月十八日、東京占領。

八月一日、川越《かわごえ》で両軍がにらみ合う中、米軍の増援が銚子《ちょうし》に上陸。東京へ西進。

八月十日、米軍、船橋にて停止。以後、膠着化。この頃、グリーンプラネットが活動自粛を解き、反戦運動を開始。

九月、米軍内に厭戦《えんせん》気分高まる。脱走が相次ぐ。

十月五日、天津にて日露外相秘密会談。

十月七日、日本降伏。露米停戦条約締結。


二一一三年十月七日はロシア戦勝一周年記念日であり、日本競馬再開の日でもある。開戦して三ヶ月後に競馬は中止になったが、それでも馬産は続けられていた。世界大災害は欧米の競馬産業にも影響を与えた。種牡馬、繁殖牝馬、現役競走馬の多くが死んだ。人体内部にコンピュータを埋め込む時代でも、失われた生命を複製させることはまだ無理だ。まともに馬産を行っているのは日本のみになった。戦争中もブリーダーたちは競馬の再開を信じて馬産を続けた。輸出さえしていたのだ。というより、輸出しか稼ぎ様がなかった。ロシア軍が馬産地日高《ひだか》を素通りしたのは幸いだった。彼らは馬に興味がなかったし、昆布もまたしかりであった。馬産組合はロシアと独自に交渉し、兵員輸送機で生産馬をヨーロッパ、香港《ホンコン》、中東、南米、南アフリカ、そして交戦中のアメリカに輸出した。

十月七日は日本競馬再開の日であり、笹田の父が死んだ日でもある。この日、笹田伸《のぶ》人《と》は駿風牧場を引き継いだ。二十七歳、結婚して一ヶ月あまりのときだった。

駿風牧場の歴史は浅い。競馬好きの中間管理職という平凡きわまりない父親が珍しく大穴を当てた。前日は泣きっ面に蜂的悲惨さだった（バナナの皮で転ぶ、犬に尻を噛《か》まれる、頭にレーザー銃を突きつけられる）。今日はその逆かもしれないと思い、水道橋《すいどうばし》の駅前で宝くじを買った。彼は二十五億円を当てた。しょうゆラーメンが三千円の時代だ。彼は脱サラし、馬産の中心、北海道日高地方の新冠《にいかっぷ》に土地を買った。四十歳のときに家族で行った千葉の牧場でポニーに乗って以来、馬に関わる仕事っていいかもと薄々考えていたのだった。

スタッフは自分と妻と息子と新たに雇った二人。この二人は牧場で働いた経験がある。しかし雇い主にはなかった。馬が好きというだけだ。それでも彼は頑張った。結果は出なかった。当然ではあるが、現実は厳しかった。彼は落ち込んだが、それでも頑張り続けた。戦争が始まり、競馬自体がなくなった。彼は胃癌《いがん》になった。日本は負けた。病室で競馬再開のニュースを見た彼は心底うれしそうだった。そして競馬が休止に追い込まれた年のダービーを何度も語った。

二一二年一月に仙台が陥落したとき、競馬の中止が発表されたのだが、関係者とファンの要望で月末にダービーを行うことになった。戦争中にもかかわらず、東京競馬場には三万人の競馬ファンが集まった。当日のレースはダービーただ一レースだけだ。急仕上げで調教された冬毛の新三歳馬たちが、この時期にしては過酷な二千四百メートルを走る。二千四百で行われるダービーはこの年で最後となるのだが、この異例なダービーは内容においても特異なものとなった。超スローペースで逃げ切り目前のクレイジーディーラが故障して転倒、内側から追い込んで届かずと思われたフォーレッグズが、なんと横たわる馬をジャンプし、ゴールラインを駆け抜けたのだ。そしてフォーレッグズはウイニングランの最中に左前肢《まえあし》を骨折し引退、麻薬の密輸のように密《ひそ》かに日高に送られて種牡馬入りしたが、故障の原因はダービーのジャンプだとまことしやかに噂、ではなくてどう考えてもそれが原因だった。けれど笹田の父はあのシーンがとても好きで、自分の馬じゃたまんないけど、やっぱり競馬は面白いよなと青い唇で楽しそうに息子と妻に語った。妻は戦争中に死んでいたが、目前の息子同様にあれやこれや語りかけた。彼は再開の日の前日に昏睡《こんすい》状態に入り、あくる日の早朝に死んだ。

父親にとって幸いだったのは、息子も競馬好きだったことだ。競馬は人間を誘拐する。無謀なハイペースで逃げる馬がそのまま逃げ切る、好位の馬が軽やかに先頭に立つ、後方から殺気立てて差し込む、出走していたことすら知られていない馬が神と悪魔の共謀により一番先にゴールする。レースの多様性は、日常の閉塞にあえぐ凡庸な人間の目を引きつける。強引に抱え込む。

この父子も凡庸な人間だったが、牧場生活のなかで、息子のほうは馬そのものにより興味を抱くようになった。人間がつくり、人間が理解できない存在を操る姿としての競馬に魅せられるものの、サラブレッドそれ自体に彼はより惹《ひ》きつけられた。

跡を継いだ彼はひたすら努力した。まず彼がやったことは牧場をやめることだった。いい馬を育てるにはいい牧草が必要だ。良質の牧草を育てるには良質の土壌が必要だ。土壌改良のために、彼は土地を休ませることから始めた。馬は半分貸して、半分売った。雇っている二人は無給になったが、園川《そのかわ》という笹田より一回り近く下の男は新しい雇い主の提案をあっさり受け入れた。もう一人はあっさり辞めた。ただし、森野《もりの》という笹田の友人が新しく入ったので、結局スタッフの数は変わらなかった。三人は札幌の日雇いのバイトで場をつないだ。牧場の管理は東京から呼び寄せて結婚したばかりの妻が行った。

一年経《た》ち、笹田らは牧場に戻った。土を掘ってみるとミミズがたくさんいた。育ちが早く栄養価が高いバイオ牧草を植えた。一番高級なケンタッキーブルーグラスⅢが七割、ササティモシーが三割だ。草が育つと、貸していた馬を戻した。馬が怪我《けが》をしないように、土壌や柵の状態を隅から隅まで毎日点検した。いい繁殖牝馬を探すため、各地の牧場に赴き、自分の目でチェックした。仕事のためというよりは、その手の趣味があるのではと疑われるほどに、笹田は牝馬をなめずりまわすように見定めた。そして欲しい繁殖牝馬は多少無理してでも手に入れた。

種付けの配合には、繁殖牝馬一頭につき三日は考えた。睡眠時間を削って考えた。種牡馬選びには財布をきつくした。手が出せる価格帯の中から最良の配合を見つけるのに心血を注いだ。強い馬づくりは繁殖牝馬の充実にあるのであって、種馬は二の次だと笹田は考えていた。走る馬ができれば両親の評価が上がる。母馬の評価の向上は牧場にとっていい話だが、種付け料が上がってもいいことなんか何にもないのだ。そもそも、仔は母から栄養を奪うのだ。能力を決定するのは母であり、父の血は適性を与えるに過ぎない。父が型をつくり、母が結実させる。父が種なら母は土だ。貧相な種からでも花は咲くが、土が貧しければ高級な種でも発芽しない。繁殖牝馬をないがしろにしたままで、高い種馬を安い肌馬《はだうま》にまるで神頼みのようにつけるのは愚の骨頂である。それが笹田の信念だった。

十年のあいだ、彼はそれなりに結果を出した。まず黒字化に成功した。せり市で顔を知られるようになった。有力馬主とのコネクションができた。ＧＩレースのタイトルを手にした。この十年間で彼は妻娘を失った。それでも牧場主としての彼は、牧場の規模からすると、成功と充分に呼びえるはずだ。

しかし、大成功ではない。黒字なんて微々たるものだ。せり市に行っても彼を知らない人はまだたくさんいる。コネがある有力馬主は一人だけ。大きなレースタイトルを獲《と》ったことはない。GIタイトルは一つ持っている。ウミノスパイシーが勝った、岡山きびだんごステークス（岡山　ダート　八百メートル）だ。何故《なぜ》かはわからないが、このレースは競馬ファンのあいだでGI扱いされていない。

でも、けなされるレースでもない。

といって、自慢できるものでもない。

結局、何かが足りないのだ。トップブリーダーとは決定的に違う何かが。努力はしている。自分で考えられる限りの努力。まずまずの結果は出た。けれど、まずまずでしかない。目を見張る成功とは呼べない。他人を驚愕《きょうがく》させたことなんて一度もない。父親より生産の才能があると笹田は自負している。世間でも同様の評価だろう。でも、自分は跡継ぎに過ぎない。父親の遺産を使って事業をしているのだ。後継者のほうが有能であったとしても、よほどの功績を挙げない限り、創業者にかなわない。宝くじで始めた牧場であってもだ。

運も実力のうちだ。ウミノスパイシーは九番人気でGIを勝った。有力馬が潰しあう展開を後ろからちょこっと差したのだった。それでも笹田はうれしかった。馬主が競馬場に行ってなかったので、当然生産者の笹田は自宅観戦だったが、それでもうれしかった。表彰式を見る彼はやっぱりうれしかったが、心は次週の、みんなが認めるＧⅠに出走する馬にあった。

タイムビート。三歳牡《おす》。雄大な馬だ。生まれたときから大きく、他馬とは違う印象があった。特に尻の厚みは笹田を興奮させた。唯一つながりがある有力馬主の田沢に三億五千万で売った。彼は所有馬には必ずタザワという冠をつけていたが、並のスケールではないと聞いた妻が、世界的に知られる馬になるから冠はつけないほうがいいと説得し、タザワの名がつかなかった。

牡馬は順調に成長し、関東三位の池内《いけうち》厩舎に入った。二歳時は四戦四勝。二着馬との差が一番つかなかったのは新馬戦だった。三歳になり、まずイタルタス通信杯（東京　芝　千四百メートル　ＧⅢ）を楽勝。有力馬が集まる弥生《やよい》賞（新潟　芝　千六百メートル　ＧⅡ）は三着に終わったが、敗因がはっきりしていたので心配なかった。

次戦は皐月《さつき》賞（新潟　芝　千六百メートル　ＧⅠ）。牡馬三冠の第一戦であり、翌年からは直線競馬になるので、コーナーを使う皐月賞としては最後になる。その最後を飾る自信を関係者は持っていた。タイムビートの父タイムクラッシュは皐月賞と相性がよく、三年連続で勝ち馬を出している。この血統の欠点は太りやすさであり、タイムビートも例に漏れない。弥生賞での敗因はまさに太め残りだった。しかし当時は本番を見越しての緩め調教であり、今回はハードに絞った。

有利な点はもう一つあった。タイムビートは逃げ馬だ。うまいことに、一番人気が予想される関西馬ブッブッニキビの外側の隣枠を引いた。その馬は先行馬だ。初速のはやいタイムビートは、スタート時点でブッブッニキビの先に立つ。そして内側に寄せていく。これは逃げ馬なら当然だ。それはブッブッニキビの騎手に自明だから、ぶつかるのを避けるためにあまり前に行くわけにはいかない。みんながよい位置を取ろうと必死のときに、この馬だけがアクセルを踏み込めない。どうしてもポジションが悪くなる。つまり、合法的に進路妨害ができるのだ。枠順を聞いた笹田は小躍りした。

レース当日、笹田は新潟競馬場にいた。パドックのタイムビートは黒光りしていた。状態は完璧に映る。溢れだすものがある。オーラというとオカルトに聞こえるが、状態のいい生物は体から噴き出すものがあるのは確かだ。心配といえば故障することだけだ。レースが始まった。タイムビートは軽快に飛び出した。左に切れ込む。ブッブッニキビのダッシュが抑えられる。予想通りだ。三コーナーを回る。新潟千六百コースは向こう正面からスタートし、三、四コーナーを回ってゴールだ。タイムビートはコーナーに入る時点で後続に二馬身差をつけていた。ペースは平均。そして四コーナー。同じペースを維持しながら回ってくる。そして、タイムビートは倒れた。騎手は投げ出された。後続各馬が外にふくらみながら走り去る。タイムビートは死んだように寝ている。レースが終わった。その途端に跳ね上がった。右前肢の下部が、勢いのない振り子のようにぷらんぷらんと揺れている。腕節部《わんせつぶ》が半分切れていて、そこから骨が突き出ていた。神経が麻痺しているのであろう、馬はどこか遠くをぼんやりと見ていた。何が自分に起きているのかわかっていないのだ。笹田は関係者席からずっと馬を見ていた。笹田は理解していた。三年前の話だ。

宙ぶらりん。笹田は近年この状態を生きてきた。栄光を得ず、罵倒もされない日々の暮らし。継続するだけの日々。一流の生産者になりたいと今でも思っている。しかし、なれそうにない。破産しそうにもない。こんなものかという自覚。もどかしさ。春ごとの希望。新馬戦での失望。そしてサッドソングの初仔。

笹田はネットで日本地域のローカルニュースを見ている。アナウンサーが横須賀《よこすか》で起きたヘリコプター事故を伝えている。笹田の目の前にあるのは、ヘリコプターの残骸のホログラムだ。実物の二分の一スケールで哀れな姿をさらしている。掘り出された恐竜の化石のようだ。立ち入り禁止と書かれたテープの前で、警官がやる気なさそうに突っ立っていて、野次馬たちが熱心にヘリを眺めたり、カメラに向かってピースしている。

次のニュースだ。別のホログラムに切り替わる。プロジェクターが映像縮尺を人物スケールに変更した。見たことがある人物が等身大で映った。アレクセイ・イリッチだ。

ただし生の姿を捉えたものではなく、資料映像だ。傲慢な無表情で笹田を見つめている。笹田は睨み返してやった。ホログラムは無表情のままだ。アナウンサーが伝える。イリッチ北海道地区管理府弁務官が、中央競馬の馬主資格を取得したとの発表がありました。詳しい経緯については不明です。笹田の手元にあるコンソールタブレットに、データインデックスが浮かび上がった。北海道地区管理府弁務官と中央競馬の二項目だ。指で触れれば機密以外の関連データが芋づる式に表示される。笹田は触らなかった。インデックスは消えた。

ホログラムはCMに変わった。最近人気のとんちアニメの主人公の坊主があらわれた。お子さんの入学祝いに腹脳はいかがですか。腹脳だったら難問だって簡単に解けちゃう。ぽくぽくチーン。わかった！　デジ休さんすごーい。えへへ。岩手電産です。

笹田はタブレットを操作して、違うサイトに切り替えた。いくつか回っていると、競馬中継に目が留まった。沖縄競馬だ。直線コースしかない安っぽい競馬場だ。しかし路面は最先端。アブソービングコンクリートターフを使っている。コンクリート状に見せかけた特殊樹脂で、衝撃吸収力にすぐれていながら、強力な反発作用がある。重みがかかったときにぐにゃっとやわらかくなるのだが、反発するときはコンクリートのように硬くなるのだ。略称はＡＣＴ。これにより、ダートよりも二十パーセント脚の負担が緩和し、芝より二十パーセント速度が増す。新潟競馬場で世界ではじめて導入された。タイムビートが死んだ翌年のことだ。

沖縄の競馬場に客はいない。本当はいるのだが、カメラに映らないようになっている。非合法競馬だからだ。

ヘリ事故と同じサイズになっているホログラムを、部屋一杯になるように手動操作した。ホログラムが拡大し、その場にいるような雰囲気になる。タブレットには馬券購入についてのインデックスが表示されている。笹田はホログラムしか見ていない。北海道に来てから馬券を一度も買っていない。

ゲート裏を馬が周回する。小規模といえど、レース直前の緊迫感がある。だがイレ込んでいる馬はいない。非合法競馬にかき集められた馬たちなのに、全馬落ち着いている。なぜなら、レース慣れしているからだ。ここにいる馬はすべて引退した競走馬なのである。

レースが始まった。十頭立ての直線八百メートル。ゲートから馬が飛び出す。故障したわけでなく、加齢による競走能力の衰えにより、あるいは最初からまったくの役立たずだったサラブレッドたちが走る。直線を一団となって駆ける。中央競馬の現役馬よりも競走能力は劣るが、直線短距離というコース形態と、新式路面により、疾走感は高い。馬を駆るジョッキーたちはモザイク処理がほどこされている。顔面のみならず、体格も不明瞭だ。

スタートしてからずっと歓声はやまない。声で特定されないように変声されている。その機械的な特性を除いても、声の調子は普通の競馬よりヒステリックで、狂気じみている。客は目前の馬の末路を知っているからだ。馬群はひとかたまりを維持しつつゴールした。しかし先頭の馬はアタマ差だけ引き離していた。この馬以外は負けである。一番先にゴールした馬以外は負け、この単純さは合法競馬と変わらない。

勝ち馬は悠々と引き上げていった。敗者たちはそのままコースに残っている。九頭のジョッキーたちが馬から降りて、手綱を持って立つ。モザイクがかけられたままだ。馬は所在なげに立っている。空は青い。沖縄の空だ。端にいた馬がきょろきょろと周囲を見渡してから、嗚いた。

ライフルを持った男があらわれた。彼にはモザイクがかかっておらず、その代わり覆面をしている。パーティーで使う馬のかぶり物だ。その下は琉球《りゅうきゅう》の王装束である。奇妙ないでたちが、異様に青い沖縄の初春の空に合っている。ジョッキーたちが馬を整列させる。空気の変化を感じた馬たちが暴れだす。男は特に気にすることなくライフルを馬の頭に当てて弾を放っていく。リズミカルな始末。熱狂する加工音。これは負けた馬をその場で食べてしまう馬肉競馬だ。非合法だが、規制される様子がまったくない。沖縄で遊ぶロシア政府高官の娯楽だからだ。

ロシア政府のなかでも残酷だと考える人間は少なからずいる。しかし彼らが本気で規制に取り組まなくても、この競馬は終わる運命にある。サイボーグ化したサラブレッドがおいしいとは思えないからだ。

　サイボーグ化は馬主の任意である。手術するしないは馬主に任される。しかしほかの馬主が生体機械の脚にさせるのに、自分の馬を生身のままでいさせる馬主が存在するだろうか。子供用の三輪車でカーレースに参加する、肉体派の道楽者でない限り。任意と強制が同意語であることは、世の例に漏れず、競馬もしかりであった。

　笹田はサイトを変えた。今度目に留まったのはバングラデシュ競馬だ。ヒンドスタン三日間戦争以来、この地で競馬が盛んになった。人工の競馬場はない。今映し出されているのはただの沼地だ。スターティングゲートは当然のごとくない。ロープを跳ね上げるバリアー式である。レース前から観衆が大騒ぎしている。沖縄と違い、普通に客が映っている。声も加工されていない。半そでの男たちが立ち見でごったがえし、奇声を上げている。客がいるのは直線の片側だけであり、もう片方は茂みだ。ロープの前をくちゃくちゃ歩く馬たちは日本から輸入されたものだ。つまり不要になったサラブレッド。沖縄競馬と同じ点がもう一つある。非合法競馬。

　ロープが上がりレースが始まった。馬が泥をはねつつ走る。十八人のジョッキーはスタートするや否や鞭をくれた。沼地なので馬は走りにくそうだ。強引に手綱を押すジョッキーは、そろいもそろって鞍《くら》にどすんと乗っかっている。腰を浮かせるモンキー乗りが出来ないのだ。素人ジョッキーたちはみな囚人のように痩《こ》けた体であるが、中世騎士のごとく馬を進ませる。距離は六百メートル。三百メートル走り、そこで折り返して、ゴール。十八頭の馬がもつれ合いながら走り、そして折り返した。バングラデシュ競馬の特徴は後半の三百メートルにある。客の前にサイレンサー付きのライフルが十丁設置してある。低い位置だ。人間の膝のあたりである。ランダムで発射するように自動制御されている。馬群が近づくとプシュップシュッと静かに弾を撃ちだした。サイレンサーが付いているのは馬を驚かせないためであり、レーザーを使用しないのは馬の目に異常を知らせないためだ。そうした配慮にもとづく弾が前から三頭目の馬の脚に当たった。倒れる馬は右横の馬に乗っかかり、二頭とも沼に崩れた。沼水と悲鳴が噴き上がった。後続の馬は散開して避ける。また弾が当たる。倒れる。客が叫ぶ。

自分が育てた馬がいるかもしれない。笹田はホログラムをじっと見つめる。動物の死に感傷を起こす年齢ではないし、サラブレッドが人間のエゴによる経済動物であることもわかっている。しかし、馬産家としては気持ちのいい映像ではない。絶対的に不快な映像だ。それでも笹田は見てしまう。目を釘付《くぎづ》けにする力がこの映像にある。強い馬をつくらねばならない、彼の心臓がそう叫ぶ。強ければそもそも彼らは沖縄にもバングラデシュにも連れて行かれることはなかった。

でも、この競馬は終わる。サイボーグ馬を撃つと、客に野蛮な血が滾るのだろうか。

彼らは獣のような雄たけびを上げるのだろうか。

ホログラムが急に消滅した。きっと政府の検閲が入ったか、動物保護団体か腹脳推進委員会によるクラッキングだろう。

特に非合法競馬に対する、腹脳推進委員会、通称腹推会の妨害工作は勢いを増している。

腹推会は人体に腹脳を埋め込むことを促進させるべく結成された業界団体だ。かつて存在したＯＰＥＣが石油産出国間の調整をしたように、これは多国籍にわたる腹脳生産企業の議論、統括の組織であり、本部は新潟にある。欧米の企業も多く参加しているが、腹脳許可国はロシアとアジアが中心のため、売り上げのほとんどはロシア国内である。最近は業務内容を拡大しており、生体の機械化も扱うようになった。サラブレッドのサイボーグ化もこの団体が中央競馬会に働きかけたのだ。ちなみに人体のサイボーグ化も提唱している。法規制が解除されれば、すでに実現可能な技術なのだ。

サラブレッドの機械化には、競馬の進歩発展という目的のほかに、人体サイボーグ化に向けての社会的実験という意味もある。

サラブレッドという極限の肉体を使った身体性テスト。

「おい、昼休みとっくに終わってるぞ。さっさと働け」

仲間の森野がいつのまにか隣に立っていた。

笹田は半ば驚きつつ言う。「ああ、そういえば昼休みだったな。そっからして忘れてたよ。ところでお前、いつからいるんだ」

「お前が牧場を引き継いだときからいるよ」

森野は笑った。


弁務官の馬主資格獲得を報じたニュースの翌日、競馬マスコミが牧場を訪れた。「競馬エクリプス」の記者とカメラマンが一人ずつ。前もって申し込みのあった取材だ。記者の梅岸《うめぎし》は見知った人間。笹田より少し年下だ。雪が溶け、バイオ牧草が緑を増そうかという時期になると、毎年取材に来る。競馬場でもたまに顔を合わす。それ以上の付き合いはない。カメラマンは初対面だ。学校を出たてという感じ。新人なのだろう。彼はケンタッキーブルーグラスⅢが醸しだす非爽快な香りに顔をしかめている。梅岸の紹介によると、いつものカメラマンが急病に陥り、この新入社員を入社式前だというのに働かせているのだという。

笹田はまず今春から繁殖生活に入る肌馬を紹介した。今年は二頭いる。仲良さそうに並んで草を食べている。

「こっちがピスタチオレディー。近親にビーンズキングがいる血統で、ウチの生産馬なんですが、トレセンに入ってすぐ骨折してしまいましてね、無理せず繁殖に上がらせることにしたんですよ。あの馬は知ってるでしょ」

「ハシレヨーコ。佐渡《さど》ゴールドフィーバー賞ではおいしい思いをさせてもらいましたよ」梅岸記者はニヤニヤ笑った。

もう一人の男が鼻をムズムズさせながら、ビデオカメラで牝馬をじっくり舐めまわす。

「それで何をつけるんですか」と記者。

「悩んでるんですよね」笹田は答えた。実際に悩んでいた。昨晩、寝床につきながら考えていたのだが、考えすぎて二時間しか寝られなかった。彼はサッドソングの仔だけが頭にあるのではない。「両方ともラッキーシャチョウをつけようかと思っていたんですよ。地味だけど、勝ち上がり率が高いでしょ。でももう少し欲張ってもいいかなという気になりましてね。それでレッドスターなんていいかなあと」

「少しというよりはずいぶんな欲張りですね。町長選挙に立候補するのをやめて、北海道選出議員を目指すようなもんですよ」

まあねえ、と笹田は首筋を掻《か》いた。サッドソングの仔は、田沢に売るはずだった金額の二倍で契約を結んだ。余計なことをペラペラしゃべるなということなのだろう。

「でも決心がつかなくてね」

「さっきスターファームを回ってきたんですけどね、あそこはモロトフカクテルを集中的につけるそうですよ。去年産駒《さんく》が活躍したでしょ。スターファームからもカラシニコフが出て荒稼ぎしましたからね。それで味をしめたというわけ。成功すれば万々歳だけど、失敗したらどうするのかな」

記者は薄ら笑いを浮かべた。カメラマンはただのカメラ屋なのだろう、聞きなれない単語に何の興味も示さず、ズボンのポケットから取り出した高そうなビデオカメラで黙々と仕事をしていたが、牝馬の馬体をすべて撮り終えたらしく、そっけなくカメラから目を離した。

「まあ失敗したって、三歳になっちゃえばねえ」

梅岸は自分で言ったことに対し自嘲という形で反論した。競走馬がサイボーグ手術を受けるのは三歳からである。二歳時は生身で走る。種牡馬産業保護のための折衷的な対策だ。二歳馬はそれぞれが受け継いだ血で争い合う。二歳戦はこれからも純粋なブラッドスポーツでありつづける。そして三歳になり、任意という名の強制で体を取り替えられる。馬は全面的に機械化するわけではない。走行に関係する箇所だけだ。つまり食と生殖以外の筋肉組織すべてだ。競馬場における走行動物という観点で言えば、すべての筋肉組織が交換されることになる。ただし、心肺機能は自然のまま残る。その点において、三歳戦もブラッドスポーツである。部分的に。

結局、サイボーグ化によって血の優位性というサラブレッドの本質が侵されることに変わりはない。事実、種付け価格は平均して三割下落した。ＤＮＡは競走馬の第一次要因でなくなった。しかも未来永劫《えいごう》、機械化されるのが筋肉だけと決まっているわけではない。三歳からという条件にしてもそうだ。

「要するに、競馬がカーレース化するということですな。ところでサッドソングの仔はどこですか。あの馬を見に来たんですがね」

三人は仔馬の放牧地に来ていた。

「じきに見ることになりますよ」

「もったいぶらずに教えてくださいよ」

「ちょうどこっちに来る馬ですよ」

自分が話題にされていることを知っているかのように、仔馬が三人の側へ脚を向けた。並足でポッカポッカと歩いてくる。のんきな歩き方とは対照的に、胸筋が隆々としている。

「おとなしそうな馬ですね」

「いつもはね。実際の競馬で同様とは限りませんが」

「そりゃ競走馬は少しは気性が荒くないといけませんからなあ。攻撃性がない奴《やつ》は駄目だ」

「実をいうと、普段でも気性は荒いんですよ。ただしほかの仔馬が恐れているから、その荒さを出す必要がない……」

「それでいつもはおとなしいと。これは大物だ」

馬が目の前に来た。

「いい馬ですなあ」

ごく普通のほめ言葉を述べる梅岸の目が、馬の頭から尻までさっと動いた。平凡な口ぶりと違う目の動き。プロの目だ。

「豊かな尻に比べると後肢《こうし》がヘニャッとしている感じ、この辺は父親のフォーレッグズゆずりかな。巨大な球体を細い棒が支えているようだ。一見不格好だけれども、三回も瞬《まばた》きをすれば、これが究極のフォルムではと思わせる。首筋から胸にかけては母父のシングアゲインに似ている。筋肉の張り方がまさにシングアゲイン。肉の波が洪水と化している。でも、全体的に見るとどれにも似てないような……。不思議な馬だなあ」

生き別れの兄弟に会ったが、自分と似ても似つかない顔をしている、そんな風に梅岸記者は語った。カメラマンは撮影した映像データの確認をしている。

「田沢オーナーの所有馬でしたっけ」と梅岸。

「そうですよ」

「あの人もついにダービーオーナーかあ」

「ははは。そうなるといいですね」

まるでＧⅠレースの発走前のように、仔馬は人間に自分の体を見せつけたあと、勢いよく駆けだした。

「ところで知ってます？」梅岸は井戸端会議のような口調で尋ねた。「北海道の弁務官が馬主資格を取得したそうなんですよ」

「ええ、ニュースで見ました」笹田は普通に答えた。

「どういう風の吹き回しなんでしょうね。政治家が馬主になることは今にはじまったわけではないけれど、いきなりですからねえ。競馬好きなんて聞いたことなかったし」

「私に聞かれても答えようがありませんよ」

この記者は何か知っているのだろうか。

「しかもですよ、どうやら買った馬というのがたった一頭だけらしいんですよ。未確認情報ですがね」

「そうなんですか」

やはり知っているのだろうか。それで確認を取りにやってきた。しかし取材のアポイントは前からあった。今日の取材はスケジュール通りだ。たまたま取材申し込みをしていた牧場が例の馬のいるところだとわかった、ということなのか。あるいは、牧場までは判明していないが、とりあえず鎌をかけてみただけかも。どうなんだろう。笹田は殺人事件の容疑者みたいな気分になった。

疑心暗鬼の笹田に一瞥《いちべつ》をくれた後、梅岸が質問を続ける。

「もちろん噂話の段階ですが、一頭だけ買ったという理由が興味深いんですよ」口調が目つき同様真剣になってきた。

「どういう理由なんですか」

「たった一頭でダービーを勝つため」

梅岸記者は死にに行く者のような口調で語った。梅岸にも笹田にも笑いがなかった。二人の表情は厳しすぎるほど真面目《まじめ》そのものだった。すると、ビデオカメラをポケットにしまったカメラマンが半笑いで言った。

ありえない。

記者は啞然《あぜん》としてカメラマンを見つめた。そして長い息を一つ吐いた。それじゃまた来ます、と言って彼は車に向けて歩き出した。カメラマンは腑に落ちない感じでちょこんと会釈して、後を追った。笹田も長い息を一つ吐いた。


朝だ。新しい光がサラブレッドたちを馬房から外に連れ出す。オホーツクからの風が北海道南端の新冠まで吹き寄せる。その風は肌をかじるようだ。白い息が三月の朝に上がる。放牧地に馬を入れると、彼らは駆け出す。人の手によるのではない。自ら走りたいから走るのだ。

　柵に身を寄せて、笹田は自分が育てた馬たちを眺めていた。そのなかでも目を引くのは一頭の青鹿毛《あおかげ》馬だ。たてがみをなびかせて、奔放に走っている。子供であるため、馬格はそれほど大きくないものの、朝の光にふさわしい威厳がある。疾駆する体はいろんなものを内蔵している。人の夢や獣性などだ。サッドソングの仔、彼は仔馬たちのリーダーだ。仲間どうしでじゃれあうほかの仔馬たちは、彼にはやすやすと近づかない。怖いのだ。馬も社会的動物であり、自分が目前の者より上なのか下なのかを判定する。

「昼間は暑くなりそうだな」

　話しかけてきたのは同い年の森野だ。

「最近、そんな天気ばっかりだからな」

「雪でも降りゃいいんだが」空を見上げて森野が言う。「ロシア人が降ってくるよりは涼しげだ」

「そして楽しそうだ」

　まあな、と笑って森野は地上に目を戻した。

「何度見てもいい馬だな」

　笹田はうなずいた。「いい馬だ」

「あの馬が未勝利に終わったら、俺たちは牧場をやめたほうがいいな」

「フェデリコ・テシオになれなくても、一競馬ファンになるのは簡単だからな。そっちのほうが俺ら向きかもしれん」

「それより向いているのは囚人だろう。無能が尊ばれる商売だ」

「不向きでも馬房掃除くらいできるさ」

　笹田と森野は馬房に向かった。掃除の時間だ。各馬房に入り、寝藁《ねわら》をかたづけ、糞《ふん》尿《にょう》を取り除く。単調なルーチンワークである。けれど、これを行わないと日常を維持できない。馬がサイボーグになろうとする時代にあっても、馬房清掃マシーンは開発されていない。開発中とも聞かない。単純な肉体労働が嫌いというわけでなく、細かいことの積み重ねの大切さを笹田は理解しているが、世の中には納得しかねることがある。

「明日休むって俺言ったよな」隣の馬房から森野が話しかけた。

「そんなこと言ったか。覚えてないや」

「たしか言ったと思うけどな。腹脳検査で札幌行かなきゃならないんだよ」

「ああ、そういえば聞いたな。しかし、年に一回検査を受けなくちゃ駄目なんてめんどくさいな」

「しらばっくれたって構わないんだけどさ。罰金があるわけじゃないからな。でもブラックリストに載せられるのは気分的に嫌だし、実際問題として新型への交換が出来なくなるんだ。裏モノを使えば話は別だが」

「めんどくさい更新作業を踏まなきゃならんというのは、この掃除にも当てはまるな」

「そういうことだ」

「でもお前、そもそも腹脳なんかいらないだろ。寝藁を入れ替えるのに高度な計算が必要なのか」と笹田は聞いた。

「ここだけの話、俺はノーベル賞を取るつもりなんだ。大半の受賞者の国籍が腹脳許可国に偏ってること知ってるだろ。欧米もさすがに解禁するらしいが」

「何をやって取るつもりなんだ」

「馬房清掃マシーンの開発」

「俺はお前の自然脳を掃除してやりたいよ」

「うるせえ」

森野の文句と同時に、馬の鳴き声が聞こえた。鳴き声というより悲鳴に近い。いや、悲鳴そのものだ。馬房は今からっぽだ。つまり、外からである。笹田と森野は表に出た。

また悲鳴が聞こえた。そして興奮する馬のいななき。サッドソングの仔が他馬の首筋に噛み付いている。血が出ている。バイオ牧草が赤くなっている。首の力で仔馬を強引に押し込んでいる。彼は馬を引きずりはじめた。噛み付かれている馬は抵抗するが、すぐに脚が前に出た。そのままふらふらと歩かされる。ほかの馬たちが興奮状態で周囲を駆け回る。

「何やってんだ！」森野がどなった。

喧嘩《けんか》をしたのか、気に入らないことがあったのか、もしくは何の理由もなく一方的に危害を加えているのか、サッドソングの仔は森野の罵声に耳を貸さず、嚙み付いたまま離さない。別の仕事をしていた園川も異変に気づいてやってきた。だが、ほかの馬たちが暴れ馬と化しているので、柵の中に入れない。

「ハナオ、逃げろ」森野が叫ぶ。ハナオとは嚙まれている栗毛《くりげ》の牡馬の呼び名だ。花が好きなのでハナオ。せりの上場がひかえている。

「逃げて逃げて」気弱な園川が必死に叫ぶ。

しかし逃げられそうにない。完全に食い付かれている。青鹿毛が移動する。赤い栗毛を陽光が舐める。

サッドソングの仔は速さを増した。首を嚙みながら、走ろうとする勢いだ。ハナオの脚がもつれる。憤怒《ふんぬ》の形相でサッドソングの仔は前進する。この青鹿毛馬が平凡な栗毛馬の決定権を持つ。血は彼の口から噴出するかのようだ。

もつれる脚が限界に達し、ハナオが転びかけた。それと同時に、サッドソングの仔は首を上に引っ張り上げた。肉がもげた。ハナオは倒れた。目を痛ませるほどの鮮血がバイオ牧草に流れ込む。

「島田《しまだ》先生に連絡してくれ！」笹田は森野に獣医を呼ぶよう命令した。

ほかの馬たちは暴れ駆け回り続ける。その円の中心にいるあの馬は、先ほどの表情とうってかわって、母に甘えるような子供じみた顔つきになっていた。彼は遠くを見ている。都会と正反対の、がらんとした風景だ。遠くの青空に向かって甘えるように彼は見ている。その遠い目の下で、ハナオがビクッビクッと動き、止まった。あの馬を御せるジョッキーがいるだろうかと笹田に暗鬱が襲った。そして五秒後、戦慄に似た興奮が体内を駆け巡った。

翌日、仕事を終えた笹田は、買ってきてもらった花を放牧地の柵のそばに一輪さした。それから自宅兼事務所に戻り、パンを食べながらニュースを見た。バングラデシュで紛争が起こったと伝えている。毎年同じニュースを聞かされている気がする。笹田はサイトを変えた。競馬のワールドカップ中継を録画で見るのだ。

イースター島ワールドカップ。世界最高峰の賞金レース。以前はドバイで行われていたが、石油資源が枯渇してからの中東戦争でドバイが破壊されてしまったので、かわりに太平洋の観光地であるこの島で開催されるようになった。

小さい島らしく、レースは断崖を利用する。断崖の上をまず走り、一気に崖を下り、客で埋まるビーチを駆ける。距離は一マイル。路面はアブソービングコンクリートターフだ。

今年は四ヶ国と一地域の争い。日本馬が三頭、アメリカ馬が二頭、イギリス馬が二頭、フランス馬が一頭、アルゼンチン馬が一頭。日本馬はどれも井声《いごえ》ファームの生産。日本最大のサラブレッド牧場だ。三頭とも優勝候補である。

ゴール地点のビーチで、観光協会会長の挨拶に先立ち、モアイマンというロボットが創作ダンスを披露している。笹田はそこを早送りした。

スタートした。馬群が崖上のモアイ像を通り越していく。そしてＡＣＴで切り開かれた崖を下る。さながら源平《げんぺい》合戦のようだ。ビーチに入った。熱狂する観衆の間を駆け抜ける。ゴール。日本馬のワンツースリーフィニッシュ。四年連続日本馬の優勝。すぐに表彰式がはじまり、ごちゃごちゃと客が取り囲む中、井声ファーム代表、井声信一郎《しんいちろう》がちらりと映った。ジョッキーの肩をぽんぽんと叩《たた》いている。

この人と自分は何が違うのだろう。

階段を上がってくる音がした。一階が台所兼事務所で、二階が居間と寝室になっている。当直の園川かと思いきや、森野だった。

「何の用だ」笹田が問いかけた。

「帰りがけに寄っただけさ」

「まさか出勤扱いにしてくれというんじゃないだろうな」

「そうしてくれるとありがたいがね。それより、これは何だ」森野は指差した。つまり部屋中に広がるホログラムだ。モアイマンが相変わらず踊っている。

「ワールドカップ見てたんだよ。お前も見るか」

「あー、そういやワールドカップの時期か。そうか。ま、そのうち見るよ。それより飲みにいかないか」

トロフィーをかかげる井声信一郎。

「腹脳検査不合格でヤケ酒か」軽い調子で笹田が言った。

「いや……合格したさ」と森野。「そもそも合格するに決まってるんだ。改造してる奴は検査受けないからな。とにかく付き合えよ」

「俺が飲まないの知ってるくせに」

「たまにはいいだろ」

森野のほうから何か話をもちかけることはめったにない。結局、笹田は承諾した。頃合いを見て迎えに来るよう園川に言って、二人は車に乗り込んだ。

「あいつ今日どうだった」と森野。サッドソングの仔のことだ。

「一日中馬房の中に閉じ込めておいた。懲罰さ。賢い馬だから罰の意味を理解したはずだ。でも、群れの中に入れとくわけにはもういかないな。また同じことされたらかなわん。あの仔だけで放牧しなくちゃ駄目だ。今日は柵づくりをしてたんだ。専用の放牧地だ。明日完成させるから、お前も手伝えよ」

「ああ」

牧場を出て、真っ暗な夜道を走る。

「お前のせいで園川に余計な仕事押し付けちゃったじゃないか」と笹田。

「お前のタクシー嫌いのせいだろ。訳わからん」

「誰にだって好き嫌いがあるんだよ。だいたいお前バス嫌いじゃないか。しかしいいかげん、車の完全自動走行機能を開発しろっていうんだよな。腹脳なんかよりそっちのほうが先じゃないのか。みんなが望む科学技術に限って、まったく進歩してない気がするぞ」

「技術の進歩を技術屋自身が気に入らなかったりするんだよ。車を自分で運転しないなんてけしからん、とな。車体衝撃無効化バッグをつくるのには張り切るが、そもそも事故を起こさせない自動走行は実用化する気ゼロ。自動車メーカーの技術者なんて全員そういう思想の持ち主だろ。そんな選《え》り好みが科学の夢のような発展を妨げて、どうでもいい科学を夢のように発展させるのさ」

「競馬もそうなんだろうな」笹田は言う。「生身の体が気に入らない。気に入らないから気に入らない。だったら機械にしてしまえ。腹推会の連中の考えそうなことだ」

「そうかもな」森野は外を見ながらつぶやいた。車が通らなければ、葉のこすれる音しかないような所だ。近場であるのに、こんな場所あるんだという顔をしている。

ヘッドライトがかすかに世界を照らす。

「お前はどう思うんだ、腹脳持ちとして」

「馬のサイボーグ化なんて狂っているとは思うよ」森野は内側に顔を向けた。「腹推会の連中は狂っているし、それで競馬が発展すると考える競馬会の連中も狂っている。そう思うのは俺の感情だ。論理じゃない。論理としてはこの計画を完全に否定できない。俺の腹脳はそう告げる。仮に客が増えたとしたら、ビジネスの観点において、サイボーグ化は失敗だったなんてとても言えない。そんなことをして客が増えたら客が狂ってるわけだけど、それを論理的に非難することは出来ない。腹推会の連中は現行のサラブレッドは未熟な存在で、完全サイボーグ化したサラブレッドが進化の最終段階と考える。そんなの納得できないが、違うと言い切れる根拠はない。自分を成り立たせるのは感情だ。社会を成り立たせるのは論理だ。論理という共通項が感情に引きこもる人間の橋渡しをする。論理が使えない以上、狂った連中を言い負かそうなんて思わないね」

「だいたいお前はなんで腹脳なんか入れたんだ」

「同じ質問を五回は聞いたな」

「きちんとした答えが返ってきたのはゼロ回だな」

森野が腹脳を入れたのは一年前だ。その事実が判明したのは三ヶ月前で、夕食を食べながら新型腹脳開発のニュースを見ていたとき、俺腹脳入れてんだと何気なく告白したのだった。まるでさっき膝をすりむいたと口にするように。

「俺は興味本位で入れただけさ。好き嫌いでいえば、好きなんだろうがね。馬も機械も」

森野はまた外を向いてそう答えた。日が翳《かげ》ればすべてが闇になる場所だ。人が死ぬにはちょうどいい空間である。

「興味本位で入れた結果、何かいいことあったか」

「実際、おもしろいよ」外の景色の向こう側を見ながら森野は答えた。「腹脳は述語を基準にするんだ。フォーレッグズはダービー馬だろ。お前や園川にとって、フォーレッグズとダービー馬は切り離せない関係にあるんだ。完全にくっついているんだ。同化してるんだ。腹脳は、xはダービー馬だと考える。このxにフォーレッグズが代入される。その結果、フォーレッグズはダービー馬だという文ができあがる。できあがった文は同じなんだ。でも、違うだろ。わかるよな。俺は腹脳を入れてからこういう見方をするようになった。そのくせ、自然脳は依然としてお前らと同じ考えを主張するんだ。二つの脳がいがみ合って、チリチリする。これが意外に気持ちいいのさ」

車は新冠市街に入った。市街と呼ぶとアレルギーを起こす人がいるかもしれない地域だ。現代性がかけらもなく、昭和時代の街並みが冷凍保存されているようだ。実際にその頃からたいして変化がない。頑固なまでに田舎《いなか》である。田舎は店の選択肢がない。薬屋が二軒、パン屋が二軒、ちょっと離れた所に別の小学校、ということがない。昭和的建築が一軒ずつ存在している。あるいは一軒もない。ただし牧草地帯でもないので、結局のところ市街なのだ。

昭和時代とまったく異なる点は一つある。中心部に全長三十メートルのシェイクスピア像が立っている。威厳のある顔で太平洋を見つめている。観光の目玉にしようというアイデア町長の発案だ。ロミオとジュリエットが好きというだけで町長がつくらせたのだが、競馬人気の高まりとともに観光客が増えたので、良識派を除いて悪評は立っていない。ただし良識派がいなければ、サーチライトで七色に光る予定だった。信号があるのも市街的だ。

そのシェイクスピア像真下の信号で止まったあと、車を左折させたとき、人をはねた。はねたというより、ぶつかってきた。あわてて笹田は運転席から降りた。男が横になり、いてえいてえとつぶやいている。

大丈夫ですか、とそれ以外言いようがないセリフを笹田が述べると、街並みに合わせて言えばマッチ棒のような男がむっくりと起き上がった。

「ごめんよぉ。ごめんよぉ。俺が悪いんだよおお。俺がぶつかったんだからさ。迷惑な話だよな、急に飛び出してきたんだからなあ、びっくりしたでしょ。てねえ何様だこのやろう。殺す気かてめえ。ざけんじゃねえよ。ごめんね。その車に重酸性雨コート塗ってあるかい。溶けちゃうからね。溶けちゃうよ。ぐにゃーんって曲がってるガードレール見たことあるでしょ。あんな風になっちゃうよ。気をつけてね。塗ったほうがいいよ。デロンデロンは嫌だよ。俺も気をつけなきゃ。俺溶けちゃう。気をつけてねえええ。あっ、痛ッ、痛タタタ。腹が痛い。痛い痛い。昨日の腐ったヨーグルトだな。ううう。ジガ二七一が出たんだってよ。飲みてえぜ」

そして男は何かを思い出したかのようにプツンと言葉を切ると、すばやく向きを変え、みよちゃぁぁぁんと叫び、そのままふらふらと歩いていった。今は夜の八時。まだ酔っ払いタイムではない。

笹田は運転席に戻り、森野に言った。

「腹脳ジャンキーだ」

腹脳とは思考補助装置である。腹部の胃の隙間にとりつける。そこからケーブルで自然脳に直結する。二一〇〇年に実用化された。

腹脳の大きさは一平方センチメートル。薄さ一センチ。半分がＣＰＵで半分がメモリ。出来ることといえば０と１を使った計算。つまり、自然脳が電気信号を使ってやっていることと基本は同じだ。しかし速度が違う。うまい棒を十本買ったらいくらという計算から（正解は四百五十円）、円周率計算まで高速に行える。しかも正確だ。論理式に基づいて厳密な推論を導くことも容易だ。要は自然脳より速くて正確だということ。言い換えると、相変わらずバイナリ以外の計算方式を作り出せていないということでもある。

使うときは腹を意識する。意識を下降させ、腹脳で計算させると、結果が自然脳へ逆流する。当初の実験では自然脳のそばに入れたのだが、それだと近すぎて意識の区別がしにくいので、別の場所が模索された。人体のどこにでも入れることは可能なのだが、頭以外で外部からの衝撃に耐えやすい場所という理由で、足でも膀胱《ぼうこう》でもなく、腹部に決まった。頭より自然脳に遠い腹部のほうが意識の集中をしやすかったが、ときどき脳内の雑多な考えが下降してしまい、リターンした意識が不必要な計算結果に満たされて、脳が驚き疲れてしまうこともある。腹脳の開発者であり、最初の被験者でもある亀山生体技研主任研究員ジョゼフ・リチャードソン博士は、男性器の勃起に似ているかもしれないと述べた。二番目の被験者であるナンシー・リチャードソン博士は、オスってきっとこうねと述べた。腹脳がオーバーフローしてしまったときは、腰についているスイッチを切る。小さい穴の中についているボタンを針かペンで押す仕組みだ。

腹脳のせいで自然脳が違和感を覚えることがあるが、医療を要求する実害は報告されていない。

高速かつ正確な計算で自然脳を補助する腹脳だが、苦手なものもある。人間的な推論は弱い。ラーメン屋があるとする。メニューはしょうゆとみその二つ。ある男が九回通った。九回ともしょうゆラーメンを頼んだ。そして十回目。この男が頼んだのは何ラーメンか。普通の人間ならこう答える。しょうゆラーメン。しかし腹脳はこう考える。しょうゆラーメンを選ぶ確率五十パーセント、みそラーメンを選ぶ確率五十パーセント。記憶という名の選好に基づく思考ができない。

そもそも腹脳に記憶装置はついていない。一時的な書き込みメモリは付属しているが、ストレージメモリはなく、そもそも禁止されている。万が一エラーが生じて記憶装置に誤った書き込みがなされると、その欠陥情報と自然脳の記憶が衝突を起こして、混乱する可能性があるからだ。腹脳は純粋な計算体系であり、記憶の蓄積を持たない。腹脳は思考補助装置であり、思考装置ではないというわけだ。記憶のない思考はない。

もちろん外部記憶装置を使うことも許されていない。そのメディアに偽の記憶があらかじめ書き込まれてあった場合、人格自体に影響を与えるかもしれない。もしウイルスが仕込まれていたら、CPUにおかしな命令を与えて、大量にデータを送るDoS攻撃などで自然脳に被害を与えることが予想される。

ネット接続なんてもってのほかだ。自殺行為である。

しかし自殺をする人間は世の中にいくらでもいる。危険を承知の上で、外部記憶装置を使用できるように腰に差込口をつけたり、無線ネット通信に対応させる人間がいるのだ。むしろ、危険だからこそやるのかもしれない。もちろん非合法である。非合法であることも魅力なのかもしれない。初期の腹脳は手術費込みで三千万円したが、最近の安価モデルは二百五十万円程度だ。日本の腹脳使用者は七百万人。非合法腹脳使用者は五十万人といわれている。純粋なスタンドアローン計算機としての腹脳を彼らは求めていない。欲しいのはさらなる便利であり、身を滅ぼす危険だ。

外部メディアを使って記憶を貯蔵する。ネットに接続して情報をリアルタイムで取得する。無線ネットなら、検索エンジンを呼び出して、調べたい単語を意識する。あとはリンクを行き来するだけだから、キーボードやタブレットなんていらないし、脳波マウスとはレベルが違う。これは魅力的というより蠱惑的《こわくてき》である。香水を吸い込むようにネットに入り込む。利便におぼれるうちに記憶の書き換えが起こる。自然脳の記憶に影響する。

どう影響するかは千差万別だ。人が持つ記憶はさまざまだから。まったく同じ記憶などありはしないから。同一の偽記憶がばらまかれたと仮定する。それは感染者の持つ記憶に作用する。だが、その偽記憶が本来のどの記憶と衝突し、どう反応するかはわからない。どのような書き換え記憶、つまり妄想を見るようになるかは感染者の経験による。同一の経験情報で構成される人間は存在しない。合成される記憶＝妄想も十人十色だ。偽記憶に感染するまでの期間、自然脳が破壊されるまでの期間も千差万別である。

ただし、感染者における同じ現象は観測されている。快楽の獲得と過度の躁鬱《そううつ》、奇行。これはほとんどの感染者に見受けられる症状だ。麻薬に似ているのだ。こういう状態に陥った者は腹脳ジャンキー、もしくは略してフッキーと呼ばれる。

「こんな田舎にいるとはな」

話には聞いていたけれども、実際に見たことがなかった笹田はショックを受けていた。目撃したことよりも、こんな奴が同じ町にいることに嫌悪を感じた。ここは新潟でも東京でもない。北海道のど田舎だ。

「お前、余計なことするなよ。ああなるぞ」真剣に笹田は森野に忠告した。

「わかっているさ」と森野は答えた。

二人は「スナック牝馬」に着いた。紫の電球が光っている。ドアを開ける。カランコロン。客は一人だけ。ずいぶん酔っている。太陽サンサン牧場の社長だ。自分の手を見ながら、うまくいかねえなあとつぶやいている。笹田と森野にまったく気づいていない。ガリガリに痩せたホステスがウイスキーを注ぐ。血色が悪く、口紅が異様に赤い。

先に入った森野にママが声をかけた。気さくに挨拶を交わす森野。

「お久しぶり」ママが笹田を見て言った。

笹田がこのスナックに来たのはたしか二年前、そのときは親交がある新世界牧場の息子の結婚式の帰りで、たまには飲むかと森野が誘ったのだった。そのときも森野は常連のように話していた。それはそうと、二年前の来客までこういう商売の女は覚えているものなのか。場末のスナックだというのに。

席についた笹田と森野はママと世間話をした。暖かくなってきたとか、バングラデシュの紛争が終わったなど。酒場で世間話以外の話をする人間はめったにいないが、その場限りのどうでもいい話にさして興味がない笹田は、上の空で飲めない酒を飲む。水割りが口に注がれる。笹田は酒の味というのがどうもわからない。下戸ではない。寝られないときに飲むことがある。しかし何がおいしいのか皆目見当がつかない。こんなものよりは馬の尿のほうがよっぽど美味《おい》しいのではあるまいか。飲んだことないので味はわからないが、勢いよく放出されるあの液体は爽快である。

森野は砂漠の旅人のようにグラスに手を伸ばす。

笹田は尿意を感じて席を立った。しみったれた液体を出していると、さきほど見たワールドカップの風景が心に浮かんだ。ホログラムの井声代表が脳を動く。彼には実際に会ったことがある。生産者の会合のときに一言二言会話した。そのときも自分とは違うなあと思った。アレクセイ・イリッチと会ったときのように。

何かが違う。それはわかる。何が違うかはわからない。それがわかれば……。もしかすると、井声と弁務官は自分に会ったとき、目前の人物との相違点を明瞭に描いた上で会話をしていたのかもしれない。そんなことを思いついた笹田はジッパーを引き上げながら、ブルブルッと身震いした。

トイレから戻ると、森野が目を下に向けていた。腹脳保有者が腹脳使用するときの癖だ。集中しないと腹脳は使えない。それとも酒を飲んでただ考え事をしているだけか。二十世紀の哲学者マーク・ジョンソンの身体論にしたがうと、ポジティヴな単語（たとえば天国）は〈上〉のイメージがある。それは頭が上についているからだ。ネガティヴな単語（たとえば地獄）は〈下〉のイメージがある。それは頭と逆の方向だからだ。人間の認知は身体性を帯びている。身体と切り離された認知はない。人間は抽象ではなく、具体の存在だ。大学で習ったそんな説が笹田によぎった。

戻ってきた笹田に気づくと、十年ぶりに再会したような顔で森野は見上げた。

「どうだ。すっきりしたか」

「お前、今日ずっと浮かない顔してるな。札幌で何か嫌なことでもあったのか。腹脳検査に行っただけなんだろ」

「俺がうれしそうな顔してるの見たことあるという口調だな。ぼおっと突っ立ってないで座って飲めよ」

笹田は座り、グラスに手を伸ばした。

「今年のダービーは何が勝つかしら」とママが聞いた。

「フェデリコ・テシオじゃないからわからんさ」森野が答え、手持ちのグラスを飲み干した。

「誰それ」

「天才馬産家だよ。二十世紀のイタリアで一番の頭脳さ。中卒の俺でも知ってるイタリア人なんだから、ママも知っておけよ。ここは新冠のスナックだろ」

ママはペンを取り出し、テーブルにその人名を書いた。テーブル型のタブレットなのだ。いつもはカラオケにしか使われないプロジェクターが、テシオのデータをホログラムで投射した。

「彼のつくった馬は冗談みたいに活躍した」森野は空中に浮かぶ馬名を一頭一頭指でなぞりながら言った。「でもテシオの本当にすごかったところは、名馬をいくつもつくっておきながら、その名馬どうしの交配に興味を持たなかったことなんだ。常に別の血を導入し、血統の袋小路を避けた。言うのは簡単だが、実行するのは難しい。自分の馬に愛着をもつのが普通だからな。そりゃそうだろ、自分でいい牡馬と牝馬をつくったら、その交配をやりたくなるのが人情だ。その人情が牧場を狭い血の世界に呼び込み、破滅させるのさ」

「森野さん腹脳入れてるんでしょう。そんな昔の人より頭いいんじゃなくて」森野のグラスに中国産のウイスキーを注ぎながらママは言った。

ママが水を入れる前に森野はグラスを引っつかんで飲んだ。「そんなわけあるか。腹脳はただの補助装置だ。頭がいいってのは直観力だ。直観で物事の地図を描き出すんだ。直観ってのは記憶によるんだ。脳からこぼれるくらいに価値がある経験を貯《た》めこんだ奴が、鋭い直観を働かせる。経験ってのは、脳に情報を書き込むことさ。情報のプールが直観を生む。腹脳を入れたからこそ、それを感覚として理解したね。腹脳を入れれば思考はクリアになるが、だからといって人の先を行く思考を生み出せるわけじゃない。あくまでも補助。つまんないことを明瞭に考察する奴と、自分でも訳のわからぬままに絵を描く天才画家、どっちが上かって話だ。世界中の人間が同じ腹脳を入れたとしても、世の中には天才と普通と馬鹿がいるってことだ。もともと頭がいい奴じゃないと、ノーベル賞は取れないよ」

それからも森野は飲み続けた。しだいに顔色が変わってきた。さすがに飲みすぎではと笹田は思い、奥さんに叱られるぞと注意した。

「叱られるときもあったさ」森野はそう答えた。

「私が叱ろうかしら」ママが森野に顔を寄せてささやいた。

「そろそろ帰るか」と森野は言って立ち上がった。ちょうどそのとき園川が迎えに来た。

太陽サンサン牧場の社長は完全に酔いつぶれ、ホステスがどうしたものかという顔をしていた。家の前で車を降りた森野は下を向きながら玄関に向かった。牧場に帰った笹田はベッドにもぐりこんだ。照明はついたままだ。彼は離婚してから、明るくないと寝られないようになっている。

笹田は軽種牡馬協会の種付け場にいた。少し離れたところにサッドソングがいる。彼女は暇なような、そわそわしているような、その中間領域である。ほかの牝馬に種馬が近づく。係員が結合をセッティングする。サラブレッドの精子と卵子が混じる様子を笹田が外面的に見ている。見ているのは笹田だけではない。牝馬の関係者は真剣な眼差《まなざ》しだ。この生殖に彼らの生活がかかっている。そしてその仔馬。繁殖牝馬の種付けは産んだばかりの仔馬が同伴する。仔馬は非日常的なことが行われていると察知している。怯えながら母親を見つめている。

サッドソングは仔を連れていない。去年は不受胎であった。相手はフォーレッグズ。初仔と同じ。同血馬をつくろうと笹田は考えた。初仔に自信があったから、同じ配合を狙うのは当然だった。

去年、フォーレッグズが種付けしているのをやはり初仔も見ていた。これはサラブレッドの通過儀礼だ。しかし、怯えていた。見ていて悲しくなるほど怯えていた。笹田は失望した。母が犯されるところなど堂々と見物してほしかった。女を犯す、つまりその時点でエリートである。そうなるためには、競馬場で立派な成績を残さなければならない。それは厳しい鍛錬を必要とする。こんなところで膝を震わせる馬がGⅠを勝てるのだろうか。

血を残すという生物の基本が少数にしか認められないのがサラブレッドなのだ。しかし牧場に帰ったその仔馬は一転してけろっとしていたのである。そして母親に一切甘えなくなった。笹田は失望をゴミ箱に捨てた。

笹田が思い出にふけっていると、後ろから声をかけられた。ふりかえると、井声ファーム代表井声信一郎だ。

「評判馬がいるそうですね」

笹田はサッドソングを指差した。「あの馬の仔ですよ。去年はつかなかったんですが」

「サイアーは？」

「フォーレッグズ。両方とも」

「今年は何をつけるんですか」

「フォーレッグズです」

ははは、と井声は笑った。「チャレンジャーですな」

「どうも」笹田は苦々しく答えた。

たしかに自信があるからといって同じ血にこだわるのは異例である。競馬史を紐解《ひもと》くと、道楽でやっているヨーロッパの貴族が全兄弟にこだわった例はいくつもある。生まれた子供がいまいちでも、この配合がベストだと信じて、三回四回と同血馬をつくる。自己満足の世界だ。ダメならダメで別に構わない。しかし笹田は貴族ではない。商売でやっている中小牧場の主だ。成績不振に陥れば首をくくらなくてはならない事態もありえる。初仔はいい馬だと思う。でも競馬場で走るという保証はない。保証書つきで生まれるサラブレッドはいない。評判のいい仔馬が競馬場では笑えるほど走らなかった例は数え切れない。しかも去年は不受胎だ。今年は異なる種馬を配し、リスク分散をはかるのは、経営者として当たり前のことだ。

「別に馬鹿にしているのではないんですよ。馬産はただの金稼ぎではない。夢を持つ商売だ。むしろ夢がなくてはならない。それがないと馬づくりは成功しない。断言しますよ。成功しない。打算的な人間はほかのビジネスに転向したほうがよい。競馬とはリスクの同意語だと思います。馬産も馬券も、サラブレッド自体も。クロスがやたらにもてはやされた頃、同血の兄妹を交配させた貴族がいた。これは馬産ですよ。馬は人間がつくりだした夢であり、狂気だ。私はその狂気に親近感を覚えます。夢よりもね」

そう語る井声はふたたび笑った。鷹揚《おうよう》な笑いだ。それでもやはり馬鹿にされていると笹田は感じた。

「ここには募金しに来たんですか」腹立たしさを抱えながら笹田は言った。

井声が協会の種付け場に来る必要なんて何もないのである。井声ファームは自前の種牡馬を保有している。種牡馬の売上高は、競走馬売却高ないし獲得賞金同様トップである。しかもサイアーランキング一位から四位までは井声が持つ種馬なのだ。サラブレッドのなかでもっとも価値があるのが種牡馬――そのなかで日本の一位つまり世界一位から四位までが井声ファームにいるわけである。もちろんそのほかの種牡馬も優秀だ。それなのに毎年五頭ばかり肌馬を連れてくる。それは角が立たないようにする付き合いなのだ。無論ここに連れてくるのはさほど期待していない肌馬だ。

「口が悪いなあ」井声は微笑する。

「近々お宅のレッドスターのところにお邪魔する予定なんですよ。献金しに」笹田は笑いを繕いながら言った。

「そうなんですか。募金と違って献金は見返りがありますからいいですね。レッドスターはいい馬なのでね」

「井声さんの誉《ほ》め言葉はすべて侮蔑に聞こえますね。たとえご自身の馬であっても」

井声は笑った。笹田も笑った。世界は有名人の失敗を願っている。みんなそれを望んでいる。そして井声信一郎は成功し続けている。こういう人物といっしょに笑うのは面白い話ではない。

彼らの目の前では交配が行われている。暴れないように縛られた牝馬に、係員が位置を調節した種馬がのしかかる。人工的環境でなされる、生命を生み出す野卑な行為に、仔馬が立ちつくす。

笹田は話題を変えた。

「ワールドカップ優勝おめでとうございます」

「どういたしまして」

「さすがですね。一位から三位まで独占なんて」

「スタッフ全員のおかげですよ。特にジョッキー。岩村《いわむら》、宮代《みやしろ》、曾根崎《そねざき》、みんないい騎乗だった。私の言葉を素直に受け取ってくださいよ。彼らは本当によく頑張った。馬がよくてもヤネが駄目では、サラブレッドがポニーの同意語になるんでね」

「でも、サラブレッドあってのジョッキーでしょ。いくら名騎手でもポニーじゃワールドカップを勝てない」

「たしかに」井声は笑った。「もっとも、ワールドカップはもう終わりですがね」

ワールドカップのスポンサーは二つ。イースター島観光協会と、環境保護宗教団体グリーンプラネット。日本でサイボーグ化が決定されたとき、グリーンプラネットが協賛の撤退を申し入れた。今年が最後の大会であった。

「イースター島行ってみたかったんですけどね」と笹田。

「ご愁傷さま」

「観光事業の収益で、海面上昇対策をするつもりだったんでしょう。どうするのかな」

「沈むんでしょ」井声はあっさり言った。

「スポンサーさえつけばワールドカップは再開されるんですよね」

「でしょうね」

「井声さんがスポンサーになればいいじゃないですか。それくらいのお金あるんでしょ」

「あれ優勝すると、副賞で変なロボットくれるんですよ。いらないんですよね。誰ももらってくれないし、捨てるには忍びないし。困ってるんですよ」

「イースター島じゃなくても構わないでしょ。たとえばこの日本でワールドカップ開催。植民地で開催なんてすごいことですよ」

「植民地といったって、戦前とたいして変わらないじゃないですか。人がわりと死んだってだけでね。あとはロシアが腹脳化を推し進めるものだから、経済力だけは持つ日本人が自発的にホイホイ入れて、日本がさながら腹脳実験場になってることぐらいか。日本で開催したところで、すごくもなんともないですよ。国がどうこうなんて話は結構ですがね、私はサイボーグ馬のワールドカップなんてそもそも見たくありませんな」井声は笑うのをやめていた。「中東からやってきた二百頭ばかりの牡馬がドーバー海峡を渡り、アルビオンの女たちと交わった。しかし、血脈を残せたのは三頭だけ。ゴドルフィンアラビアンとバイアリーターク は絶滅した。生き残ったのはダーレーアラビアンのみ。このY染色体はこれからも残りますよ。サラブレッド絶滅法でもつくられない限り。でもね笹田さん、想像してくださいよ。この種付け場でサイボーグどうしが交尾しあっているところを。あと数年でダーレーアラビアンすら死ぬわけです」

「もしかして馬産やめるお積りですか」

井声は首を振った。「それだと従業員も死ぬことになるのでね」一つ咳払《せきばら》いをしてから話を続けた。「私はいろいろと目標を持っていました。幼少の頃から欲というものが薄く、女や食べ物などに興味を持てなかった私ですが、馬に対しての情熱はありましてね、牧場経営権が欲しいために父の早死をずっと願っていたんですよ。父の下で働いているときに、少なからずファームの改善点を発見したんですが、私は口に出さなかった。自分がトップになるまで口に封をしたわけです。願い通りにあっさり死んだのは神のおかげか悪魔のせいか。それはどうでもいいんですが、私が引き継いでから達成できた目標がある。父の業績をはるかに超えたのはその一つですね。もちろんワールドカップ制覇もです。達成できていないものもある。なかでも最大の目標、そして未達成の目標は、最高の種牡馬をつくることです。最高というのは客観的評価、つまり種付け料です。何が強いとか弱いとかいう能力評価は人によりけりですからね。金銭という点からすると、史上最高の種牡馬は一九八〇年代のノーザンダンサー。当時の金額で一回の種付けが百万ドル。不受胎でも百万ドルですよ。実際に権利が使用されるわけではないんです。当時はバブル経済でして、絵画のように投機として種付け権が売買されたわけです。しかし百万ドルに変わりはない。私はこのスケールの種牡馬をつくりたかった。しかしもう無理だ。種牡馬に大金を払うインセンティヴがない。夢は破れし、我に残るは狂気のみ」

「その狂気で従業員のメシ代を稼ぐ……」

「笹田さんはやっぱり口が悪いなあ」

井声は笑ってから視線をずらした。

「笹田さんの女の許《もと》へ、王朝を築けない成り上がりの勇者がやってきましたよ」

フォーレッグズがのしのしとやってきた。当て馬によってサッドソングはその体勢にある。係員に導かれて、フォーレッグズが仕事をはじめる。ちょこんちょこんと腰を振ると、彼はいなないた。係員が感慨もなく彼を離す。

「仕事がはやいし、鳴いて終わりを知らせる。私のところにあんないい種馬はいませんよ。売ってくれるのかなあ」

井声は笑った。

サラブレッドは牧場で生まれ、牧場で育ち、牧場以外で育つ。中央競馬で走る馬は関東所属なら茨城県美浦《みほ》のトレーニングセンターに、関西所属の馬なら兵庫県加古川《かこがわ》のトレーニングセンターに入る。関西のトレセンは滋賀県の栗東《りっとう》にあったのだが、戦争で破壊された。現在は露米日の戦車残骸展示場として世界の軍事マニアの観光スポットになっており、特に栗東の一戦でだけ使用され、その後生産中止された米軍の最新鋭戦車クーリッジⅡの丸焼けが目玉である。クーリッジⅡはフーヴァー鋼によるサイクロン型スライドモジュール装甲を世界で初めて実用化し、かつハーディングシステムによる対空防御を採用した重装甲戦車であり、あらゆる攻撃に耐え抜く防御力を持っていると言われたが、最重量でもあるこの鈍足戦車は、歩兵が蓋を開けて手榴弾《しゅりゅうだん》を投げ込むという攻撃方法になすすべもなく敗退した。

トレセンに入る前に馬は馴致《じゅんち》を済ます。人間を背に乗せるための訓練であり、犬でいえば、お手やお座りみたいなものだ。犬と違うのは人間が危害を被る可能性があること。人間という二足歩行動物が背中に乗るなんて、軽快という進化を選択した馬にとっては迷惑なだけであるから、嫌がって暴れるのは当然だ。もう一つ相違がある。馬は人間にしっぽを振らない。にんじんあげたら言うことを聞くわけではない。とにかく慎重さと根気が必要だ。神経戦である。ひたすら我慢しながら馬を教育する。その作業の末に、馬は我慢を覚える。ようやく鈍重な動物を乗せる気になる。

そして調教。トレセン入厩以前からサラブレッドは鍛えられる。井声ファームなど大手牧場は調教用の施設を持っている。この段階から競争がはじまっている。トレセンが義務教育なら、独自施設は自前の幼稚園である。しかし中小牧場には本格的な施設がない。そのため育成用の牧場で調教をつむことになる。サッドソングの初仔はすでに育成牧場にいる。他馬と喧嘩させないよう注意してくれと伝えておいたが、今のところ何の悪さもしていないし、人の言うことをよく聞くというので、笹田は安心していた。

育てた馬を育成施設に送り出すのは、いわば娘を毎年嫁入りさせるようなものである。実の娘は失踪したが、毎年父親の気分を味わってきた。ただしハナオを殺したあの馬を、たった一頭だけの放牧地から連れ出して、馬運車に乗せたときは、送り出す寂しさを感じなかった。快感であった。武者震いがした。

二週間経ち、ようやくその興奮が抜け、毎朝自分の目で見れないことに笹田は寂しさを感じていた。

そんなある日、彼が飼い葉を運んでいると、見知らぬ男が近づいてきた。長身でなで肩の白人。スーツ姿で生真面目そうな印象。証券会社のセールスマンみたいだ。

「こんにちは」バイオ牧草の臭いに顔をしかめることなく男は言った。

「こんにちは」

「私、グリーンプラネット日本支部のグレッグ・コールマンと申します」

男は身分証を見せた。言ったとおりのことが書いてある。グリーンプラネット日本支部、グレッグ・コールマン。

「いい天気ですね」とコールマン。

「そうですね」

「少々お時間頂いてよろしいですか」

「勧誘ですか」全然よろしくないのだ。「エコロジーにも宗教にも興味ないんですけど」

「いいえ違います」

「じゃあ何ですか」

「勧誘です」コールマンはきっぱり言った。

「こっちも暇じゃないんですけどね」笹田は呆れながら言った。

「競走馬サイボーグ化反対運動をしているんですよ」コールマンは柔和に語った。「その勧誘です」

男は不敵なほどに笑っている。痩《こ》けた頬と広い額に神経質が貼り付いている。くぼんだ目から放たれる眼光は攻撃的だ。追い返してもまた来そうだと感じた笹田は、事務所で話を聞くからと告げた。彼はしたがった。

飼い葉を厩舎に運び、そこにいた森野に告げた。

「後で中和剤まいてくれ」

今日は重酸性雨注意報が出ている。夜に降り出すという。建物は常時コーティングしてあるが、土壌は直前に薬品を散布しなければならない。建物のように常時の保全はできない。薬品によって牧草と土壌が傷むからだ。怪我をしそうという理由で、普段の肌に消毒薬を塗りこむ人間はいない。

「そんなの自分でやれよ」と森野。

「客が来たんで応対せにゃならん」

「どこぞのヘボ調教師が馬見に来たのか」

「いや、人間を調教する奴だ」

笹田は事務所に戻った。決して偉そうなわけではないが、やっと来たかという感じで、ソファーに座る男は笹田を見た。何だか進路指導の先生みたいだなと笹田は思った。

「サイボーグ化というのは」笹田が席に着くなりコールマンは切り出した。「個体差の否定なんですよ。生物はすべからく遺伝子を持っています。これは自分でつくり上げたものではない。与えられたものです。血とは先天であり、多様性の源泉です。自然は生物を多様につくった。鳥、昆虫、深海魚……、生物デザインは驚異的であり、なぜ驚異的かといえば多様性自体が宝石だからです。与えられた血を受け継ぎ、子孫に残す、これが生物の歴史であり、役割です。人は言う。われわれは自分を高めるために努力するべきだ。後天的に成長しなければならない。でもそれは、生まれついた自分をまず認めることからはじまるんですよ。みずからが持つ自然に余計な手を加えてはならない。つまりサイボーグ化というのは」一旦コールマンは息を呑《の》んだ。「自殺ですよ。みずからの否定。生物を均質化させる試みなんです。生命社会を一元的かつ平板なものに貶《おとし》めようとする。個体差をできるだけ消去しようとする。差を後天的原因のみに限定しようとする。わかりますか、これは共産主義なんですよ。機械化とはつまり共産主義だ。共産主義が真に実現されたことはない。しかし亡霊がふたたび目覚めようとしているわけです。サラブレッドに憑依《ひょうい》して」

「それで?」

「防がなくてはならない」当然だろという顔でコールマンは言った。

「うーん」笹田は共産主義の被害を受けたことがなかった。だから防がなくてはならないと言われても困るのだ。

「あなたサイボーグ化に反対でしょう」渋い顔の笹田を見て、コールマンは身を乗り出した。

「たしかに」

そう、たしかに笹田は反対だ。サラブレッドに改造を施す必要性がまったくわからない。改悪という言葉は、大昔の日本人がこのことを予期してつくったものだと思っている。でも、この男と同じ結論というのがしゃくに障る。もやもやする。目の前の白人が嫌いというわけではない。好きになれそうにはないが、殴りたいわけではない。蹴飛ばしたいわけでもない。前提が違うのだ。結論を導く前提が違う。それだけのことなのだ。では、どう違うのだろう。

彼は窓を眺めた。緑に燃える牧草の上で当歳馬がおどけている。仔馬のそばで母親が草を食《は》んでいる。仔馬はいずれ親離れさせられることを知らない。母馬は知っている。引き離すのは自分だ。

この経験を自分は持つ。前の男は持たない。そこに違いがあるのではないか。よそ見しながらそんな考えを笹田は抱いた。

窓の外に園川が入り込んだ。馬を引いている。蹄の掃除をしに行くのだ。綺麗《きれい》にしておかないとばい菌が入り、蹄が腐る。

ぼんやりしている笹田に、コールマンは幾分声を高くして言った。

「反対なら反対運動に参加してください」

笹田は男を見つめた。苛立たしさが勧誘者の顔にあった。自分が話を聞く姿勢にないせいだろうか。

「サイボーグ化の話が持ち上がったとき、生産者はこぞって反対したんですよ。競馬会は進歩のためだと言うけれど、あなたがさっき説明したみたいにね、それは自殺じゃないかと抗議したわけ。井声ファームの代表は日本一の生産者で、長者番付にも載る人ですよ。そんな人まで競馬会に働きかけたけれど、駄目だった。そりゃ決定されただけで、まだ実施はされてないですよ。でもね、もう遅いんですよ」

「オソクナイデス」コールマンは冷静さを失ったのか、外国人的な日本語アクセントで言った。それは笹田を苛立たせた。

「なんでそんなこと言えるの。もう手遅れなんだって。今さらどうしようもない」

「われわれグリーンプラネットがいるからです」瞬間的にコールマンは落ち着きを取り戻していた。口調に自信がみなぎる。「以前のわれわれはもちろんサイボーグ化を認めなかった。でもあなたたちを手伝えなかった。力が足りなかったからです。今は違う。われわれは回復した。あなたたちを助けられる」

アメリカのテロ事件でグリーンプラネット過激派が逮捕されて以来、彼らの組織は壊滅には至らなかったものの、弱体化した。彼らは表に出ることなく、むしろあえてそうすることで、体力の回復を待った。クラブハウスで鳴り響く大音響音楽がピタッと止むように彼らの活動は止んだ。せわしない情報流通のなかで、人々は彼らの存在を忘れた。しかし、世界に対する人々の不安が消え去ったわけではなかった。活動を再開させてからは、依然として混沌《こんとん》とする世界情勢を背景に勢力を拡大し、植民地となっている日本人の心も捉えていた。それは再び鳴り始めた音楽がクラブを突き抜け、世界中に響き渡るようだった。それほどまでに人々は変化する自然環境のなかで不安に沈んでいたのであり、気分を引き上げるトランスを望んでいた。そしてさらに音量は上がっているのだった。五年前から降り出した極度の酸性雨――重酸性雨――はそれに一役買った例である。

「実際に現役競走馬が機械にされているわけではない。だから遅くないです。今回はわれわれが全力でサポートします」コールマンはつるんとした表情で語った。よく拭いた鏡のように曇りがない。それゆえ、人造的だ。そして、近くで見ると極度に痩せている。遠目では普通だが、よくよく見ると頬が貧弱過ぎ、線があまりに細い。しかし、よくよく見ないとそれに気づかない。

「話はわかるけどね」笹田は感慨もなく言った。つまり目の前の男はこう言いたいわけだ。われわれグリーンプラネットは競馬という舞台上で腹推会と戦争をする。だからわれわれに協力しろ。「でも、あなたがたと馬産家の認識は食い違うと思いますよ。グリーンプラネットは、自然はそのままにしておけというエコロジー団体でしょ。ホースマンはエコロジストじゃない。自然を支配するべく試行錯誤するのがホースマンだ。たいていは無駄な努力に終わるんだけども、あなたがたとはスタート地点が違う。お互いの敵が共通だとしても、仲良しにはなれないんじゃないかな」

「マラソンのスタート地点、ゴール地点が異なるとしても、途中の十五キロから二十キロ地点までは同じかもしれませんよ。多少の相違は見ないふりをします。われわれは原理主義者ではない」

「原理主義者は話し合いなんてそもそもしないでしょうからねえ」

「われわれは穏健な集団ですよ。科学的キリスト教団であり、科学とは共通性です。思想信条が違う者どうしでも話し合いができるのが科学です。思想信条という前提は科学を前にして影をひそめる。テロのときにわれわれは狂信的なイメージを植えつけられましたが、実行犯グループにはスパイが混じっていたんです。そのスパイがグループをマインドコントロールしたんです。それはともかく、先日は北海道地区の弁務官と会いましたよ。馬主になった人。いい話し合いができました」とコールマンは語った。弁務官の話を出したのは、組織の勢力を誇示する目的だろう。それにこの男、組織内でもそれなりのポストにあるようだ。加えて、弁務官の持ち馬がこの牧場出身であることを知っているという情報力を示している。まさかイリッチ本人がペラペラしゃべったとは思えない。

「そもそも反対運動に協力しろと言われても、私に何をやれと?」笹田は尋ねた。

「署名を頂くだけです。具体的な活動はわれわれがやりますから」

「署名ねえ……」

笹田は時計を見た。わざとらしくではあるが、実際、そんなに暇ではない。「この話は前向きに検討しますよ」

コールマンはうなずき、突然の訪問の非礼を述べてから席を立った。予報よりも早く雨が降り出した。


「なんで私たち結婚したのかしら」

「お互い好きだったからだろ」

「なんで好きになったのかな」

「天が俺たちを間違えさせるからだろ」

「なんで世界はそういう仕組みになっているの」

「こんなときでも君はなんでなんでだな」

「ピョートルは大事に育てるから」

「父親なしで立派に育つ男なんていないよ」

トーストを頬張りながらタブレットで適当にサイトを変えていると、ロシアのドラマがやっていた。ロシアの俳優事情に笹田は詳しくないので、出演者のランクがわからないが、それなりの演技をしているようだ。ただし、吹き替えがしっくりこない。どこかずれている。発信がjpドメイン以外の番組は自動翻訳する設定になっているので、タブレットを操作してロシア語に戻してみた。単語ぶつ切りレベルのロシア語力を笹田は持っているが、そんな程度ではもちろん、何を言っているかわからなかった。でも、かみ合っている。それはわかる。演技者自身の声だから当然か。今度は英語に変えてみた。理解できる。でも、何か違う。声質とトーンは似ているのだけれど、口の動きに合わせてあるのだけれど、不自然さがまとわりついている。タガログ語に変えてみた。まったくわからないし、不自然というレベルではない。笹田は日本語設定に戻した。

「それでどこに行くつもりなんだ」

「日本に住もうかと考えているの」

「やめとけ。あそこはルーブルが通用しないところだ。ドメインだって未《いま》だに.jpなんだぜ」

「あなたがいないところなら、どこでもいいのよ」

「じゃあ地獄に行け」

夫はピストルで撃った。妻は夫を睨みつけながら倒れた。夫は妻を見つめる。

「こういうときはなんでと言わないんだな」

まじめなドラマだと思っていたのに、ずいぶん乱暴な展開にさせるんだな、と笹田は少しばかり驚き、タイトルを表示させた。『名探偵は中学生特別編、ピョートルが探偵になったわけ』とある。

なんで、が口癖の探偵が活躍する子供向け人気ドラマってこれか、俺にはよくわからんな。笹田はトーストを食べ終えると、ホログラムを消して仕事に向かった。撃たれて事務所の床に倒れ込んでいた女は、サッドソングの仔に噛み殺されたハナオと、ほんの少し似ていた。

風呂と聞くと泥沼のなかに逃げ込もうとする人がいるけれど、たいていの人間は風呂好きである。馬もそうだ。体を洗ってもらうと喜ぶ。笹田は馬の汚れを落としていく。肌馬の腹はふくれている。この腹の中身のために日々の仕事があるわけだ。走る馬になってくれればよいが、とにかく無事に生まれてくれというのは笹田の偽らざる願いだ。

「ほれ、きれいになったぞ」

馬の肩をぽんと叩くと、彼女はヒヒンと鳴いた。

次はサッドソングの番である。彼女の腹はへこんでいる。今年も身ごもらなかった。初仔の出来がよかったので同じ種馬をつけたのだが、これで二年連続不受胎だ。相性が悪いのではないかと勘ぐってしまう。相性が悪いということは、初仔も実は駄目なのではないか。サッドソングの腹を見るたび、笹田にそんな疑問が浮かぶ。最高傑作だと思っている馬が、脚が四本あるというだけの駄馬であれば、自分の目に曇りどころか豪雪だ。

評価ミス、それは競馬の世界で実際に起こってきたことである。せりでぶっちぎりに高い値をつけられた馬、これが未勝利どころかデビューすらできなかった例はいくらでもある。評価と実態が一番かけ離れるのがサラブレッドだ。小さな国ならまるごと買えてしまうくらいの金で手に入れた絵画が実は贋作《がんさく》だった、これなら値段がずどんと下がる。至極当然だ。しかし、高値がつくサラブレッドは本物なのである。純正品なのである。嘘《うそ》をついてしまいました、実はメイクしたポニーなんです、ということはない。どこまでも本物であり、本物が走らないのだ。笹田の自分の目が豪雪疑惑は、馬がデビューするまでへばりつくことになる。

「お前、あいつ嫌いかい」笹田は話しかける。「あのときの相手だよ。フォーレッグズ。覚えてるだろ。三年連続なんだから、まさか忘れたってことないよな。そんな薄情女じゃあるまい。で、どうなんだよ。俺はあいつが好きだぜ。リーディングは五位だけどさ、実力は一位だと思ってる。女に恵まれないだけなんだよ。男っぷりがよくても、女が駄目じゃどうにもならん。お前はいい女だから、きっとあいつは喜んだと思うぜ。でも嫌いというなら別の男にしたっていいんだぞ。飽きたら関係をやめる、っていうのはよくある話だからさ。サラブレッドは一夫一婦制じゃないしな」

サッドソングはつまんなそうに遠くを見ている。話を聞いているようにはとても見えない。張り合いのなさを感じた笹田は体を洗い終えると、「来年は、バナナフェイスにしようかな」とつぶやいて、馬の肩を叩いた。サッドソングは何にも言わず、ただ南を向いていた。

「そろそろはじまりますよ」と園川が声をかけた。

「今行く」

馬具の修繕をしていた笹田が事務所に戻ると、もう室内は競馬場の雰囲気だった。事務所がそっくり、ビールが飲みたい岡山の七月になっている。中山が無くなって、中京が関東扱いになった。代わりに出来たのが岡山競馬場だ。

目当ては新馬戦である。返し馬のホログラムを突き切って笹田は席に着いた。

岡山競馬場直線八百メートル、ACT、十五頭立て。出馬表は新鮮な名前で溢れている。ザグレートキング、ユウヤケジロー、カワノピョートル、スーパーホース、ハシノピョートル、ナゲキッス、など。短距離血統のバナナフェイス産駒が多い。笹田らの目当てはタザワセンセイ。牡馬。二歳世代で一番期待している馬だ。馬主は田沢でなく、陳《ちん》という人物。もともと田沢の馬だったのだが、気が変わったらしく、大連《だいれん》在住の会社の取引相手に譲渡したのだ。馬主資格はロシア国籍を有し、馬を扶養するに足る年収を得ている者なので、ロシア領に住む彼が日本競馬の馬主申請をしても、何ら問題ない。

四月に新馬戦がはじまってから、駿風牧場生産馬は三頭出たが、まだ一勝もしていない。これは問題だった。

「ピョートルっていう名前はドラマの主人公から取ってるんですよ」

茶を運んできた園川が言った。中学を卒業してすぐ新世界牧場に就職し、そのあと人手不足の駿風牧場に派遣され、そのまま居ついた男である。笹田と森野より一回り近く若い。

「朝っぱらネットテレビで見たよ。再放送なのかな」

「面白いでしょ。今夜から新シリーズがはじまるんですよ。ピョートルのライバルが出るそうです。噂によると、失踪したお父さんと関係あるとかないとか」

「あれ子供向けドラマだろ。お前いつも見てんのか」と笹田。

「子供向けの良作は大人だって見れますよ。実際、おもしろかったでしょ」

「まあねえ……」

「隣に住んでる男の子との会話も弾むんですよ。誕生日になったら、ピョートルグッズを買ってあげようかなと考えているんです。どれがいいのかなあ」

「誕生日いつなんだ」

「三月です」

「おいおい……」

森野はすでに事務所にいたが、話に加わろうとしなかった。アニメやアイドルの類に興味を持つタイプではない。返し馬後の寂しい競馬場ホログラムを眺めていたが、下を向いた。昔の彼なら、レース前には展開予想を口にしたものだが。

笹田が茶をすすると、レースが始まる時刻になった。輪乗りの馬たちが競馬場と事務所を周回する。

タザワセンセイは四枠七番だ。

「コーヒーの奴、ずいぶん立派になったな」

顔を上げた森野が言った。七番の馬が三人の前を大きく横切った。一番人気だ。コーヒーとはタザワセンセイのこの牧場での呼び名だ。事務所で森野がコーヒーを飲んでいるとき、窓の外から飲みたそうな顔をして見つめる仔馬がいた。それでコーヒー。重賞に駒を進めるくらいまで出世できるんじゃないかと、森野と園川は仔馬のコーヒーを論評したが、GⅢなら勝てるのでは、ひょっとしたらGⅠも……と笹田はひそかに期待していた。

「お茶じゃないほうがよかったですかね」園川が笑いながら言った。

各馬がゲートに入る。新馬だから慣れておらず、とまどう馬が何頭もいる。嫌がる馬を騎手がむりやり押し込む。タザワセンセイは素直に入った。

ゲートが開いた。バラバラのスタートながら、すべての馬が新型路面へと走り出す。アブソービングコンクリートターフ、通称ＡＣＴは競馬の高速化のためにつくられた。特殊素材の反発力を利用して馬を前に前に進めさせる。埋め込まれたセンサーが高速接近物体に反応して硬質化する防弾繊維と部分的に似ていて、脚を踏み込むときは柔らかくなるが、脚が離れるときに硬く押し上げる。芝より脚の負担がかからないメリットもあるが、第一義はスピードにある。ただしＡＣＴは千六百メートルのマイル戦以下でのみ使用される。理由は二つ。進みやすいため、騎手の指令に反して馬が必要以上に前に行ってしまい、抑えが必要な中長距離戦でペースが乱れてしまう。これが第一の理由。もう一つはさらに重要で、どうしても速いスピードが出てしまうので、長い距離を走らせると脚と心臓に負担がかかりすぎる。こんな訳で、マイル以下でしか使われない。しかし客は長距離レースなどそもそも求めていないのだ。

各馬がＡＣＴを走る。むしろ前に行かされるというべきか。ベルトコンベアーの上を走るようなものである。

タザワセンセイはまずまずのスタートで、一旦下がって、今は中団に混じっている。そこから豪快に差し込むつもりだろうか。一番人気らしい、好位からラストでちょこっと抜け出す競馬を笹田はしてほしいのだが、とにかくじっと見つめる。

「がんばれコーヒー」疾走するホログラムに園川が叫んだ。

半分の四百メートルを過ぎ、各馬が追い込み態勢に入る。先頭のジョッキーはどうにか逃げ込もうとする。後方の馬たちがじわりと追い上げてくる。タザワセンセイは順々と下がっていく。騎手が鞭をくれる。鞭に反応して馬の首が上がる。脚の回転は遅くなる。追い込み馬が抜かしていく。

先頭から三頭目を走っていた八番の馬が、最後の最後で逃げていた馬をかわしてゴールした。彼が十五頭のなかで唯一の勝ち馬だ。タザワセンセイはブービーの馬にクビ差負けてゴールした。

つまり、スタートはよかったが、スピードが足らないためズルズルと下がり、何の見せ場もないままゴールしたわけである。

事務所の三人はぼんやりとホログラムを眺めていた。笹田は何かしら言葉を出そうとしたが、喉ではなく胸のあたりがつかえて、言葉が出てこない。ほかの二人も何も言わない。沈黙が永遠に続くと思われたとき、園川が「仕事に戻ります」と弱々しく言って立ち上がりかけた。すると森野が言った。

「ピョートル指紋スキャナーがいいんじゃないかな。グッズで一番人気だってさ」

彼は園川より先に立ち上がり、厩舎へと戻った。

笹田は新千歳《しんちとせ》空港にいた。馬主の田沢を迎えるためだ。タザワハニーを見たいという連絡が昨日入った。

田沢は新潟で貿易会社を経営している。創業は父親の代だが、会社を大きくしたのは彼である。ウラジオストク＝新潟＝大連三角貿易を語るのに、田沢運輸を欠かすことは出来ない。

経済界で名を成した田沢は別の分野でも名誉が欲しくなった。きわめてありがちだが、彼は競馬に関心を持った。最初に買ったのは安馬だ。この馬が意外に走った。人気薄ながらGⅢを勝ってしまい、彼は本格的にのめり込むようになった。投資を増やし、それなりの結果を出してきた。タザワキングという馬で宝塚《たからづか》記念を二回勝っている。

笹田が知り合ったのは牧場を引き継いで三年目のときだ。彼の初めての生産馬を買ってくれた人物が急死した。その人物にとっても初めての馬であった。家族は競馬に興味がなく、むしろ馬を不幸をもたらしたものとみなした。その馬を買い取ったのが、取引関係のあった田沢であった。あの馬は悪運をすべて使い果たした、残りは幸運しかないと彼は周囲に言いふらした。持ち主が移ってからその馬はGⅢを勝った。

彼が見たいというタザワハニーは駿風牧場生産の牝馬で、オープンを一回勝っている。ピークを過ぎて、五回連続で二桁着順を出してから引退して、牧場に戻った。初仔は現一歳で、サッドソングの初仔と同世代。せりで、サイテーションという一口馬主の会社に取引された。

　空が光った。目が痛いほどの青空にあらわれたイリューシン・ネオダグラス三二八が、銀色の機体を光らせて、優雅な飛行を終えるべく、空港に降りようとしている。旅客機でありながら、戦闘機のような無駄のないフォルムをしている。これ以外に空を飛ぶ形は存在しない、という印象を与える。笹田はサラブレッドの次にこの機体が好きだ。

　ゲートを出た田沢は、熱帯の象の群れから一羽のペンギンを見つけるように、混み合う待ち人の群れの中から即座に笹田を見つけだした。鷹揚に腕を上げる。

「忙しいとこすまんな」

「馬主接待も仕事ですから」南極のペンギンの群れのなかに一頭の象を見たときのように、笹田は田沢に気づいて答えた。

「はははははは」

　と笑ったあとで、はははははは、と田沢は笑った。

「昨日は東京に行ったんだけどさ、もうすぐ十月だってのにまだ真夏だよ。汗で背中がベッタベタ。季節の定義をいいかげん変えるべきじゃないか。四月から十月までが夏」車のなかで田沢が言った。「それで今日は北海道だ。風邪ひきそうだよ」

　だったら来るなよ、という意味で「すいません」と笹田は言った。

「はははははは」と後部座席の馬主に笑った。田沢は四十七歳、大仏みたいな顔をしている。

それから田沢は東京競馬場での自慢話をはじめた。二歳重賞のカザークステークス（東京　芝　千六百メートル　GⅢ）に出走したタザワハラショーの観戦談だ。その馬は笹田の生産馬ではない。

「俺のハラショーが逃げたんだよ。逃げ馬だから当然だけど。とにかくグングン引き離した。三コーナーで六馬身は離れていたな。これは飛ばしすぎじゃないかと俺は思った。そんなこんなで四コーナー。まだ差は縮まらない。直線に入る。縮まらない。もしかして楽しませてくれるんじゃないか？　俺が興奮すると、そのまま逃げ切りやがった。俺はびっくりしながら時計を見たんだ。レコードじゃないかと思ったんだ。でも普通だった。平均ペースだったってわけだ。もっと驚いたことに、ハラショーの奴、ぜんぜん息が上がっていないんだ。東京のマイルは逃げ切りが難しいってのにな。あいつGⅠ取っちまうぜ」

笹田は外に目をやった。ボーイング二四四六が空に飛び上がっていく。あんなのクズだ。

「ダービー馬になったらどうしましょうね」笹田はわざわざダービーと言った。田沢が言うGⅠがダービーを指すのは明白だった。

「本当にそうかもしれん。その前に皐月賞馬かもしれんがなあ」田沢は笑ってから、

「だがな、あの圧勝はヤネのおかげだ。ハイペースと思わせて、実はそんなに速くないというわけだ。そういう作戦ができるのは、ハラショーが優秀だからこそだがな。騎手の言うことを聞くのがいい馬だ。上司の言うことを聞くのが優秀な部下であるようにな。はははは。で、君は黒節《くろふし》を知ってるか。今話したジョッキーだ」

「新人でしたっけ」

「二年目だ。このあいだ重賞を初めて勝った。あいつはそのうちトップジョッキーになる。この先も楽しませてくれるよ」

「ダービーにも乗せるんですか」

「あの騎乗を見せられては、兄ちゃんという理由で降ろすわけにはいかんなあ。実を言うと、もともと俺は乗せるのに反対だったんだ。曾根崎に乗ってもらいたかったんだが、利根《とね》先生に、この子にチャンスを与えてくださいと頭下げられちまったんでなあ。俺も懐が狭いわけじゃないから、オーケーしたんだけどさ。腹脳入れてないというのは気に入らんが。ジョッキーどもは不思議と腹脳を入れたがらない」

「なんでですかね」

「わからん。とにかく黒節を使うつもりだ」

「黒節君は感謝してるでしょうね」

「このあいだあいつにメシを」

田沢の言葉が途切れた。不審に思った笹田はバックミラーを見た。田沢はじっと外を凝視している。笹田はその視線の先に合わせた。ガリガリに痩せた裸の男がコアラのように木にしがみついている。隣の木には骸骨のような裸の女が同じ格好をしている。

「こんなところにも腹脳ジャンキーがいるのか」田沢がつぶやいた。

「新冠にもいますよ」

「バカな奴らだ」田沢は怒気をあらわにした。「ああいう輩《やから》は正真正銘のバカだ。連中のせいで迷惑を受けるのは、俺みたいな真っ当な腹脳使用者なんだ」

「一般使用者とフッキーを一緒にする奴なんていないでしょう」

「それがいるんだよ。グリーンプラネットにそそのかされるアホが増えてるからな。腹脳持ちはいずれネット接続に手を染める。もともと堕落した奴が腹脳を入れて、必然としてフッキーになると宣伝してやがる。決め付けだよ。ひどい決め付けだ。取引中に俺が腹脳持ってるとわかったとき、妙な顔つきになる奴がいる。よそよそしくなる。こいつはフッキー予備軍だと思ってるわけだ。世の中バカアホばっかりだから、そんな偏見くらいは別に構わんが、しかし許せんのはあのインチキ宗教団体だ。あいつら、社長が腹脳持ちの会社をリストアップして、十人ばかりのデモ隊を差し向けてくるんだ。一週間毎朝会社の前でギャーギャーギャー騒ぐんだぜ。そのあと急に消えて、一週間後にまた来てギャーギャーギャー騒ぐんだ。狂ってるよ。俺が犯罪者だとでも言うのか。田沢運輸が悪徳商売をしてるとでも言うのか。なんで高額納税者の俺が非難されなきゃならんのだ。もっとも、腹脳反対の時代遅れどもより、時代に乗るほうがはるかに多いわけだが。お互いが腹脳持ってるとわかったときの安心感、君はわかるか。論理的な会話ができるからな。理屈に合わないことを相手が言わないという安心感」

「でしょうね」と笹田。

「特に経営者は多いよ。最近になって一段と増えた」

「そうですか」

「女房は二年前に入れたんだ。それからは訳のわからんことを言わなくなったよ」田沢は落ち着きを取り戻して言った。

「よかったですね」

「安くなって普及率が上がっているが、さらに安くなるとガキどもが入れだして、フッキーがより増えるんだろうな。正常者にとって悩ましい話だ」

「なるほど」

「ところで君はまだ入れないのか」

「必要性を感じませんので」

「ふーん」田沢はまた外を向いた。

フロントガラスにシェイクスピア像が見えてきた。

「いつ来てもいい牧場だな」車を降りて放牧地に向かう途中、田沢が言った。「牧草の臭い以外は」

「どうも」

「こういうところから引き離して競馬場に連れて行くのはむごい話かもな」

「競馬ってそういうものですからね」

「そういえば、陳社長にあげた馬に黒節が乗るって聞いたぞ」タザワセンセイは二戦目が十二頭立ての八着、三戦目が十頭立ての七着だった。「今度は期待できるんじゃないのか」

「ジョッキーが調子いいからといっても、そう簡単に変わらないでしょう」と笹田。

「あの馬も悪くないと思うんだがな。育成牧場にいた頃、それなりの評判を得ていただろ。そろそろトレセンに入厩しようかというときに見に行ったんだが、不思議と気に入らなくてな、それで売っちゃったんだよ。俺も馬主として結構キャリア積んできたから、勘というものが育ったのかもな。勘なんて当てにならんがね。陳社長は初めての持ち馬だってのに運がないな。勘があるのに勘を信じない俺だが、どうも運には恵まれているらしい。ともかく、元馬主としても頑張ってほしいのさ。俺は気が変わっちゃったけど、走る馬だとは思うよ」と田沢はきわめて軽い調子で語った。

「もちろん私も頑張ってほしいと思いますよ」笹田は心のなかで田沢を蹴飛ばしつつ言った。

すこし間があいてから田沢が口を開いた。「サッドソングの初仔、相変わらず評判いいそうだな。育成牧場でも評判高いんだろ」

あきらかに嫌みだ。

「弁務官に頼まれれば権利を放棄せざるを得ないからな。頼みというよりほとんど脅迫だったがね。あれがなかったら今でも持っている、かもしれない。結構な釣り銭もらったんで、それで井声さんとこの高馬買ったから、別に恨んでないけども。タザワスターって名前にしたんだ。レッドスターの産駒で、スピードタイプだ。まあ、あれは俺の馬じゃなくなったけど、スター同様ダービー目指して頑張れよってことだ」

田沢はいつもの調子で笑った。笹田は何も言わなかった。この男、嫌みを言いにわざわざ新冠まで来たのだろうか。

歩く二人の視界に森野が入った。藁を運んでいる。そこで田沢が呼び止めた。「すまないが、ハイヤーを呼んでくれんか」

この世の終わりのような顔をしていた森野は呼びかけに振り向くと、わかりました、とあっさりうなずいて、事務所に向かった。

「私が空港まで送りますよ」と笹田が言った。

「いや、このあと札幌で商談があるんだ。会社の用事にまで、君を使わせないよ」

田沢は柵に向かい、もたれかかった。「ハニーはどれだい」

あの馬ですよ、と笹田が指を差した。ふくらんだ腹の牝馬が、放牧地の中央でのんきに草を食んでいる。

「ああ、あれか」田沢はぽつりと言った。

「柵の中に入りますか」と笹田。

「いや、それには及ばん」そして田沢はもう帰りたそうに「ハイヤーが来るまで何分くらいかかるのかね」と言った。

笹田は呆れた。本当にサッドソングの初仔に関する嫌みを言うためだけにここまで来たのだ。しかも嫌みを言う相手は本来、弁務官なのである。弁務官に言うわけにはいかないから、ここに来た。子供じみた八つ当たりだが、腹に据えかねることを吐き出したいがために遠出もする、こういう行動力が成功に導くのだろうか。たいした活躍馬でないタザワハニーを見たいという時点で変だなと笹田は思ったのであるが、札幌での商談が入ったとき、ついでに牧場に行ってやろうと田沢は小躍りしたのであろう。笹田は呆れながら感心した。

田沢はすでに肌馬への興味をなくしたようで、この後の商談の計算なのか、いかにも腹脳保有者という風体で下を向いていた。一歳馬のセールストークをしようと笹田は考えていたのだが、無駄そうなのでやめた。

草を食むタザワハニーのそばにもう一頭牝馬がいる。サッドソングだ。乾いた陽光を浴びながら南を向いている。腹がふくらんでいないあの馬を田沢が発見していたら、重ねて嫌みを言うはずだった。田沢はずっと下を向いている。そしてクッと頭を上げ、「暑いなあ。ハイヤー来るまで事務所で涼ませてくれ」と言った。小さな幸運をかみしめながら笹田は田沢と事務所に向かった。すると、この世の終わりのような顔をした森野が事務所から出てきて、「ハイヤー呼んどきましたよ」と言い残し、藁運びの仕事に戻った。

礼を述べるつもりだったのか、田沢は森野に対し口を開きかけたが、思いとどまるようにその口を閉じた。


冬の間、タザワセンセイは四戦した。すべて黒節騎手の騎乗で、五着、三着、二着ときて、阪神の芝上で骨折し、安楽死した。同日のメインレースである二歳重賞日本プラウダ杯（阪神　芝　千八百メートル　GⅢ）は、黒節がまたがるタザワハラショーが快勝し、ダービー最有力候補と目された。

その同日、駿風牧場で事件が起こった。二人の男が牧場にあらわれた。一人はサングラスにスーツ、もう一人はクラシックギターを抱えた少年。職業はそれぞれヤクザと家出少年。ヤクザはガリガリに痩せていて、大人の服を着せられた子供のように、スーツがダボダボだ。少年は極度に太っていて、ギターをポロリンと奏でている。二人は昨晩知り合ったばかりだ。新冠の駅前に座っていた少年にヤクザが話しかけた。そして当てもなく歩き出した。

牧場の近くに来たとき、少年は馬を盗もうと言い出した。盗んで売ろうというのではなく、突発的に思いついただけである。ヤクザは乗っかった。二人は夜を待たず、白昼堂々侵入した。風体の違う二人であるが、彼らには共通点があった。腹脳ジャンキー。

彼らは放牧地にたどり着いた。繁殖牝馬の群れがいる。柵に手をかけて、どの馬を盗むか物色しはじめた。彼らはバイオ牧草の放つ臭気に気づかなかった。嗅覚に関係する大脳辺縁系《だいのうへんえんけい》がすでに破壊されていた。そのため、においを感じることで脳が刺激を受け、反応を返すという作業が消滅し、ますます脳機能の全体的な低下を招いていた。

彼らは血走った目で捕獲すべきものを探した。一頭だけ違う馬が目についた。ほかの馬は妊娠しているのに、その馬だけ腹がへこんでいる。

ヤクザはサッドソングを指差して、あれをかっぱらおうと言った。ギター少年はうなずいたが、ちょっと待って、顔隠すからと言い、持っていたガムテープで自分の顔をぐるぐる巻いた。目と口は開くように慎重に巻いたのだが、鼻はそのまま巻いたので苦しそうだった。彼は鼻づまりの声で、どう？　と尋ねた。ヤクザは、お前だとわかんねえと答えた。じゃあ成功と少年は息苦しそうに言った。

ヤクザは柵をまたいだ。しかし、極度に太ったギター少年にはそれができなかった。五回挑戦してすべて失敗した少年は、茫然《ぼうぜん》と立ち尽くした。ヤクザも茫然と立っていた。どうしようなあとヤクザは言った。どうしようと少年は言った。そして二人は考え込むように押し黙った。

だが、彼らは何も考えなかった。ただ単に黙り込んだだけだった。盗むのやめた、殺そう、とヤクザは不意に言った。少年が柵を登れないがゆえの代替案ではなく、まったく別回路の思いつきであった。彼はマカロフ九九九九型拳銃とトカレフ一三三レーザー拳銃を取り出し、どっちか選べと少年に差し出した。少年はレーザー拳銃を手に取った。はじめて手にする武器をぼんやりと見つめた。ここ駿風牧場って名前だと彼は言った。彼はネットのなかにいる。放牧地に向かって歩きながら少年は半ば無意識で接続していた。重度の腹脳ジャンキーは自然脳と腹脳の結合度が増し、集中しなくても腹脳が動くのだ。今は接続が切れているが、余韻が残っている。体半分が水中に沈んでいる感じだ。岡山きびだんごステークスを勝ったウミノスパイシーがここの生まれなんだって。それからねえ、皐月賞で故障したタイムビートもここなんだって。

あとねえ、北海道の弁務官が買った馬もこの牧場生まれじゃないかっていう噂が出てるよ。それからねえ、ピョートルのお父さんは生きてるらしいよ。青熊党の幹部なんだ。へえとヤクザは感心し、銃を構えた。どーんって言ったら撃つぞ。

待って待って、と少年は言った。学校でつまんない授業受けてたときとかさ、起きるのやだなあと思いながら寝るときなんかに、馬が出てきたんだよね。親に腹脳入れさせられた前なんだけど。そのことを書きたいんだよ。そう述べた彼はじっと下を向いた。腹脳を経由してネットに書き込んでいるのだ。これは意識的な作業だった。ヤクザは銃を構えたままおとなしく待っていた。

真冬の風が二人を吹きつけるが、雪は降らない。風が吹くだけだ。

書いたよと少年は言い、レーザー拳銃の引き鉄《ひがね》に指を当て、狙いを定めた。するとヤクザはその馬のこと教えてくれよと言った。お前が見た馬だよ、聞きたいんだよ。少年は答えた。すっごく怖いオトコ馬でさ、黒くて大きくて、馬なのに人間を食べるんだ。俺が好きな奴も嫌いな奴も食べちゃう。頭からガブリと食べちゃう。ムシャムシャ食べちゃう。俺がすげえなあと思っていると、そいつがすごい速さでやってきて、俺を食べちゃうんだ。その繰り返し。ヤクザはヒューと口笛を吹いてから、どーんと言おうとした。そのとき、やっぱり殺すのヤダと少年は叫んだ。レーザー拳銃を投げ捨てた彼は、思いっきりギターを掻き鳴らした。それは怒りの旋律であった。ボロロンボロロン。

馬たちが鳴き叫んだ。

馬房掃除をしていた笹田森野園川の三人が騒ぎを聞きつけやってきた。何してるんだと笹田が怒鳴った。やばい逃げるぞとヤクザは言い、ギター少年も同調した。ただしそのとき、二人の顔面は焦りの表情ではなかった。自分たちは何か妙なことをしているという顔つきだった。

笹田と園川が走って捕まえようとすると、彼らは逃げ出した。しかし足がもつれ、奇妙にもつれ、うまく走れなかった。笹田と園川はすぐさま迫った。笹田はヤクザの肩に手を伸ばした。

「やめとけ」と森野が怒鳴った。

笹田は驚いて後ろを振り返った。森野が憮然《ぶぜん》として立っている。園川も驚いて止まった。侵入者二人はその隙に逃げた。手足をバタバタと振り回しながら。

「なんで止めたんだよ」森野の許に近づいた笹田が言った。

「見りゃわかるだろ。あいつらフッキーだ」森野は言った。「ほっといてもそのうち死ぬ。わざわざとっ捕まえて警察に突き出すこともあるまい」

「そうかもしれないけどさ」

「とにかくほっといてやれ」

そう語る森野の表情は険しく、悲しく、寂しかった。希望しない引越しで、住み慣れた我が家を最後に見るときのように。
森野に主張されて、笹田は追いかけるのも警察に通報するのもやめた。
腹脳ジャンキーの二人は二度と牧場に姿を見せなかった。

昼食の時間になり、笹田は事務所に戻るべく歩を向けた。日が牧草を彩る。風は寒いが、一仕事終えた腋《わき》は汗でしめっている。もう春だ。
笹田はやきそばを食べながらニュースを見た。モスクワで起きた事件を伝えている。日本人観光客が酒屋に行き、ウオッカを買おうとした。しかしその店は今どき電子決済未対応で、そのことに気づいた二十代の日本人男性は、財布から一万円札を取り出した。すると主人がそのウオッカで殴ったというのである。ヒゲを生やした中年ロシア人の画像が映し出された。酒屋を営む彼は右翼団体に所属していた。なぜ日本人が円を使おうとしたかというと、最近のロシアでは円を受け入れる店が多くなっているせいだ。電子マネーであってもなくてもだ。それで日本人観光客は、呼吸のように一万円札を出した。酒屋は川端康成《かわばたやすなり》を真っ二つに破ってから、ぽかんとする日本人の頭を酒瓶で殴りつけたという。そのあと、この事件をどう思うかという街頭インタビューの映像に切り替わり、モスクワ大学の学生が、植民地の通貨が本国で使われるなんてどの世界史学習サイトでも見たことありませんよ、本当に恥ずかしい、と憂国の表情で答えていた。

コマーシャルになった。宇宙旅行、腹脳、ジガ六二八、献血募集のＣＭが流され、またニュース。Ｂ級戦犯の元自衛隊幹部八人が釈放されたとのこと。シベリアの刑務所から出所する様子が映っている。その次のニュースはウラジオストク市内の軍事パレードだった。二輪戦車が、本来の機動性を押し殺された状態で、ゆっくり走行している。

「俺たちの税金があの戦車に化けているわけだ」やきそばを食べ終わった森野が言った。

「少なくともネジ五本は俺の税金だろう」

笹田が呆れた顔で言う。「それは不快な想像だな。二輪戦車はもうこりごりだ」

「俺はそうでもないさ」森野はホログラムを凝視して言う。「俺は軽さが好きだ。軽いだけじゃダメだ。重たいのに軽いのが好きだ。二輪戦車、最高じゃないか」彼はホログラムに手を伸ばした。森野の手を二輪戦車がのっそり通り過ぎる。「こんなのは二輪戦車と呼べないがな」

森野は立ち上がって、窓辺に赴いた。彼は外を見ながら陽気に語った。

「昨日、夢を見たんだ。時は一九一九年八月。場所はサラトガ。アメリカ史上最強馬マンノウォーがよもやの敗戦を迎えた。勝ったのは軽量馬アップセット。観客は茫然。イエス様の万引き現場を見ちゃったような顔してやがる。一番驚いてるのは当のアップセット。喜ぶ様子がかけらもない。とんでもないことやっちまったとビビってる。そんなあいつに俺はスタンドから走って、思いっきりキスしてやったのさ。お前すごいよってな」

壁に飾ってあるポスタースクリーンが、シガーからマンノウォーに切り替わった。アップセットの画は入力されていない。

森野は外を見ながら楽しそうに笑い続けた。

笹田も食べ終えるころ、キッチンにいた園川がやってきて、これ食べますかと手を差し出した。にんにくが手のひらにある。

「どういうこと？」と笹田。

「かじるんですよ」園川は朴訥《ぼくとつ》に言った。「昨日思いつきでかじってみたんですよ。そしたらすごいんですよ。ぼわぁ——って感じで。ぐわあぁぁあって感じかも。とにかく、胃から全身にエネルギーがみなぎるようでした。生こそ本当のにんにくですね。焼いたのは偽物だと知りました」

「でも辛いだろ」

「とにかくすごいんですよ。試してみてくださいよ」

そんなに言うなら、と笹田は同意した。無邪気に笑った園川はキッチンに戻り、にんにくを四等分した。

「この半分でいいですよ」にんにくの一切れを園川は差し出して言った。

笹田はかじった。そして嚙む。モグモグ。焼いたにんにくと同じ風味がしたあと、辛い。やっぱり辛い。予想通り辛い。天が割れ地が裂けるほど辛い。舌が痛い。辛い。犬みたいに舌を出しながら、腐ったものを捨てるようにハアハアと息を吐くと、急に胸が熱くなった。アルコールランプを飲み込んだように熱い。熱は広がり、全身が焼けるようだ。何かとにかく呻《うめ》きたい。

「もう効いてきたでしょう」園川がにんまりと笑う。

「たしかにすごいな」

「もっと食べれば、もっとすごいですよ」

「にんにくは食べ過ぎるとかえって毒だぞ。アリシンという物質が胃を壊すんだ」窓際の森野があいかわらず背を向けながらぽつりと言った。外のどこを見ているのかはわからない。

「へえ、お前そんなこと詳しいんだ」笹田はものすごい形相で感心した。「馬にしか興味ないと思ってたけど」

「まあな……」

軍事パレードのニュース、宇宙旅行会社が倒産したニュースと続き、ホログラムは、デジ休さんVSピョートル・大知力大バトルというゲームソフトのコマーシャルに変わった。難事件を二人が協力して解決するストーリーらしい。そのあとはグリーンプラネットのCMだ。なんで僕がこんなところに～と砂漠をさまよう名探偵ピョートルがオアシスを見つけて、水をがぶがぶ飲む。生き返ったピョートルが、砂漠化をくいとめよう、みんなもGPに参加しよう、と笑顔で言う。GPは団体自身が使っている略称だ。腹脳持ちのデジ休と知恵比べしたり、砂漠で迷ったり、ピョートルという中学生は節操がないなと笹田は水をねだりながら思った。コマーシャルは終わり、ニュースに戻った。春先の話題として、生まれたばかりの仔馬を取り上げている。牧草の上を跳ねる仔馬。

「福富《ふくとみ》牧場ですかね」と園川。

「そうみたいだな」水をがぶがぶ飲みながら笹田が応じた。

「今映ったのはメランコリーガールの子供かな。すごく似てる」

「よくそんなのわかるもんだな」

「阿蘇《あそ》大噴火ステークスでハシレヨーコに勝ったことあるでしょう。あのクビ差が悔しくて、コンチキショウと思ってずっとにらんでたら、好きになっちゃいましてね」

「俺をにらむ必要はないぞ」と笹田。

　仔馬が駆け回るのどかな映像の次は、育成牧場の風景だ。新冠の育成牧場である。一頭の馬が力強く調教コースを駆け抜ける。笹田が暇を見つけては様子を窺《うかが》いに行く馬だ。北海道地区弁務官の持ち馬で、弁務官はこの一頭の馬でダービーを狙っている。まもなく日本地域の茨城県美浦にあるトレーニングセンターに入厩する、とロシア全国ニュースのキャスターは紹介した。

「弁務官の馬だってことは解禁になったんですかね」と園川。

「そうみたいだな」笹田が言う。

「ネット上ではもうバレていたからな」森野がぽつんと言った。

そのとき、笹田の情報端末に音声着信が入った。発信者は弁務官当人である。笹田は驚きながら回線をつないだ。

「笹田ですが」

「君に報告することがある」弁務官は世間話を省いて用件を切り出す。「馬名を決めたんだ。生産者への報告義務があると思ってな」

笹田は胸がどきりとした。子供が一大事だ、そう言われた気がしたのである。

「どういう名前ですか」

平静を保とうと努めるが、若干声が震えた。イリッチは言った。

ポグロム。

笹田は無意識に復唱した。その名前には記憶があった。何だったろう。その東欧的な響きは脳のなかに蜘蛛《くも》の糸のように絡まっているのであるが、意味が出てこない。何だったろうと思い出そうと必死で脳に集中したが、まったくわからず、思い出そうとするごとに、思い出そうとする意欲が失われていく。その言葉により意志のコアが破壊される。

全身から力が抜けていく……。

ニュートン時間としてどのくらい過ぎたのか理解できない。しかしとにかく時間は進んだ。そしてイリッチが端的に言った。

「入厩先は関東の利根厩舎だ。もうすぐ入れる。デビューは秋の札幌になるだろう。トレセンに入ったらそうそう会えなくなるから、会うなら今のうちだ」

イリッチは一方的に回線を切った。

茫然としている笹田に園川が声をかけた。

「ポグロムってもしかしてサッドソングの初仔の名前ですか」

仔馬の名を彼らは付けなかった。名前を思いつけなかったからだ。三人はサッドソングの初仔と呼んでいた。

笹田は不審げに言った。「弁務官の声、聞こえたのか。そんなに大きくなかったぞ」

「笹田さんが口走ったんですよ」

「そうか……」

「ガーリックって名前がよかったなあ」園川はのんきに言った。

「そうか」

「で、どういう意味なんですか」

「わからない」

笹田は検索するべく情報端末に文字を入力しようとしたが、手が震えそうだと直感したので、もっと操作しやすいタブレットに手を伸ばした。

「虐殺って意味だよ」と森野が言った。


駿風牧場が契約している育成牧場は、大手に対抗するために、中小の牧場が資金を出し合ってつくったものだ。生産から調教まで自給自足で行ってしまう大牧場と違い、生産だけの中小牧場の馬は、ここでトレセン入厩までの期間を過ごすことになる。建設されたのは世界大災害の頃だ。田舎の新設私大みたいな外観で、何やら秘密基地のように横長で打ちっぱなしの建物とコンクリートのサイロが、調和するようで、しない。

施設はなかなか金がかかっており、光線で汚れを落とす最新鋭の馬洗浄機から麻雀《マージャン》ルームまで取り揃《そろ》えてあるが、資金の四割を出したのは井声ファームだ。一方通行のお歳暮であり、井声ファームの馬はこの育成牧場に一頭もいない。出資金を過半数でなく四割にとどめたのは井声のいやらしさだ。敵に塩を送る行為であり、相手の面子《メンツ》を保ちつつ、井声ファームの権力性を示す。

打ちっぱなしの内部では、馴致をクリアしたサラブレッドが列を組み、やさしい陽射《ひざ》しが入り込む屋内トラックの坂路を、ゆるやかに駆け上がっていく。

集団の真ん中に青鹿毛がいる。精悍《せいかん》な馬体が目を引く。米国的なスピードを示す筋肉の隆起が淫らなほどに弾《はじ》け、前へ前へと駆動するが、現役競走馬のような引き締まった腹が、馬体全体を野卑に見せない。坂の頂上へ向け馬体を前進させる四肢は、力を持て余しているようだ。追えばもっと動くという脚とは対照的に、目はじっと前方を見つめている。目は全力だ。前に向かうという意志だけがその目にある。首さしは太く、耳は若干ふせている。これは怒りのあらわれだ。何に怒気をあらわしているのかはわからない。乗り手の言うことを聞かないわけではない。集団のペースにあわせている。だが、何かに怒っている。尻はまだ後肢の付属物にすぎないという印象を与える。そして将来の充実を内蔵している。

「ずいぶん成長しましたね」

ずっと観察していた笹田は声のするほうを見た。いつのまにか競馬エクリプスの梅岸記者が横に立っていた。

「あの馬、怒ってますね。きっと一頭だけで走らせろと言ってるんですよ。バカじゃないから集団行動だってしてやるけど、こいつらと一緒じゃ俺のためのトレーニングにならねえよ、ってね」そう記者は言った。

ハナオを殺した後、懲罰と他馬の安全のために一頭だけ隔離されることになったポグロムであるが、それ以降、凶暴さは見られなかった。しかし尊大のままであった。どうやら自分だけで生きていく、世の中にはそもそも自分しか存在しない、そう考えているなと笹田は一頭だけで悠然と走る仔馬を見ながら感じたのだった。目の前を走る現在のポグロムは、牧場時代と変わっていなかった。

梅岸は言った。「ところで、何て名前でしたっけね。種牡馬や現役の名前は忘れないもんですが、新馬の名前はなかなか覚えられなくて」

「ポグロム」笹田はぶしつけに言った。

「そういえばリストにそんな名前があったかな……。どういう意味なんですか」梅岸は若干顔をしかめて言った。

「ロシア語で虐殺という意味です。破壊という意味もあるそうです」

先日、森野が意味を話したとき、笹田は即座に思い出した。その単語を受験生のとき世界史学習サイトで見たのだった。ポグロム＝ロシアでのユダヤ人虐殺。歴史資料画像を見て嫌な思いをさせられたのだが、それっきり忘れていた。戦後の受験生はともかく、当時の若者でロシアに関心をもつ者などいない。

「ロシア語ですか。名づけ親は弁務官で？」

「そうです」

「子供に変な名前をつける奴は十中八九ろくな親じゃないですな」と梅岸は笑い、笹田を食事に誘った。笹田の気づかぬまま、昼食時になっていた。

「ここのラーメン食べたことありますか」食堂に入るなり梅岸記者は尋ねた。

「ないですね」

笹田はやきそば好きなのである。

「じゃあラーメンにしましょう。しょうゆがおいしいんですよ」

二人はしょうゆラーメンをすすった。

「おいしいでしょ」

「たしかに」

「戦前のラーメンブームのときは全国的に有名だったんですよ。新冠の育成牧場の食堂のラーメンまで注目されるんだから、ブームってやつは怖いですな。このしょうゆはまるでボッティチェリの春のようだと言ったラーメン評論家がいたぐらいでして」記者はふふふと笑って、「今の競馬マスコミにはそんな表現力の持ち主はいませんね。私は文才がないので普通のことしか書けない」

この記者は飾り気のない文章で人気がある。

「マスコミの景気はどうなんですか」

「景気自体は悪くないですが、めんどくさいことばっかりで」梅岸は笑いながらナルトを食べた。「クレーマーが多いんですよ。訳のわからない文句をつけてくる。このあいだはフェミニズム団体に所属するという奴が一人乗り込んできたんです。サラブレッドの血統って父系で見るでしょ。いわゆるサイアーライン。ブルードメアサイアーにしてもね。あれがけしからんと言うんです。女性差別だって」

「ほう。それで何て答えたんです？」

「大昔に牝系による分類を試みた人がいたけれど、煩雑になりすぎて成功しなかった。サイアーラインだともっと簡単に分類できるんですよ、と答えました。でも相手は引き下がらないんですよ。私があっさり答えたせいなのか、よりいっそう怒り始めた。そんなの答えになってない！　だいたいあれだ、勝ち馬を紹介するとき、父と母と母父の名前を言うだろ。父と母はともかく、なんで母父の名前まで言うんだ。必要ないだろ。どうしても呼びたいのなら母母も呼べ！　だって。困っちゃいました」

「それで」

　コショウを一振り足してから梅岸は答えた。

「それで小難しく答えたんです、血の継続性についてね。オスはX染色体とY染色体を持っている。メスはX染色体を二つ持っている。子供に渡されるのはどちらか一つだ。父親からXを受け継げば子供はメスになる。Yならオスになる。つまりサイアーラインとはYの系譜のことです。Yは一貫している。たとえばダービー馬タバコライフなら、彼のY染色体は父デインジャーライフのYであり、それはノーザンダンサーのYでもあり、ファラリスのYでもあり、エクリプスのYでもあり、始祖ダーレーアラビアンのYでもある。Yは単純。一方、Xは事情が複雑になる。オスがもつ一個のXは母親からもらったと確定している。しかしオスの母親はXを二つ持っている。あげるのはどちらか一つ。さて、子供にあげた一個のXは、はたしてどっちだ。それはどこから来たのか。彼女の父親か、あるいは母親か。ややこしい。子供がメスの場合はもっとややこしい。父親からもらったXは何由来なのか。考えるとごちゃごちゃしてきます」

梅岸は箸でネギをいじった。

「ただし、ゲノムインプリンティングという仮説がある。ゲノムの刷り込みっていう意味ですね。その説にしたがうと、X染色体はどちらの親から由来されたのかを記憶しているということになる。そして母親のしるしがあるXは、自身の働きを抑える。Xが二つあるとXの働きが強すぎる、女性性が高すぎる、それで母親由来のXは自重するというわけ。アポトーシスみたいなものですね。そのため、子供に伝わるXは父親由来という結論になる。活動するのは男性由来のX。遺伝されるのも父親由来のX。結局Xが息子か娘に受け渡されるわけですが、父親由来のXと母親由来のXはちょっと違うんですね。性染色体どうしは影響を受けあうんですよ。独立の存在じゃない。Yと一緒にいる

Xは Yから影響を受けるんです。Xと一緒のXは前者のXの影響を受ける。変容するんです。夫婦って長年一緒に住むにつれて似てくるというでしょ、それと似たようなものです。相互作用ですね。子供に遺伝するのは父親由来のXだとさっき説明しました。つまり、子供はオスであれメスであれ、Xを母父からもらう。この母父Xはその母父が持つYに作用される。このYはオスどうしで綿々と引き継がれてきたものだから、母父Xはブルードメアサイアーラインに影響を受けているといえる。よって、血を語るにはサイアーラインとブルードメアサイアーライン、いいかえるとYの系譜が重要だ。もっとも、Yは Xに作用されるのだから、一貫するYといっても、父と息子ではちょっと違う。母親ゆずりのXが影響するから。父系にもXは入り混じっているというわけです。おそらくタバコライフとダーレーアラビアンのYは相当な違いがあるはずです。Xのせいでね。だからXを否定しているわけではないんですよ。そもそもサイアーラインというのは種類を分類する上での道具にすぎないのであって、いい馬はいい母親から生まれるものですからね。こんな風にしゃべりました」

「わかってくれたんですか」

「両目にハテナマークを二つ付けながら帰りましたよ。そいつ男なんですけどね」

梅岸はメンマを食べた。

「腹脳保有者がもっと増えてくれないものかとそのときは思いましたね。ははははは」

「その、何でしたっけ」

梅岸はメンマをもう一つ食べて言った。

「ポグロムですか」

「そうそう。ポグロム。トレセンに入る前だってのに、世間的に有名なんですよ。知ってましたか」

「弁務官の馬だから？」

「そう、たった一頭でダービーを取るって話。飲み屋行くでしょ、そこでよく聞かれるんです。弁務官の馬は本当にダービー馬になれるのかって。質問してくるのはたいてい競馬をやらない連中です。プロの意見を聞かせてくださいよと半笑いで尋ねてくる。私はわからないと答えます。発走直前のレースだって何が勝つのかわからないのに、来年のダービーなんてなおさらですよ。相手は十中八九私の答えに不満な顔をする。お前競馬記者じゃねえか、ってね。そんなとき私は逆に聞いてみるんですよ、あなたはどう思いますかって。すると相手はこう答える。ありえない。誰に聞いてもそうです。ありえないありえないありえない」

「昔、牧場に一緒に来たカメラマンもそう言ってましたね」

笹田はそのシーンを鮮明に覚えていた。競馬に興味がないカメラマンが言った「ありえない」を。

それはきわめて気さくな断定であった。

「何が起こるかわからないのが競馬です」梅岸は言った。「ダントツの一番人気があっさり負ける。何これという馬が大レースを勝つ。それが競馬。競馬に絶対はない。それは不可能もないということです。私はありえないという言葉を口にできない。絶対に言えるのは、絶対はないということだけ。昔から言われてることですがね」

梅岸はチャーシューを食べた。

「でもサイボーグ化したら終わりだ。馬が均質化しますからね。心肺機能がそのままでも、以前にくらべて格段に差は縮まる。レースは乗り役の腕しだいになる。だからちょっと運が向けば、最低人気の馬でも勝つことがありえる。どんなに下手でも騎手免許を持っている。その点ではトップジョッキーと平等だ。下手な奴はどこまで行っても下手ですが、馬を前に進ませることくらいはできる。ジョッキーに究極の差がないとするとどうなるか。一レース、あの馬が勝つことはありえる。二レース、この馬が勝つことはありえる。三レース、その馬が勝つことはありえる。ありえるばっかりになりますよ。ありえるのインフレ。ありえるばかりというのは、ありえるの否定に等しいと思うんです。そういう意味で、均質化により競馬は終わる」

梅岸はのび始めている麺をすすった。

「ところで、サイボーグ化反対運動はどうなってるんですか」

「何のことですか」答えていい話なのかわからず、笹田はしらを切った。

記者はにっと笑った。「隠さなくてもいいですよ。私は名探偵ピョートルじゃないんだから、さぐりなんてしませんよ。知ってることしか言えない。グリーンプラネットが主導している運動を笹田さんもご存知のはずだ」

「子供向けの話題も蓄えているんですね」

「娘がファンでね。なんでお父さんは探偵じゃないの？　ってうるさいんですよ。まるで競馬記者は犯罪者だという口ぶりでね。それでどうなんですか」

コールマンと名乗る男が二度目に来たとき、笹田は肉筆署名を求められた。男が取り出した巻物のような仰々しい紙メディアには、ほかの牧場主のサインが並んでいた。牧場開設時に世話になった新世界牧場の名もある。サイボーグ化は反対であるものの、政治的な団体に関わることに抵抗がある笹田だが、競馬という狭い村社会で浮き上がるわけにはいかず、気乗りしないままサインした。けれど、それっきり音沙汰がない。

連絡がないことに多少腹立たしさを感じていたこともあり、笹田は結局話した。具体的にどういう運動をやっているのかまったく知らないということを。「馬産家には署名という形で応援をもらうだけだ、実際の活動は全部われわれがやる、というようなことを言ってました」

「ほかの牧場主さんたちも同じこと言ってましたよ。署名してくれと頼まれたが、活動内容は全然わかんないって」と梅岸。「でも、彼らはすでに動いているんですよ。競馬会の経営委員会は腹推会派で占められている。ただし、全員が熱心なサイボーグ化論者ではない。金で買われた連中がいる。そいつらを金で買収すれば委員会で過半数を取れる。グリーンプラネットはこういう考えのようですな。もちろん腹推会は気づいている。指をくわえて見ているわけがない。金で動く連中を金でつなぎとめようとしている。競馬会のなかで相当な金が動いているという話です。経営委員会には政府も絡んでいる。新潟とモスクワでもあらゆる工作が行われているようです。自身の思想としてサイボーグ化や現状維持を唱える者まで、双方が買収を目論《もくろ》んでいるという話もあります」

「むちゃくちゃですね」

「まだ水面下の戦いですよ。地上にあらわれたら、もっとひどい」

買収という戦争がよりひどくなれば、金に尽きたグリーンプラネットが署名を盾に、生産者に金の無心をするかもしれない。笹田はそう思った。署名はその保険なのだろう。

梅岸はどんぶりを持ち上げてスープをずずっと飲んだ。

「リラクゼーションルーム行きませんか」

笹田と梅岸は食後の惚《ほう》けた感じで廊下を歩いていた。

「ラーメンってのはやっぱりおいしいもんですね」と笹田。

「何が好きなんですか」

「やきそばですよ。さっきのラーメンよりも、ゴキブリがつくったやきそばのほうがおいしい」

「嫌いなものは」

「ピロシキですね」

二人はサラブレッド用のプールのそばに来た。廊下からガラス越しに、泳ぐ馬たちが見える。気性が悪かったり、脚元が弱かったりする馬を中心にトレーニングがなされている。その風景を眺めている男が三人いる。ここの所長、生産者団体の会長をやっている太陽サンサン牧場の社長、そしてイリッチの部下だ。名を名乗ることもしなかった日本人である。会話が狭い廊下に反響し、よく聞こえてくる。

「いろんな訓練法があるんだな」と部下。

「はい」と所長。

「日本競馬が欧米でも人気だとご存知ですか」社長が低姿勢で部下に言った。

「そういう話はたしかに聞くな」

「ええ。大災害のときに多くのサラブレッドが死んで、欧米競馬の規模は否応《いやおう》なく縮小しました。その結果、サラブレッド生産の中心は日本になりました。そのとき競馬ファンが日本に目を向けたんです。欧米競馬は立て直しを図ったわけですが、一度壊れたものはなかなか元通りになりません。サラブレッドがサラブレッドである理由は血統です。名馬の多くが死んでしまった欧米は断絶感がひどいんです。日本は戦争中もサラブレッド生産をし続けました。今の欧米競馬は日本競馬の下請けみたいなものだと言えます。ざっとこういうわけでして」

「ふーん」

「しかし社長」所長が幾分わざとらしい口調で口を挟んだ。「社長が思っている以上の人気を日本競馬は獲得しているんですよ。現在、世界中で腹脳化が進んでいます。一方、エコロジー思想も普及しています。この信奉者は腹脳化に反対です。競馬はこういう人間のよりどころになっているんです。血によって成り立つスポーツですから。競馬人気はさらに高まると思いますな」

「なるほど。グリーンプラネット勢力拡大のおかげで馬がもてはやされると」部下が言った。

「そういうわけでして」所長が妙な笑顔で言う。

「つまり馬のサイボーグ化なんてやめろと言いたいわけだ」小柄な部下が二人を見上げながら言った。

所長と社長は妙に妙を重ねた笑顔になった。そんな二人に部下が言った。

「私はものわかりがいいだろ。腹脳のおかげでな」

部下が自慢げに腹をぽんと叩くのと、二人の顔つきが変わったのは同時だった。ふふと笑った部下は、笹田が見ているのに気づいた。

「おや、いつぞやの牧場主ではないか」

「笹田です」彼は近づいて言った。「何やってるんですか」

部下は社長を指差した。「この社長だか会長だかが閣下を招待したんだよ。生身世代最後のダービーを狙う閣下にサラブレッドのことをもっと知ってもらい、積極的にサイボーグ化反対を唱えてもらおうという腹積もりさ。閣下のお考えはわからないが、しかし確実に言えるのは、こんなところに本国から派遣されたエリート政治家が来るわけないってことだ。代わりに私が来たわけだが、閣下は今、腹推会会長と食事されているはずだ。おっと、余計なことを言ってしまった。私の論理的思考もまだまだだな」

そう言うと部下はにやにやと笑った。

「では、次の施設を見学させてもらおうか」

部下は笑いながら歩き出した。

リラクゼーションルームには誰もおらず、六台の簡易ベッドがさびしそうに横たわっていた。ベッド脇に四角い金属の箱があり、管が一本出ている。五分二万円と書いてあるボタンを笹田と梅岸は押した。二人が持つカードが読み取られ、二万円が口座から引き落とされた。男二人は管に使い捨てのノズルをはめ込んだ。それから尻をぺろんと出し、ベッドに乗って、うつ伏せになった。そして管を尻に入れた。

「あー、来た来た」梅岸が言った。

「あー、あー」笹田が言った。

管から噴出する幸せ解毒液が彼らを癒す。

「この機械いくらするんでしたっけ」

「たしか五千万だったかな」

「家にも欲しいなあ」

「でもねえ」夢を見る目で笹田が言う。「技術ってなんか間違ってる気がするんですよ」

「生産者と消費者が狂ってる結果ですよ」

梅岸はそう言うと口を閉じた。笹田も黙った。

まどろむ二人。

「弁務官とはよく話したりするんですか」二分経って梅岸が尋ねた。

「まさか。会って話したのなんて一度だけですよ。普通の生産者と馬主の関係とは違うんです。相手は弁務官ですからね。会いたいと思っても会える人物じゃない。会いたいなんてそもそも思わないけど」

「どんな人なんですか」

「一言でいうと、さっきの人の上司」

「なるほど」

体内に取り込まれた幸せ解毒液成分で満たされている梅岸は幸せそうに笑った。

「ただねえ、笹田さんは相当嫌っているようですが、道内経済の好調はあきらかに弁務官閣下のおかげですよ。あんまり悪く言うもんじゃない」

「会えばわかりますよ」

「会えるわけないでしょ」

「そりゃまあ」と笹田。

「この前、弁務官が最初に選挙に出たときの演説を見てみたんですよ。有権者にまったく媚《こび》を売らない態度でしゃべってました。冷たくて、傲慢で、みんなを見下すような感じでしたね。それで当選しちゃうんだからねえ。頭はいいんだろうけど、あんな奴と知り合いになるくらいなら、ナメクジの最下層と友達になりますよ」

「そこまで悪く言ってないんですけど」

「自分なりの誉め言葉ですよ」梅岸はふふふと笑った。

「でも、所長とサンサンの社長が期待するように、弁務官が政治力を使って反対してくれたらいいんですがね。ロシアの経済力は弱いから、腹推会に公然とたてつく勇気があるとは思えませんけど」笹田は幸せなような忌々しいような口調で言った。「ただ、競馬人気が上がってるという話は確かなんでしょ」

「特にエコロジストのあいだではね」と梅岸。「競馬は闘争です。エコロジーと生の闘争は結びつく。エコロジーは平和的なイメージがあるけども、殺生を否定するわけでも、暴力を否定するわけでもないですからね。そんなこと言い出したら、肉食動物は反エコロジーになってしまう。競馬は野性的でかつ人工的な、つまり人間にとってもっとも至高な生の闘争です。日本競馬がサイボーグ化されるという話は世界的に有名なので、彼らの腹脳嫌いとあいまって、競馬人気はさらに高まっていますよ。危機感からね。逆に生命をかけた闘争を否定するのが腹脳派。彼らの最大目標は生物の完全機械化にある。馬のサイボーグ化はとっかかりに過ぎない。彼らは平穏な世界を望む。平穏とは波乱がないことです。すべてが穏やかに流れる。それを達成するのに欠かせないのが無機質な均質。腹脳派はこの世を機械による天国に変えたいんです。一切のノイズがない究極の平和世界ですよ。感情のブレ、言うことをきかない肉体、そんなのと無縁の予定調和世界。平和そのもの。沖縄やバングラデシュの殺戮《さつりく》競馬を彼らは執拗《しつよう》に妨害する。理想と正反対ですからね。エコロジー派は見て見ぬ振りをする」言い終わる頃の梅岸はあまり幸せそうではなかった。どちらかというと、苦しいような。

同じく苦しそうな、何か我慢しているような笹田が言った。「究極の平和ねえ……。でも、腹脳ジャンキーが平穏だなんてとても思えませんよ。むしろ不可解なノイズばかりじゃないですか」

「腹脳と自然脳が並立する中途半端な状態だからですよ」梅岸は答えた。「外部記憶装置を入れた腹脳持ちが狂人になるのは、本来の記憶と偽記憶が結合するからです。それが訳のわからない化学反応を起こす。それで幻覚幻聴にさいなまれたり、突飛な行動をしでかすわけ。しかし自然脳を外してクリーンな機械脳にすれば、そんな事態は発生しない。既存の腹脳も必要なくなる」

「そんなの人間じゃないでしょう」

「実現したとしても、次世紀の話です。腹推会の連中はとっくに死んでる。でも彼らはやる気だ。サイボーグ化は彼らの現世利益であり、彼らが信じる未来への橋渡しでもある。金と思想は矛盾しません。グリーンプラネットは現在の競馬を守る。それが支持者から献金を得る方法であり、彼らの思想信条でもある。両陣営とも金と思想が絡んでる。

これはめんどくさい話ですよ」

「金と思想の結合、これは歴史ですね。それでどっちが勝つんでしょう」

「わかりません。レースと同じでね」梅岸は辛《つら》そうに笑うと、幸せ解毒液発生装置がピーと鳴った。時間終了だ。二人は管を引き抜いた。立ち上がり、ズボンを中途半端に引き上げながら、部屋の隅にあるトイレに向かった。一分経って二人は出てきた。今度はベッドに座った。梅岸はタバコに火をつけた。バルカンスカヤだ。「幸せ解毒液、排便、と来たあとのタバコは一段とうまい。ふー。それはともかく、情勢は複雑です。グリーンプラネットと腹推会が敵対しているのは確か。でもそれ以外の組織が、どことどうくっついているのか。グリーンプラネット過激派がテロを起こし、アメリカが混乱に見舞われた直後、中国の軍閥がロシアに越境した。国境侵犯を理由にロシアは中国に侵攻した。これは世間で噂されるように出来レースでしょう。中国軍閥を経由して、GP過激派とロシアはつながる。そして、腹推会は今のところロシア政府を経済面で支配している。ひょっとすると、三段論法的に言って、GP過激派と腹推会は結びついているのかもしれない」

「過激派はテロのときに逮捕されたんでしょう」と笹田。

「完全に壊滅したとは思えないんですよ」梅岸はそう答え、灰皿を取り、まだ長いタバコを潰した。「どんな組織もそうそう簡単に消滅しない。主義主張が過激であればあるほどね。その生き残りがグリーンプラネット本体とつながっている可能性だってある。彼らも元々はグリーンプラネットですからね」

「何が何だかですね」

「世の中は競馬そのものですよ。いろんなことがありえる」

「信じられることばかりありえるのなら、世の中は気楽なんですが」

「それだと、ほとんどのマスコミが転職を迫られる」

「ははは。それにしても、社会情勢にも詳しいんですね」

「親会社の政治記者から聞いた話ばっかりですよ」梅岸は言った。「それに娘の影響もある。娘に話を合わせようとすると、競馬だけ詳しければ、というわけにはいかないんでね。デジ休さんがもうすぐ最終回とか、お手玉っていう昔の遊びがブームになるかもとか。ネイルアートも詳しくなりましたよ。最近の小学生はピョートルの図柄を爪に描いて学校へ行くんですよ。そろそろ誕生日なんで、ピョートル赤外線センサーを買ってあげようかなと考えてます」

　梅岸の吐く息はまだタバコ臭かった。ロシアタバコ独特の強い香りがする。火の用心のため、タバコを吸わない笹田であるが、バルカンスカヤの香りには覚えがあった。戦争中に捕まってシベリア送りにされた経験を持つ彼の脳裏に、収容所職員がタバコを吹かす情景が浮かんだ。そして、ネイルアートにいそしむ娘の姿。

「プレゼントのためにはぜひ皐月賞を当てたいところですね」タバコのにおいに酔いながら笹田は言った。皐月賞は次の日曜日である。駿風牧場の生産馬は一頭も出ないが、田沢所有のタザワハラショーが出走する。三歳牡馬クラシックと直結する二歳戦、日本プラウダ杯の勝ち馬であるが、次走の弥生賞は一番人気ながら、特に不利も受けずに三着と敗退していた。それでもクラシック候補に変わりなかった。もし勝てば、田沢の財布がゆるむはずであり、自分の馬にも色をつけてくれるはずだ。そう笹田は踏んでいた。あんな男の馬なんか勝たなきゃいいと思いつつ。

「今年は混戦ムードですからねえ」梅岸は答えた。「まったく自信ありませんな」

「まったく読めませんか」

「どの馬が勝つかはわかりませんが、勝たなさそうな馬名を挙げることはできますよ。たとえばタザワハラショー。あれは早熟馬ですね。もう前走で賞味期限切れてますよ。皐月賞は消費期限切れのレースになる。私の目が曇ってなければそうなるはずです。曇ってるとしても、黒節の騎乗はしっかりと見たいですがね。彼が最高のパフォーマンスをすれば、八着くらいには入るんじゃないかな」

突然、梅岸のポケットが震えた。情報端末のバイブだ。彼は端末を開いた。同僚らしき男がホログラムとして浮かび上がった。男は早口でニュースを伝えると、回線を切った。男の立体が消えると同時に、梅岸と笹田は互いに笑った。彼が伝えてきたのは黒節に関することだったからだ。

「まさか一戦負けただけで乗り代わりとはね」梅岸は言った。「黒節はできる限りの騎乗をしたというのに」

「あのオーナーはそういう人なんですよ」笹田は呆れながら言った。「それで黒節が代わりに乗るタンストダンスは、勝ち目のある馬ですか」

「おそらく八番人気くらいでしょうけどね、見所はある馬ですよ。少なくともタザワハラショーよりは」と梅岸は言って、自動販売機でジガ六三一を買った。

育成牧場から帰る笹田の車は新千歳空港に向かっていた。出かけるついでに近所の男の子の誕生日プレゼントを買ってきてほしいと園川に頼まれていた。生産が追いつかないピョートルグッズは新冠のおもちゃ屋にはない。ネットで買うと配送料が高い。宅配便の送料は都市部は紙っぺら一枚ほどの安さで、地方だと高級すし屋で慎重に注文したくらいの値段になる。

空港の近くの街路樹のてっぺんに、ガリガリに痩せた裸の男が仁王立ちで、滑走路へ降りてくる旅客機を迎えていた。その真下で、引退したけど痩せられない力士のような男が幹を抱きしめていた。

空港のおもちゃ屋に入った。ピョートルコーナーはすぐ見つかった。たくさんの商品が積まれている。園川に頼まれたピョートル指紋スキャナーはどれかと探したが、売り切れだった。ピョートル赤外線センサーも品切れだった。無かったらほかので構わないと言われていたので、適当に物色すると、ピョートル双眼鏡というのがあった。百万倍まで拡大可能らしい。これでいいかと手を伸ばしたとき、ふと森野の娘が思い浮かんだ。以前は牧場によく遊びに来ていたかわいらしい女の子だ。彼女の誕生日ももうすぐのはずだった。笹田は双眼鏡の箱を二つ抱えて、商品購入自動認証ゲートをくぐった。ゲートそばの自販機に飲料メーカーのバイトがやってきて、ジガ六三二を補充しはじめた。空からはイリューシン・ネオダグラス三二八がすうっと降りてきた。滑空する旅客機に空飛ぶ人間が二人まとわりついて、手を振っている。最近はじまった出迎え用ホログラムである。背中に生えている羽が悪趣味だ。

笹田が森野と出会ったのは戦時中である。ロシア軍が宗谷岬に上陸してから二週間後、十八歳以上三十歳未満の男子を対象とする徴兵令がしかれた。笹田の許に陸上自衛隊北部方面総監部から通知が来た。札幌の旅団駐屯地に行けという。そこに行くと、身体検査もないまま、バズーカ砲を渡された。一時間ばかり射撃訓練を受けたあと、輸送車に乗せられた。美唄で降ろされた。名前も階級もわからない人に「戦え」と言われた。味方の塹壕《ざんごう》の前方に、敵の二輪戦車がいた。噂どおり戦車と思えないスピードで走っているが、幸いなことに別方向だ。塹壕に入ってバズーカを五発撃ったが、当たったのか当たらなかったのか、よくわからなかった。笹田がいる塹壕に装甲車が近づいてきた。そのとき彼の隣にいたのが森野で、無表情で撃った。まったくもっていい加減な射撃であったが、一発、装甲車に当たった。びっくりするほど爆発した。その三十分後、彼らの部隊は捕虜になった。たった一日の軍人体験だった。

彼らはシベリアに送られた。冬なので寒かった。温暖化の影響で、ドストエフスキーの時代にくらべればアメニティな暮らしだったろうが、衰弱死や発狂、銃殺は、シベリアから離れていなかった。収容所には強制的に入れられているというのに、野外労動から帰ってくるとホッとし、屋内のありがたみを感じた。森野と話してみると互いに競馬好きだとわかった。彼は小さい牧場の生まれだった。馬好きだが、経営難のため一人息子に継がせたくなかった父親は、息子を騎手にさせるのが夢だった。体格は普通よりむしろ大きく、決して騎手向きでなかったが、中学生の彼の騎乗技術はすばらしかった。彼が競馬学校への進学を真剣に考えはじめた頃、父親が借金を返せなくなった。母親は家を出た。その三日後、父親は自殺した。森野は競馬が憎くなった。中学卒業まで親戚の家で過ごし、その後、札幌の中華料理屋で働いた。皿洗いから始め、コックになった。

順風満帆な暮らしだった。だが、やはり馬が好きな自分に気づいた。それで日高に帰ろうかと考えていたら、戦争がはじまった。二十五歳のときだ。

戦争が終わると日本人捕虜は解放された。笹田は牧場に帰り、競馬再開の日を待ちながらサラブレッド生産に携わった。父親が死に、スタッフが一人辞めたとき、自分の牧場に来ないかと職もなくふらふらしていた森野を誘うと、彼はあっさりついてきた。

土壌改良のため牧場を一旦止め、札幌で道路工事のバイトをしているとき、笹田らは近くの弁当屋のバイトと親しくなった。暗くはないが、太陽が嫌い、そんな女性だった。森野はその女と結婚した。娘が生まれた。妻は娘を連れてよく牧場へ遊びに来た。笹田の妻と娘が出て行った頃、森野の妻と娘は牧場に来なくなった。

笹田が車を運転しているときなどにふっと思い出すのは、シベリアで一度だけ支給されたバナナと、弁当屋の女性と話す森野の後ろ姿である。森野はやさしい男だ。通りがかりの人間に唾をかけられても怒りはしない。森野は思いやりのない男だ。見知らぬ人間が川でおぼれていたとしても、飛び込んで助けたりしない。知り合ったばかりの人間に、森野が積極的に話しかける姿は意外だった。

バナナに始まり森野の背中で終わる。これがいつもの回想だ。ただし今日は背中のあと、再び収容所に戻った。就寝間際の雑居房だ。森野と話している。会話の内容は定かでない。ただし雰囲気からするに、あたりさわりのないことを話しているようだ。いつの頃だろう、笹田は記憶を探る。森野の顔がふっくらしているから入ったばかりだな、ああそうだこれは入所して最初の日だ、馬好きだと互いにわかったときだ、競馬についてあれこれしゃべってるんだな。就寝時刻になり電灯が消され、彼らは話すのをやめた。その最後に森野が一言発した。それを笹田は思い出したけれど、内容を思い出せない。何を言ったのだろう。文脈からするに競馬の話だし、覚えていないから驚くような発言ではないはずだ。でも何かひっかかる。

車が鵡川《むかわ》に入ると、熱帯のスコールのような豪雨が突然降り出した。こういう雨は二十年ほど前から北海道で起こるようになった。重酸性雨ではない。pHセンサーが警告していない。雨は車を殴る。世界はそれを容認する。

雨雲は気ままな放浪者のようにすぐどこかへ行った。太陽が姿をあらわしたが、もう昼の顔ではなかった。光の種類が違う。傾く太陽は太平洋の色づけを止めはじめる。重酸性雨で溶けている古いガードレールが金色に輝く。西の雲が異様に光る。反面に、東の空を薄く漂う雲々は一刻一刻と色を奪われていく。沈む太陽を背にして、車は牧場へと帰る。あのとき森野が何と言ったか思い出せないまま。

園川が放牧地にいた。柵のそばにいる一歳馬の横にぴったり張り付き、馬の耳に口を寄せ、何やら話しかけている。相手は牡馬だが、愛のささやきのように見える。犯罪をほのめかすようにも見える。おのれの壮大な野望を語っているようでもある。

この牡馬にはさほど期待がかけられていない。無難に売ることを心がけて配合された馬だ。ローリスク・ローリターン。大物を狙うばかりでは牧場経営は立ち行かない。実際、生まれたあとも大物感を見せなかった。胴づまりで前のめり、上から押しつぶされたような形をしている。そのわりに臀部《でんぶ》がクイッと上がっていて、鞭を振るえばポンと飛んで行きそうな感じ。短距離タイプだ。筋骨ばっているが、つかなくていい肉がついている。スピードはあるだろうが、シャープさがない。まるっきり走らない馬ではない。新馬戦は評判馬に当たらない限り勝つだろう。そのあと一つ上の二千万下を一回勝てば充分、二回勝てば万々歳という馬だ。

笹田は彼らに近づく。園川は気づかずに話し続ける。

「お前はもうすぐせりに出るんだぜ。馬主さんに買ってもらうんだ。ジロジロ見られるけど物怖《ものお》じするなよ。普段どおりにしてればいいんだ。だいじょうぶ、きっと買ってくれる。正直言うと、そんなに高い値段はつかないよ。平均より下かもしれない。でもさ、せりっていうのは勝ち上がり率が重要なんだ。子供がどのくらい新馬戦を勝つかのパーセンテージだ。お前の父ちゃんは勝ち上がり率が高くて有名なんだぜ。それにお前の兄ちゃんと姉ちゃんも勝ってるからな。だから安心して、どーんと構えていけ。買ってくれる人はいるからさ。ちょっとぐらい安くてもがっかりするな。馬が好きってだけの俺よりは、絶対お前のほうが高いんだ。競馬場に行ったら、サイボーグにしてもらえるよう一生懸命走れよ。されないってことは、殺されるってことだからな」

　笹田が声をかけると、ようやく園川は気づいて、照れ笑いをした。笹田はラッピングされた箱を見せて、注文の品が買えなかったことを詫《わ》びた。とんでもない、全然構いませんよ、きっと喜びます、と園川は答え、もう一つの箱について尋ねた。森野の娘用だ、同じ物だよと笹田は答え、森野はどこだと聞くと、馬房だという。

「俺が事務所に置いてきますよ。森野さんにも伝えておきます」箱を二つと、途中買ってきた食料品の包みを園川はふわっと受け取った。この軽さは笹田に好感を抱かせた。

「人工シャコ買ったんだ」

「わ、すごい。食べたかったんですよ」

　温暖化と工業排水による海水の変化はプランクトン大量発生を招き、プランクトンの死骸を分解するバクテリアの活動は海底の酸素不足をもたらしていた。シャコの絶滅が発表されたのは笹田が子供のときである。そして本物と寸分たがわない人工シャコが開発されたと報道されたのは一ヶ月前である。

「本当に同じ味なのかな」

「本物食べたことないんでわかりません」

　園川は楽しそうに笑ってから事務所に向かった。

　夕日を浴びる一歳馬たちが、寝転んだり、とことこ歩いたり、夕日を見返したりしている。目の前の牡馬は首を下に伸ばし、バイオ牧草を食べ始めた。園川は平均より下と言ったが、上かもしれないと笹田は考えていた。現一歳馬は、サイボーグ化されてダービーに出る最初の世代だ。サイボーグ化によりサラブレッドの能力は均質に近づく。それは価格にも反映されると馬産家のあいだで予想されていた。事実、今年初めてのせりでは、最高価格は前年度三割減となったのに、平均価格に変動はなかった。つまり、安馬でも重賞を、あわよくばダービーを勝てると見なされているわけである。この現象は今後も続くと思われる。勝ち上がりの確率が高いこの馬は、予想以上に高い評価を得るかもしれない。

笹田は馬の背中をなでた。彼は自分の食事に没頭している。落日のなかでも濃緑を絶やさないバイオ牧草は饒舌《じょうぜつ》だ。遠くでは、二頭の馬がダンスをしている。優雅でもあり、狂っているようでもある。彼らは人間に懐く動物のうちで最も獣的な存在である。笹田の足先を這《は》っていたミミズが仔馬に踏まれた。

日は落ちそうで落ちず、粘っこい光を放つ。東の空にあらわれはじめた星を笹田は見上げる。今日はいくつの星が壊れたのだろう。視線を元に戻す。馬はまだ食事に夢中だ。笹田はササティモシーを引き抜いて、口に入れてみた。人間が食べる味ではないが、食べられないわけでもない。後で食べるであろう人工シャコを想像しながら、草を噛み続けた。ふと、土が掘れている箇所が目に付き、足で直した。

サラブレッドの脚は繊細だ。体格全体にくらべて異様に細い。丈夫さよりも速さを選択した結果であり、一般にガラスの脚と呼ばれ、実際にすぐ折れる。鳥が鳥であるように、魚が魚であるように、なるべくしてなったフォルムだ。ストイシズムというべきその進化形態は、極度の軽量化のために防弾性能が極度に低下した二次大戦期の零戦《ゼロせん》に似ている。限界を追求したフォルムには、限界線上のゆらめきがあり、淫靡《いんび》さえ漂う。故障防止はサイボーグ化の目的の一つだ。馬主が手術を申し出ると、馬主と競馬会で費用を折半する。競馬会が出す金は、競走馬向上費という名称になることが決まっている。

園川が戻ってきた。

「森野さん事務所にいました。喜んでましたよ」

掘れた箇所を直し終わった笹田は、軽くうなずいただけで、放牧地全体を遠目で見ている。

「どうかしたんですか」園川が不思議そうに聞いた。

「昔にくらべて、ずいぶんと馬が増えたなと思ってね」牧場には一歳馬が八頭いる。ほかにも、すでに売れた馬が四頭いる。牧場再開時には仔馬自体いなかった。「でもこれ以上増えないし、減りもしないんだろうな」

園川は餅を喉に詰まらせたような顔を見せた。「そんなこと言わないでくださいよ。もっと大きくしましょうよ。ポグロムが活躍すれば牧場の評判も上がるでしょ。それで人脈を広げて、もっと肌馬を買って、もっと仔馬を売って、人も雇って……」

「馬を買ってくれる人がいないと、大きくしようがないよ。この先、競馬産業が盛り上がるとは思えない。盛り下がりもしない。名誉を得たいという馬主は減って、ちょっと儲《もう》かればいいかなという馬主は増えるだろうね。それで平均」

冷静に述べる牧場主に、園川は子供のようにつまらない顔をした。

「駿風牧場を井声ファームのように大きくできないんでしょうか」

園川は埼玉の平凡な家庭で生まれた。小学生のとき、たまたま見た競馬中継でサラブレッドの魅力に引き込まれた。彼は競馬場のジオラマを自作して、一人で遊んだ。中学生のときに、両親の夫婦仲が悪くなった。母親が不倫をしていることが発覚したのである。少年は毎晩叩く音を聞きながら眠りについた。いろんなものを叩く音を。

中学卒業とともに、家出同然で彼は北海道に出向いた。井声ファームで働くつもりだった。何頭もの名馬を輩出する井声ファームは憧れの地であった。しかし、あっさりと追い返された。馬に携わったことがまったくない、競走馬の成績をすらすら言えるというだけなのだから、当然だった。ただし、応対したスタッフが希望だけを持ってやってきた少年に向かって発した罵詈雑言《ばりぞうごん》は、尋常ではなかった。

そのあと、園川は牧場を巡りつづけた。五軒目の新世界牧場でようやく雇ってもらえた。働きぶりはまじめだったが、特筆すべきものはなかった。一年間働いたあと、新設の駿風牧場に手伝いに行かせられた。所定の三ヶ月が終わりかけたとき、帰ってこなくていいと新世界牧場の場長に言われた。駿風牧場さんにお世話になりなさいと言われた。

「井声ファームのようにはならない。絶対とは言わないが、おそらく」

園川が井声ファームで働きたかったことを知っている笹田はそう答えた。

「そうですか。でも、なるべく頑張りましょうよ」

園川は努めて明るく言った。

二人は事務所に戻った。森野が椅子に座り、背をねじり、双眼鏡で窓を眺めていた。テーブルにはビリビリに破いたラッピングと箱がある。

何やってんだ。

双眼鏡があったから見てるんだけど、これすごいな。百万倍まで拡大できるんだぜ。お前らが話し込んでるとこずっと見てたぜ。

森野はなお双眼鏡を離さないまま、茫然とする笹田に返答した。

「だってそれ、娘さんへのプレゼント……」と園川が言った。

「あっ、そうなの。俺にじゃないの？　それをはやく言ってくれよ。開けちゃったじゃないか」森野は双眼鏡を外し、ふふと笑った。「こいつが俺に手渡したんだぜ。俺にくれたんだと思うだろ、普通」それから肩をほぐし、ポグロムについて尋ねた。

「順調に調教を積んでいたよ。怖いくらいに」たしかに怖いものを見たというように笹田は答えた。

「そうか。デビューまで無事にいくといいな。なんか食べるものない？　腹減ったよ」

「さっさと家帰って奥さんに食べさせてもらえよ」

森野は夜道で急に肩を叩かれたような顔をしてから答えた。「もう帰るけどさ、今食べたいんだよ。軽いもんでいいんだ」

「じゃあ人工シャコ食べるか。食べたことないだろ」

「ああ、ないな」

笹田は台所に置いてある食料品の包みから人工シャコを取り出して、しょうゆとともに森野に渡した。森野はさっそく食べた。どんな味だと笹田は聞いた。

「シャコみたいな味だな」と森野は答えた。

「本当かよ」

「おぼろげな記憶によると、ガキの頃食べたシャコはたしかこんな味だった」森野は渋い顔をして言った。「ほかの記憶も全部おぼろげだがな」

笹田と園川は軽く笑った。森野は続けて言った。

「徴兵の通知を受け取ったとき、俺は板チョコを食べてたんだよ。国会中継見ててさ、議員たちが殴り合いをはじめて、中継が切られた。問題は戦争の勝ち負けじゃなくて、いつ負けるかだなと呆れていたら、お花畑の映像の右下に緊急通知のインデックスが出た。何だと思いながらクリックすれば、自衛隊からのラブレターときたもんだ。チョコレートが無味になったのを覚えている。どういう味でも、味がするってのはいいことだな。本物でも偽物でも、味がすることはいいことだ」

「まあな」と笹田は言った。それからシベリアでの思い出話をいくつかした。そんなことあったな、そうだったっけ、それは違うだろ、などと森野は返した。わりあい話に乗っかってきているので、笹田は車の中で気になった森野の一言について尋ねてみた。初日のはずなんだけどさ、覚えているか。馬に関することだと思うんだが。

「覚えてないね」聞かれてから三秒後に森野は答えた。とりあえず記憶をたどってみたが、真剣に思い出しはしないという態度だった。「ごちそうさん」と食べ終えた森野は事務所を出た。しばらくして車の音が聞こえた。


今年の大ロシア賞の注目は、何といっても二冠馬タンストダンスである。勝てば競馬が再開して以来、はじめての三冠馬だ。三冠にチャレンジした馬は、二十年前に現在の大ロシア賞にあたる菊花賞《きつか》が五月に時期変更されてから三頭いたが、最高で四着だった。

三冠制覇は究極的に困難だ。二冠とは次元が異なる。二冠はこなせても、三冠達成が困難な理由は三つある。まず過密日程。三月下旬の皐月賞（新潟　ＡＣＴ　千六百メートル）、四月中旬の日本ダービー（東京　芝　二千メートル）を勝った上で、五月上旬の大ロシア賞（京都　芝　二千四百メートル）を制覇しなければならない。他馬を上回るスピードとスタミナが要求されるのはもちろん、強靭という呼び方では足りないほどの体力が必要だ。もともと二千メートル、二千四百メートル、三千メートルだった三冠レースが現在の距離になったのは、競馬再開の年からだが、距離が短縮されても過酷さが減少したとは必ずしもいえない。短くなった分、ちんたらと走る時間が減り、その代わり全体的にタイトなスピードが要求されるからだ。息の入らない流れは体力を削る。

第二はレースの違いだ。世界はスピードを要求する。競馬の歴史は短距離化を要求する。競馬のはじまり以来、スタミナしかない馬は常時駆逐されてきた。馬は軽種馬《けいしゅば》と重種馬《じゅうしゅば》に分かれるが、サラブレッドはもちろん軽種馬だ。軽い馬なのだ。重い馬はそもそもサラブレッドとは呼べない。そういうのは橇《そり》でも引いてろという話になる。輓馬《ばんば》ほどではないにせよ、スタミナタイプのサラブレッドは、古馬の長距離レース向きであっても、新馬戦向きではない。出ても勝てないし、そもそも生産者がつくらない。必然的にスピード馬ばかりになってくる。そのスピード馬ばかりで二千四百メートル走るのだ。ダービーの二千はこなせても、二千四百となると話は違う。四百の差は大きい。とまどう。疲れる。耐えられない。要求されるベクトルは今までと逆だ。どうにか耐え切った馬が勝者となる。その馬の持つベクトルは皐月賞が要求するベクトルとは正反対である。大ロシア賞もスピードが必要ではあるが、勝敗を決めるのはやはりスタミナだ。背反するレースを両方勝つには、どれほど大変なことだろう。しかもその間に挟まるのは、もっとも格の高いレース、ダービーなのだ。皐月賞大ロシア賞を捨てても、ダービーを狙ってくる陣営がある。こういう連中をもはねのけるのはいかに大変なことだろう。

第三は、運だ。世界は幸運をばらまかない。

スローペースのまま京都の三コーナーを越えた。単勝一番人気タンストダンスは好位四番手だ。今年こそはと期待がかかる。前年までの二冠馬にくらべると血が重い。父キミトダンスは昨年の優勝馬を輩出している。坂を下り、四コーナーを回ると、タンストダンスは先頭に躍り出た。一番人気らしい競馬だ。歓声が上がる。しかし、そこから伸びない。止まったわけではないが、切れが悪い。悲鳴のような鞭の音を集音マイクが拾う。ジョッキーは黒節だ。皐月賞はタザワハラショーに乗る予定だったが、前哨戦《ぜんしょうせん》の弥生賞で負けたため降ろされた。代わりに乗ることになったのがタンストダンスであり、この馬で皐月賞を制した。しかし、あろうことかダービー前週に、斜行による騎乗停止をくらってしまい、タンストダンスのダービー制覇を自宅で見るはめになった。当然、大ロシア賞は乗り代わりの岩村騎手で行くはずだったが、その岩村が斜行で騎乗停止になってしまったため、再び乗ることになったのだった。だが、皐月賞、ダービーのときのような反応を馬が見せない。モサモサしているあいだに、後続馬に次々と差された。

四着だった。

笹田は函館競馬場で大ロシア賞を見ていた。この日の新馬戦に生産馬が出走したのだ。田沢が牧場に見に来たタザワハニーの仔、ノートルハニーである。彼女は一口馬主クラブのサイテーションに買われていた。ノートルハニーはスタートダッシュがよく、ハナを切ったのだが、直線でかわされて二着だった。この調子ならすぐ未勝利を勝てる。笹田と同じく満足そうにしているサイテーションの社員は、雑用があるのでいったん帰るが、その後一緒に食事をしようと誘った。承諾した笹田は一人残って、大ロシア賞を等身大ホログラムで見た。函館の実際のコースに馬の等身大ホログラムを映すのだが、京都と函館はコース形状が違うため、その補正は入る。馬のサイズは同じで、京都より小さい函館のコースを走るので、何かおかしな画になるが、それなりに臨場感を味わえる。

レースを見終わると、競馬場を爆音が包んだ。着陸態勢に入ったスホーイ五五五五爆撃機が飛来してきたのだ。競馬場のすぐそばにある函館空港は軍と民間の兼用である。最終レースの出走馬が本馬場にあらわれた。爆音の尾が競馬場を叩いているが、サラブレッドたちは普段どおりだ。馬は敏感な生き物であるのに、飛行機の音にはさして驚かないのは不思議だ。

その最終レースにも生産馬が出た。生の馬体が笹田の前を横切る。見せ場なく八着だった。ふうと息を吐いてから情報端末を開いて、競馬エクリプスのサイトを見てみると、もう大ロシア賞の記事が載っていた。書いたのは梅岸ではない。面識のない記者だ。タンストダンス主体の文章で、惜しくも三冠をのがすといった文面だが、軽くジョッキーへの批判が入っている。

四コーナーで黒節はタンストダンスを早めに行かせ、逃げるラヴィオンを抜き去った。ここまでは彼の計算通りだろう。二冠馬らしい、そして若手ジョッキーとは思えない、王道の騎乗だ。だが、計算外の事態が起こった。タンストダンスはもたついた。十二万の観衆を沸かせたダービーの脚が出ない。全十八頭中、最悪の状態でレースに挑んだのは、二冠の激闘を制したタンストダンスだ。極限の疲労を抱えていては、優秀な馬であっても、実は体力を必要とする無難な競馬をこなせないのだろうか。結果的に早仕掛けになった馬を、後方でじっくり脚を溜めていたラッセルズノートが、他馬と馬体を併せながら差し込む。三冠達成の夢は、有望な若者の夢は、破れた。

去年の大ロシア賞では、一番人気馬に乗るジョッキーは連戦の疲労を気にしたのか、いつもより後方から競馬をした、気持ちはわかるが臆病といえやしないか、という文章が同じサイトに載ったのである。余計なことを考えて普段どおりの騎乗をしないから溜め殺しになった、と言いたいわけだ。マスコミなんてこんなものであるが、世間の声はよりひどいものだ。自宅で、居酒屋で、ネット上で、ありとあらゆる道理を欠く罵倒が黒節になされ、時間が深くなるにつれて、罵倒の闇は増すだろう。笹田はそんなことを考えながら競馬場を出た。

戦時中、五稜郭《ごりょうかく》に陣取る自衛隊に向けて、イリューシンとスホーイの爆撃機が出し惜しみせずに爆弾を落とし、一帯はロシア製最新鋭爆撃機の展示発表会のようになった。その結果、五稜郭は巨大クレーターになった。巨大な穴ぼこを前にして、ロシア人の夫婦が写真を撮っている。五稜郭は依然として観光名所である。その近くにあるロシア料理屋で、笹田はサイテーション社員とボルシチを食べた。濁った血のような色をしていた。店主は人のよさそうなロシア人で、ぎこちない日本語でおいしいですかと聞いてきた。おいしかったので、おいしいですよと両人とも答えた。

食事を終えて外に出た。笹田は帰るつもりでいたが、歌行きませんか、と社員に誘われた。今月はまだだったので、事のついでに歌うことにした。

函館国歌歌唱所は市役所の隣にある。病院のような趣きの四階建てビルだ。ロシア国旗が市役所と並んで立っている。一階のロビーは月末なので混んでいた。並ぶ人々は他の役所と同様で、みんなボケっとしている。人から精気を奪う場所だ。

二人は名前が呼ばれるのを待っている。新冠の歌唱所だと、受付の爺さんに国民カードを渡し、えっちらおっちらと網膜認証、指紋認証、声紋認証をしてもらい、危ないモン持っとりゃせんよね、と間延びした声で言われるのだが、ここは全自動だ。エントランスをくぐる時点で手持ちの国民カードが読み取られると同時に、危険物を保持していないかをスキャンされる。

呼び出しアナウンスで、彼らの国民カード番号が告げられた。社員は二階の一号室に、笹田は四階の六号室に行くよう指示された。社員と別れ、笹田は四階に上る。六号室前の長椅子には先客が二人座っていた。社会的地位が高そうな老人と、ウサギのぬいぐるみに小声でブツブツ話しかけている若い男だ。どうやら中国語である。この建物ではどんな人間でも同列に扱われる。きわめて民主的であり、社会主義的だ。ロシア本国人は別格だが、職員でない限りこの建物に来る必要がない。

日本が植民地になったといっても、ロシア語を強制されたわけでないし、副通貨の円の使用率は九十九パーセントだ。歌を月に一度歌いさえすれば、特に困ることはない。

国歌歌唱は十二歳以上の日本地域民の義務だ。病気など特別な理由を持つ者を除き、もしくはロシア本国人を除き、日本地域に居住するすべての国民に適用される。これは中国占領地域には適用されず、日本地域のみの義務だ。経済力で勝る日本人に対する、ロシア人のプライドを保持するためだけに行われている政策だ。歌唱所で歌わないと罰金六十万ルーブルもしくは三百万円が科される。悪質な場合は懲役一年。しかたなくみんな歌う。歌唱力は問われない。歌いさえすればいい。しかも歌詞は日本語だ。

だが、どこの歌唱所でも腹脳ジャンキーを見かけたことがない。彼らは病気の一種であるが、非合法存在なので、バレたら逮捕されるはずである。しかし実際には黙認状態で、都市部であれば彼らは必ずいる。その連中も歌う義務があるはずなのだが、札幌でも東京でも新潟でも、歌唱所で腹脳ジャンキーに出会ったことが笹田にはなかった。

彼は長椅子の端に座った。堅物そうなサラリーマンが部屋から出てきて、老人が入室した。髪が長すぎるおばさんがやってきて、隣に座った。歌声が漏れてきた。百円のバイオリンみたいな音程だ。老人が退室して、ぬいぐるみにブツブツ話しかけていた若者が入った。腹脳ジャンキーかもと笹田はこの中国人を疑ったのだが、途中で情報端末を取り出して、クマのぬいぐるみホログラムに向けてブツブツ話し出したので、どうやら常人らしかった。木の枝みたいな男がふらふら歩いてきて長椅子に座った。歌声が漏れた。中国語で歌うことは許されてたっけ、と笹田はいぶかしがったが、彼は流暢《りゅうちょう》な日本語で歌った。しかも演歌歌手みたいにコブシが効いていた。

ぬいぐるみの若者が出てきた。笹田の国民カード番号が告げられて、彼は入室した。殺風景な部屋だ。机が一つ。警察の取調室みたいだが、違いは奥の壁一面にロシア国旗が張ってあること。机にはロシア人と日本人が陣取っている。新冠の歌唱所は日本人二人だ。机の前の床に太い線が書かれてある。そこに立って歌うわけだ。笹田が一歩進んで所定の位置に立つと、日本人が番号と氏名を読み上げて、笹田に確認を取る目を向けた。彼は、はいと返事した。

ロシア人が机にあるボタンを押した。部屋の角のスピーカーからメロディが鳴りはじめた。笹田は歌った。歌い終わると、ロシア人がくぐもった声で、合格、と日本語で言った。退室した笹田の目に、長椅子に座る人物が映った。考え事をしている男性。常に何かしら考え事をしているというタイプに見える。しかし学究肌というのではなく、あくまで行動の道具としての思考をめぐらすという感じだ。四十代後半の風体にしては額の皺《しわ》がきつく、それでいて活動的な眼光をひからせている。笹田の自然脳はすぐにこの男に関する記憶を提出した。利根隼人《はやと》、関東リーディング調教師、先月ポグロムが入厩した……。

利根と目が合ったのをいいことに、笹田は会釈して、情報端末を取り出し、ディスプレイモードで文を送信した。建物内は私語禁止なのだ。ぬいぐるみに対してのブツブツは不明だが。

わずかな距離を文が移動する。

〝駿風牧場の笹田と申します〟

笹田に合わせて自分の端末を取り出した利根は、どこかで牧場名を聞いたことがあるというように目を上げた。

〝ポグロムの生産牧場です〟

〝ああ、これは失礼〟

利根は頭を下げた。実はそれほど失礼な話ではない。トップの調教師は中小牧場なんか訪ねないし、名を知る必要すらない。サッドソングの仔を弁務官が買わなければ、一生縁がなかったかもしれない人物だ。そして、こんな場所でばったり会ってしまった人物だ。

笹田の端末に近くの喫茶店の地図が表示された。彼はうなずいて立ち去った。

そこは小さな喫茶店だった。密会に使われるひっそりとした店という感じではなくて、いたって庶民的で家族的だ。窓際に座る。夜の函館を映す窓に、窓を見て薄ぼんやりとたたずむ自分が映っている。カフェインを避けてメロンソーダを飲んでいると、パッとドアが開き、利根があらわれた。目が合った。

「子供じみてますね」

「すいません」と笹田が笑うと、利根は渋い顔で席に着いた。

「いや、世のすべてがですよ。国歌にせよ、何にせよ。始まりがあれば終わりがある。いつかは知らないが人類は絶滅する。しかし歴史を見ると、人類は確実に幼稚化している。私を含めて」

利根はメロンソーダを注文した。

「競馬もですか」笹田は尋ねた。

「もちろん。イギリスの貴族が空疎な名誉を得るために始めたものですからね。大衆化しても本質は変わらないし、むしろひどい」

「どこかの馬主批判が混じってますね。わざわざ資格とった人」

「その通り。私の馬房は常に埋まっているんでね、付き合いのない馬主のたまたま生まれた一流馬より、有力馬主の二流馬を優先させてきました。馬主と競馬ファンの違いは何か。それは金です。金持ちと貧乏人の差。でもやっていることは同じ。ギャンブル。調教師はギャンブラーではない。経営者だ。厩舎経営に必要なのは、恒常性、継続性、通時性。押し付けられた、どこの馬の骨ともわからぬ一流馬なんて迷惑なんです」

「ポグロムの調子はどうですか」

「とてもいい。十四・五―十四・五を中心にやらせてますけどね、すこぶるいい。はてしなく低く見積もっても、二流馬とは言えませんね。順調なら十月の札幌でデビューさせます。芝かＡＣＴになるでしょう。来週の新馬戦使っても余裕で勝てますが、一流馬はじっくりと調整するべきなんでね。先週の新馬戦に出しても勝てますよ、はは」

「頼もしいですね」

「記者連中はあの馬がダービー取ると言ってますよ。私は記者ではないですが、ダービー馬になると思います。ただし、ポグロムは尊大なところがある。調教助手を選り好みするんですよ。ほかの馬に対しても威圧的ですな。無理に叱ってもやる気をなくすだけですから、その辺に手を焼いています。頭のいい女と付き合っているみたいですね。別れたらさぞ気楽になる」

「でも別れられない」

「そう、向こうが交際を強要しているのでね」

利根は運ばれたメロンソーダを飲んだ。ストロー内の人工液体がクイックイッと上がっていく。千百円にしてはおいしいジュースだが、利根はしかたなく飲んでいる感じだ。口ひげとストローが不釣合いだ。

「ジガよりはおいしい」

「ジガ嫌いなんて非国民的発言ですね」

「昨日、寝る前に七〇一のCMを見ました。今頃、七〇二が出荷されているわけでしょう。そういうところが一番嫌いでね。もっとも、自分が嫌いだからといって、世間の好みを批判しようとは思わない。結局、自分の好みに帰着する」

この男の話しぶりは井声信一郎と似ているし、イリッチとも似ている。彼はもともとは香川《かがわ》厩舎の厩務員だ。過酷なまでのトレーニングを課すので有名であった香川であるが、その調教方針をめぐって対立し、勝手に試験を受けて自分が調教師になった。トレセンは村社会だから無論浮き上がった。みんな香川を嫌悪していたのだが、師と対立した弟子はさらなる嫌悪対象だった。ただしこの男、その点に抜かりなく、有力馬主を後見にすることを忘れなかった。村八分状態ながら、有力馬を確保し続け、しかも結果を出し、実力で不可視の鎖を断ち切った。それゆえの、上から話しかけるような口ぶりなのだ。が、弁務官と井声にくらべれば傲岸さを感じない。こぢんまりとした店のせいだろうか。

笹田は聞いた。「尊大や威圧というより、危険そのものという場面はなかったですか」ポグロムの仔馬時代、別の仔馬の首を噛み切ったことを彼は話した。

「ほう、そんなことがあったんですか」利根はにやりとした。「名馬に過剰なまでの闘争心は付き物ですよ。レース中に併走する馬に噛み付いたとか、厩舎で近づいた猫を天井に投げつけたとか、そういう話はよくあります。やはりいい馬だ」

利根の返答に呆れた笹田は話題を変えた。「ジョッキーは決まったんですか」利根厩舎の所属馬に乗るのは曾根崎伸一《しんいち》か、黒節兼人《かねと》だ。曾根崎はベテランで、ダービー優勝の経験もある。黒節は厩舎の所属騎手だったが、新人優遇のハンデ減量が取れると同時にフリーになった。

「黒節ですよ」利根は端的に言った。「曾根崎はもうピークを過ぎているんでね。体重コントロールは出来ているが、筋力が弱まっている。自分に楽な乗り方をする。つまり馬に負担をかける。レース中の背中を見るとよくわかりますよ。変にグラグラしてるから。それに思考の瞬発力も衰えている。競馬はコンマで競う競技。一瞬の判断の遅れはすなわち死。曾根崎が馬を死なせたレースを何度も見ています。ダービーを狙う馬に乗せるジョッキーではない」

「そんなこと言っちゃっていいんですか」笹田は驚いた。曾根崎は利根厩舎の主戦ジョッキーであり、厩舎の躍進に貢献した人物だ。

利根は表情を変えずに言う。「私は罵詈雑言を吐いていない。事実を述べたまでです。彼が老化しているのは確か。もちろん経験において一流ですよ。そして騎乗技術はすでに平均以下だ。競馬村はご存知のように年功序列ですから、彼はそのメリットを活かせる。ちょこっと若手を恫喝《どうかつ》してやれば、いやそんなことしなくても、彼は自分に有利なレース運びができる。でも体の劣化は止められない。思い通りの騎乗ができない。それではしょぼいレースはともかく、ダービーは厳しい。しかしね、私が引退勧告を出す前に、彼みずから申し出るはずですよ。精神において彼は衰えていないから。この賭けならば、私は賭ける」

気圧《けお》されたように笹田はストローを口に持っていった。炭酸が舌を刺激する。ジュルジュルと飲んでいるあいだに、黒節のことも聞いてみようと思った。

「大ロシア賞をどう見ましたか」

利根はテーブルの灰皿を見つめた。

「タンストダンスは一番人気らしい競馬でしたね。ダービーよりも位置取りが前だったけども、後ろにいれば伸びるというものでもない。細い馬は京都だとまくり切れる場合があるんですが、あの馬は大型馬なんで、無難な競馬が正解だと思います。ただ、それでもやはり幾分仕掛けが早かった。黒節は包まれるのを恐れたのでしょう。若手でしかも関東のジョッキーに、関西の連中は遠慮なんかしませんからね。それで馬群から早く出した。キャリアを考えたら上手《うま》く乗ったと思いますがね。騎乗して二戦目でもあるし。最初からあの子を乗せていたら結果は違ったかもしれない。ただし、タンストダンスが大ロシア賞直前に私の厩舎へ転厩してきたとしたら、私は曾根崎を乗せた。曾根崎に被《かぶ》せるジョッキーは関西でもそうそういないのでね」

「でも、ダービーに乗せられるジョッキーじゃないんでしょう。だったら大ロシア賞だって」

「ダービーとほかのGⅠは違いますよ。三冠制覇がかかった大ロシア賞でも、結局はGⅠにすぎない。ダービーはダービーなんです。年功序列なんて言ってられない。ダービーを勝つために彼らはこの職業を選んだのだから。必死どころではない。いわば、死に物狂いの無礼講ですな。皐月賞でも大ロシア賞でも大統領賞でも有馬《ありま》記念でもないんです。ダービーなんです。もちろん、岡山きびだんごステークスでもない」

利根は笑顔に見えない笑顔を見せた。

曾根崎は有能な騎手であると笹田は思っていた。神か悪魔の気まぐれでダービーを勝ってしまうジョッキーは実在するのだが、曾根崎は実力でダービー有力馬に乗れるチャンスをものにして、それを逃がさなかった。彼はインタビューでいつも適当なことを言っていた。勝てば、馬にまたがっていただけですよ。負ければ、ぶつけられちゃって、のめってたね、手ごたえのわりに弾けなかった、自分でもよくわからない、馬って難しいね、など。出来る人間はそうたやすく自分の手の内を明かさない。けれども、最近の曾根崎は自分をアピールするようになっていた。わざとらしくはないが、軽く。かかり癖がある馬だけど今日はわりと抑えられた、上手い具合に外に出せた、馬場のいいところをずっと通れたんでね。すました顔でしゃべっているが、昔はこんなセリフを吐かなかった。焦りがあるのだろうかと笹田は感じていた。

黒節も同じくインタビューを適当に受け流すタイプだ。そこに笹田は才能を見ていた。ただし一度だけ、いつもと違う黒節を見たことがある。芝でそこそこ活躍していた馬がダートに出て、レコードタイムで圧勝したことがあった。インタビュアーが、ダート強いですねえとマイクを向けると、あまりの強さに興奮気味の黒節が、本当にすごいですよと語ったあと、表情を硬くして、芝でも強いですけどね、と明らかに付け足しの言葉を口にした。一般ファンにではなく、馬主に向けてしゃべっていることに笹田は気づいた。若いながら、薄汚れているともいえる社交を身に付けていることに笹田は感心し、馬主の機嫌を損ねるような本音をついつい出してしまったことに笹田は若さを感じた。最後にファンの皆さんに向けて一言とマイクを向けられ、これからも応援お願いしますとホログラムの黒節は笑顔で答えていた。

「黒節騎手はダービーに乗る資格がありますか」笹田は聞いた。本気の質問だ。

「そう思いますね。充分ありますよ」利根は自信をもって答えた。「彼は課題をこなすジョッキーです。課題を理解して、乗り越える。彼はね、自分で課題を設定するんですよ。与えられた課題をこなすのは一・五流、自分がやらねばならないことを自分で見つけるのが一流。課題の設定と達成は、知性の同意語です。しかも彼は依怙地《いこじ》にならない。誰だって間違いを犯すものだけれど、競馬においては二着以下はすべて誤りです。一位のみが勝者、残りは敗者。負けたのは間違った騎乗をしたからです。どんなに弱い馬でも、負ければそう見なされる。でもね、彼は負けた場合、次のレースで騎乗法を変えるんですよ。差しが合っていると思い実際にそう乗ったら駄目だった、それでも差しにこだわるのが三流、次は前に行かせるのが黒節。こういう柔軟さがある。自分は有能だと思い込んでいる間抜けほど、自分のやり方にこだわるものです。私は彼を評価しています。まだ若さがあるけれど、来年は一歳年上ですからね。ダービーでいい騎乗を見せてくれるはずですよ。ははは。サイボーグ化施行のあとは、もっと活躍するでしょう。馬の力が平均化すれば、レースにおける乗り役の比重が増すのでね」

　笹田はサイボーグ化についても聞いてみた。すでに用意してある回答例を口にするように利根は答える。「反対はしませんよ。賛成もしませんがね。機械の脚になっても心肺機能はそのままだから、調教はしなくてはならない。だからわれわれは食いっぱぐれない。胃袋もそのままだから、飼い葉代名目の収入も現状どおりですよ。ただし、調教法はがらりと変わる。サイボーグに見合う新しい方法を逸早《いちはや》く見つけられるか、それに慣れることができるか、調教師がふるいにかけられる。スピードレースですよ。サイボーグ馬が調教師に鞭をくれるわけ。変化に対応するのは大変だけれど、こればかりは仕方ない。世界は闘争を求めるものだから。世界のわがままを私は否定しない」この質問は実際にマスコミからさんざん問いかけられたものなのだろう。

　利根は平然と答えたが、いかなる状況でも乗り越えてみせるという自信が込められている。こういう発言を笹田はすることができない。彼は自信家ではないし、むしろ臆病な部類だ。笹田の脳裏にシベリアでの出来事が浮かんだ。抑留されて半年後、彼は根源的に滅入《めい》っていた。森林での伐採作業中、隣で木を切る同僚が自分に見えた。それは鏡を覗くようだった。収容所に帰ってからそのことを森野に話した。もう駄目かもしれないと言った。お前が死んだら遺骨を俺が日本に持ち帰ってやるよ、と森野はあっさり言った。

不思議と目前の人物につっかかる気になった笹田はこう言う。「サイボーグ化は競馬の終わりではないでしょうか。施行されても、競馬は続くでしょう。しかし名前が同じだけなのでは？　たとえば自分が死んだとして、まったく別の物体が自分を名乗り、生活するような……」

「そういう根本的なことを私は考えないんですよ」利根は答えた。「調教という仕事がある以上、それで構わない。それでスタッフを養える。それとは別に、私は変化が好きなんです。いかに環境の変化に適合するかが、人間としてのあり方の分かれ目だと思っています。周囲が変わるのなら、自分が変わればいい。その変化が無残なものであっても。尊厳を貶めるものであっても。死人が棺桶《かんおけ》に適合するのと同じですよ。私は自分の才能を信じているので、腹脳を入れてないんですが、敗残者グループに落とされそうになったら、腹脳でもサナダ虫でも何でも入れますよ。私はそういう人間。ただし、ジガだけは飲みたくないですな」

彼はメロンソーダを半分ほど飲んだあと、失礼と言って、バルカンスカヤを取り出したが、気が変わったらしく元に戻した。「グリーンプラネットの反対運動あるでしょう、あれどうも劣勢のようですね。詳しくは知りませんが、トレセンではそういう噂が立っています。競馬会や政府に対して、本当は何の運動もしていないという話すらあるんですよ。そもそも弁務官が何にもしてないでしょう。生身のサラブレッドの馬主になったのは、サイボーグ化が気に入らないせいだと聞いてますが、そのくせ権力を利用して阻止しようとするところがまったく見られない。私のところへの入厩が決まったときに挨拶に来ましたけど、そのへんの馬主同様、金で買える名誉で悦に入る人物だろうに、すべてを諦めているようにも見えました。馬主なんてものはただの成金か、金を露悪的に使い、そのことで世の中に自分がいることを証明する俗物か、サラブレッドという存在にしか希望を見出《みいだ》せなくなった人物のどれかです。あの人はそのどれでもなく、底の底から何かを諦めきっているようでした。態度は傲岸不遜でしたがね。いや、人間観察なんて柄じゃない。私にとってはどうでもいい話だった。馬主は客であっても、患者ではないんでね。定年退職する前に競馬が無くなりさえしなければ、何でも構わないんですよ。私はこの仕事を心底気に入っている。馬を調教しレースに出すのは、サディスティックな喜びです。その馬に生活をゆだねるのは、マゾヒスティックです。これも女と付き合うのと同じ」

結局、大人二人はメロンソーダしか飲まずに店を出た。席を立つとき、よくこの店に来るんですかと笹田は尋ねた。初めてですよ、あなたと会話するにはこういう店がいいと思って検索したんですよと利根は答え、こんな下等な店二度と来るかというような笑みを唇にこぼした。

八月第二週土曜日の浦和《うらわ》競馬場でまもなくメインレースが行われようとしていた。気温は三十五度。クマゼミが命を削って鳴いている。気味が悪いほどの青空の下、観客がビールやジガ九五一、九五二を飲みながら返し馬を眺めている。

メインレースは公営GⅢの彩《さい》の国《くに》二歳ダッシュステークス。ダートの八百メートル戦だ。三戦目のノートルハニーが出走する。笹田は園川と一緒に見に来ている。一人で来るつもりであったが、園川が見たいとせがむので同行を許可した。ノートルハニーは現二歳世代で園川が一番可愛《かわい》がっていた馬だった。

「勝てますかねえ」馬主席でレース開始を待ちながら、園川は笹田に聞いた。

「そこそこやれるとは思うが」

ノートルハニーを笹田はそれほど高く評価していない。低くも評価していない。そこそこの馬だと思っている。そこそこを狙って配合した馬であり、そこそこの金額で売却した馬だ。

一歳世代のそこそこの馬たちは若干高めで売れた。

「俺だってノートルハニーがそんなに強くないことはわかってますよ。でも世の中って驚くべきことばっかりでしょ」笹田の顔を見ながら園川が言った。「世の中の摩訶不思議《まかふしぎ》なことにくらべたら、ノートルハニーが勝つことなんて」

「こんな話があるぞ」と笹田は言った。「ある画家が仕事に行き詰まった。美術界に名が知れる一歩寸前という男だ。彼は画題を求めて旅に出た。三ヶ月各地を転々としたが、身を震わすようなものに出会わなかった。金が尽きかけていることでもあるし、そろそろ帰ろうかと、夕暮れに浸る公園のベンチで考えていると、一人の男の子の後ろ姿が目に付いた。五歳くらいであろうか、夕日をじっと見つめている。彼は惹きつけられた。なんでもない光景なのだが、彼は血の滾《たぎ》りを感じた。絵にしてみたいという衝動に押し倒された。描け描けとあらぬ声が騒いだ。すると女が男の子の許へ来た。それは別れた妻だった。男の子は赤ん坊のとき以来見ていなかった自分の子であった。運命の引き合わせに彼は震えた。ただし彼はもう一人の人物を見た。女の横には男がいた。子供と親しげに話している。きっと現在の夫なのだろう。画家は気づかれないようにそっと立ち去った」

「不思議なことが起こらない人生なんてないんでしょうね」

「まだ話は終わりじゃないぞ。数十年後、生活に困った老画家の未発表絵画を画廊が買い叩いた。そのうち、画廊が最も低く見積もったのが夕日を見つめる少年の絵だった。

もちろん画廊で売られるときも投売り同然だった。その絵を目利きが見つけ、買い取った。絵は高く評価されるようになり、画廊は悔しがった」

「男の子の成長した姿が」園川が口を挟んだ。「画廊の主人でしょ」

「よくわかったな」

「驚く話というのはたいてい皮肉なものですからね」

「だけど、話はまだあるんだ。目利きは公園にいた男だった。現在の夫ではなく、夕日を見る少年の姿に惹かれた、たまたま居合わせた男だったのさ。彼は画家を探し出し、この話の全容がわかった。目利きは絵を美術館に売却し、半額を画家に与えたという。昨日やってた世界びっくりストーリーで見たお話でした」

「興味深い話ですけど、びっくりはしないですね。俺は驚かないタチなんですよ」

「そうか。ところでお前この辺の出身だろ。親兄弟に会ったら、なんて思わなかったのか」

園川は家出同然で北海道に渡ったのである。

「今さら会っても何とも思わないですよ」

園川はぽつりと言って、笑った。

レースは単調な結果に終わった。スタートを決めた馬が最後まで先頭を守り一着、二番手につけていた馬が二着、三番手につけていた馬が三着、四番手にいたノートルハニーは四着だった。

二人は競馬場を出て、羽田《はねだ》行きの地下鉄がある浦和駅に向かった。

「埼玉になんで地下鉄が十路線もあるんだろうな」と笹田が言った。

「なんででしょうね」と園川が笑った。

「ファイターズが埼玉に移転する話もよくわからんが」

「東京時代は水道橋にあった球場がホームだったんですよね。百年前だったかな」

「キリンパークの所だろ」

そのとき、二人の目前にある地下鉄の通気口の蓋が持ち上がり、中から人が出てきた。中年の女だ。ジャージ姿で、全体的に薄汚れている。ネタネタと這い上がった女は園川の顔を見て不思議そうな顔をした。そして、暑いですわね、とうんざりした声で語り、それではまたと頭を下げて、ふらふらしながら立ち去った。

「フッキーだな。あれは末期だ」笹田が言った。

園川は茫然と突っ立ったままだ。どうした、と問いかける笹田にようやく園川は口を開いた。

「母親なんですよ」

青ざめる人間の表情というものを笹田は初めて間近に捉えた。

「追わなくていいのか」

「いいんですよ。今さら……。早く帰りましょう。森野さん、一人じゃ仕事大変でしょう。それに、セミがうるさいですから」

クマゼミが命を削って鳴いている。人体に突き刺さるように。

シベリアの収容所で話しているとき、彼らはお互い牧場で働いた経験があることを知った。そのとき森野は競馬が好きになったきっかけを語った。それは小学生のときだった。彼は牧場育ちであったが、馬はペット感覚であって、のめりこむ対象ではなかった。ある日、彼は父親といっしょに競馬中継を見ていた。東京のダート千六百メートルにモミジショウネンという馬が出ていた。デビューは三歳の夏と遅いものの、未勝利を三番人気で圧勝し、この二戦目はダントツの一番人気だった。あいつカールだよ、覚えてるか、と父親が言った。昔カールという呼び名の仔馬がいたことを彼は思い出した。レースが始まった。大型馬のモミジショウネンはポンと飛び出し、そのまま二番手につけた。四コーナーまでそのままの態勢だ。直線に入り、遊ばせていた逃げ馬を軽く捉え、先頭に立った。ダート馬特有のパワフルな筋肉が躍動する。後方の馬は追い上げるどころか、むしろ引き離される。父親が奇声をあげた。モミジショウネンは六馬身差をつけてゴールラインを通過すると、左前肢を骨折した。馬は倒れた。騎手は投げ飛ばされた。後続馬が右にふくらみながらゴールしていった。あの馬どうなるの、と森野は父親に尋ねた。カールなんでしょ。ばつの悪い顔をしている父は、幾分ためらったあと、ひどい怪我をした馬は殺されるんだよ、助からないからね、と教えた。それは森野にとって衝撃だった。モミジショウネンという馬が実在すること、その馬を別の名で知っていたこと、この馬はまもなく殺されるということ、この事態を自分が目撃し、把握したこと。この四つが渾然一体となり、彼の脳裏をめぐった。少年ながら彼は何かを知っていた。今立ち会っている出来事はその何かを超えた何かだった。それがきっかけさ、と話す森野の左腕が作業着の袖口からぽろりと落ちた。義腕だったのかと驚く笹田に対し、ずいぶん前に自分で取ったんだと答えた森野は、日本刀をかざすと、右腕を切りつけた。

ここで笹田は起床した。脳が重い。実際にあった会話と架空の混在した夢が、起き立ての脳に残っている。悪夢を見たあとのように気分が悪い。さっきのは決して悪夢ではない。

起床直後に顔を洗う習慣はないのだが、彼は顔を洗いに行った。べっとりと張り付く夢の残像をぬぐうためだ。こんなことでは落ちないだろうとわかっている。水をかけるバシャバシャかける。やはり落ちないが、予想済みなので失望しない。

笹田は台所に行き、目玉焼きをつくった。それ一つで朝食は充分だ。一人で食卓に着く。妻と娘がいた時期は、朝食を取る彼女らを目に捉えると、ほほえましかったり、陰鬱になったりした。眠たい目で牛乳を飲む娘の姿、胸を揺らせてパンを食べる妻の姿、家庭という自分で作成した日常は、時に安穏を時に憎悪をもたらした。それは現実の世界だった。就寝中とは異なる世界だった。今の笹田は夢と区別されない世界で目玉焼きを食べている。

食べ終えた笹田は動けなくてじっとしていた。脳と筋肉が動作を拒否するせいだ。彼はテーブルをひたすら見ていた。ずっと見ているから距離感覚がぼやけてくる。触れるように近くにも、はてしなく遠くにも思える。それを意識したとき背中が震えた。同時に、車が近づく音がした。しばらくして森野が顔を出す。彼は朝の挨拶をかける。笹田は挨拶を返す。もう動ける。

今日は札幌でポグロムがデビューする。腹脳検査がある森野といっしょに見に行く予定だ。今は関係ない話をする。平凡でとりとめのない会話が体に平衡感覚を取り戻す。夢を断ち切る。

森野がトイレに行った。頭が痒《かゆ》いのでポリポリ掻くとフケがこぼれた。園川の車の音が遠くで聞こえる。タブレットを手に取り、ニュースサイトに合わせる。茅ケ崎《ちがさき》のコアラ園で火災が発生し、コアラが三匹死んだという。

森野が戻ってきて、失敗談を話すようにしゃべった。

「便所の鏡見たらさ、俺が映ってないんだよ。何も映ってない。そりゃまあ俺以外は映ってるんだけどさ。でも、肝心の俺がいない。あれおかしいなあ、鏡の前に立ってるんだけどなあ、鏡ってモノを映すもんだよなあ、だったら俺が映るはずなんだよなあと思っていたら、俺がいた。不思議なことってあるんだな。急にいるもんだからびっくりしちゃったよ。向こうの俺もびっくりしてたけども」

何を言い出すんだと笹田はいぶかしがる。なぜそんなことを言うのだろうなぜそんなことを言うのだろうと思う。しかし森野を見ると、彼のほうがもっと不思議そうな顔をしていた。そしてもう一回確認してくると引き返し、いたいた俺いたよまたいたよと笑いながら戻ってきたのだった。

十階建てほどの高さで、単なる打ちっ放しコンクリートで、見ても触っても面白くもなんともなく、本国人観光客にさえ不興な戦勝記念塔を除けば、札幌はいい街だ。時計台の代わりに建てられたのがそれだから、むきになって怒る札幌市民はいなかったのだが、そこからスタートしたグリーンプラネットのデモ行進は、少なくない住民に迷惑を撒《ま》き散らしながら、ちょうど競馬場の近くにさしかかっていた。

七百人程度の行進で、集会から自然発生的に移行したこのデモ隊は、歌をうたいながら車道を行進する。一つの目的のために集まったという意識が彼らを高揚させる。社会のために行動する自己意識と暴力的な群集心理が一体化し、それがドーパミンを放出する。十月の札幌が脳内物質で埋まる。

すでに警察が来ている。しかし車道を我が物顔で占拠する彼らを止める力はないようで、逆に車が彼らを轢《ひ》き殺さないよう、車両規制に奮闘している。もちろん渋滞が発生している。戦勝記念塔付近ではじまった渋滞は、癌が転移するように、市内全域に広がっていった。

札幌の一般道がひどい状態になっていることは、ナビはおろか、高速道路から直《じか》に見下ろすことでも理解していたので、笹田らは高速を降りるとすぐ車を停《と》めて、競馬場へ向かって歩いた。早めに牧場を出たので時間はある。

肩を並べて歩いていると、銀色のワンピースに、緑色の髪が腰まで垂れ下がっていて、アゴ鬚《ひげ》を生やしていて、無骨な体で、胸がボンと出ている、両性具有の仮想現実アイドルのホログラムが二人に近づき、腹脳に興味な〜いとバス・ソプラノ交互音で尋ねた。最近の世相はわからんなと森野は笑いながらホログラムの真ん中を通り過ぎた。だったら新発田《しばた》BBの腹脳よ、と彼女は振り向いて言ったが、追ってはこなかった。たしか安藤九〇二って名前だと笹田が言うと、俺が女装したほうが可愛いんじゃないか、と森野はわりあいに真剣な表情で語った。彼らはなじみがある風景に入った。牧場休業中に道路工事のバイトをしていた所だ。この近くに森野の妻が働いていた弁当屋がある。市街戦にも耐え抜いた古い建物だ。のり弁の味と、笑顔を見せあう男女二人の姿が思い出される。笹田が誘って、記憶のある横道に入ると、弁当屋はマンションに変わっていた。余計なことをしてしまったと笹田はばつの悪い顔を浮かべたが、変わらない場所はないさと森野は言った。そのとき、マンションの屋上から人が飛び降りた。二人の目の前に落下した。血と内臓が飛び散った。二人の体には不思議と付かなかった。落下してうつ伏せになっていた人間が起き上がった。二人を見て言った。こんなもんじゃ済まないよ、摩周湖《ましゅうこ》オバケランド。何も言わず二人は元の道に戻った。


「さっきのホログラムひどかったな」森野が急に言った。

「オバケランドの宣伝か」

「いや、その前のバケモノだ。男女だか女男だか」

「たしかにひどかったな」

「なあ、笹田」森野は演技と受け取れるくらいに沈鬱な表情をして言った。「周囲が完全に、驚くほど完全に、自分に理解できないもの、訳のわからないものに囲まれたとすると、お前ならどうする」

笹田はとまどった。「どういうことだ」

「たとえば世界中の人間がさっきのバケモノと入れ替わったら、というようなことだ」

森野は間髪入れずに答えた。

笹田はちょっと考えて、「とりあえず、女装してみるかな」

森野は言った。

「俺は逃げる。すぐに逃げる。軽々しくスイスイホイホイ逃げてやる。慌てふためきながら逃げてやる。猫の尻尾《しっぽ》を踏んづけながら逃げてやる。近所のバカの家にも地名すらないところにも俺は逃げる。地球上に逃げ場がなくなったら、宇宙船を奪って逃げる。果てしない銀河の先まで逃げる。宇宙に逃げ場がなくなったら、四次元に逃げる。それでも逃げられなくなったら、そうだな、弁務官のケツのなかにでも逃げてやるか」


もうすぐ競馬場というところで、ＧＰのデモ行進とぶつかった。行進は二人と逆方向だ。多種多様の人間たちが車道中央を進んでいる。背筋を伸ばす白髪の老人、アフロに近いパーマおばさん、選り好みの激しそうな女子学生、友人に無理やり誘われたとおぼしき若い男などが、ＧＰ歌を唱和している。まもれ大地を海を空を。別の歌をうたう幼稚園児がいれば、ニタニタ笑いながら行進にまぎれる野次馬も見受けられる。老若男女、この行進が世界そのもののようだ。歩道を彼らと逆方向に進む笹田は、濁流を無理やり上る気分にさせられた。歩いているだけなのに笹田は徒労を感じ、無力を感じた。すると森野が口を開いた。

「こんなデモやるってことは、追い詰められてるってことなんだろうな。危機を感じてるからこそ、声がデカくなる」

「かもしれん」

「俺は腹脳持ちだぞって叫んでみようかな」

それはきわめてあっけらかんとした口調だった。

瞬時に笹田が見つめると、彼は奇妙なまでに平然とした顔つきをしていた。

「七百人ばかりがいっせいに俺を敵視するんだ。面白そうじゃないか。人間じゃない人間がいるぞと連中は憎しみながら俺を見るだろうね。いっそのこと、俺はフッキーだぞと叫ぶか。その場合は憎しみが哀れみに変わるだろう。車にはねられた野良猫を見るように俺を見るんじゃないかな」

「冗談でもそういうことを言うなよ」笹田は言った。「フッキーだなんて……」

「冗談くらい言わせてくれよ。シベリアだって冗談は禁止されてなかったぜ。もっとも、何が冗談で何が冗談でないか、最近ますますわからない。こういうのはどう思う？」森野は行進する人物を次々に指差す。「あの爺さんは三分後に死ぬ。あの婆さんは俺の母親だ。あれは宇宙人で昔捨てた愛人。あいつ神様。あれは晴れ男だな。そいつをチラチラ見ているのがただのバカ。あのガキはどっかの誰か。隣にいる奴は俺の命の恩人。あの女は尻にプチトマトを挟んでいるぞ。プチトマト女と今しゃべった奴、あいつは俺だ。これは冗談なのかな。俺にはどうもよくわからない」

それも冗談だよな、と笹田は心の中で言った。

「じゃあ本心を言おうか」まるで笹田の内心語を聞き取ったかのように森野は口走った。「グリーンプラネットの連中は環境保護を訴えている。地球の回復を願っている。見せかけじゃなく、実際に思った上で行動してるんだろう。俺は逆だ。地球なんて滅亡すればいいと思っている。核戦争でも大洪水でもいいが、地球なんてぶっ壊れればいい。ズッドーン、バッコーンと崩壊すればいい。これはしかし、真っ当な願いじゃないのか。正統な欲求じゃないのか。数多くの普通の人間が考えてきたことじゃないのか。極めて普通の人間の発想。太古の昔から連綿と積み重なってきたこの欲求が、地球と人類を破滅に導いているんじゃないのか。GPの連中は異端だ。あいつらが異常で、俺たちが正常だ。世の中はみんなの願いどおりになっていると俺は思う」

厳しい表情で、毛細血管を完全に開いたように語った森野だったが、すぐさま顔を崩し、早く競馬場に行って希望に満ちた馬を見ようぜと陽気に言った。

行進は過ぎ去った。二人は、来たるサイボーグ競馬というホログラム文字が浮かび上がっている競馬場の入り口へ向かった。

弁務官がいるかと思い馬主席に行くと、日本人の部下が一人で足を組みながら座り、せわしなく辺りを見回していた。笹田に気づくとにっと笑い、ダービー以外はすべて私が馬主代理で来るよ、と大声で言った。この人間と会話するつもりはさらさらないので、笹田と森野は軽く頭を下げただけで引き返し、馬を見に行った。

パドックを周回するポグロムは落ち着いていた。そして勝つことが確証されていた。ひいき目でなく客観的に、ほかの九頭と格が違う。絶対のない競馬で絶対の格差を示している。笹田らの反対側を歩くポグロムが、今度はこちら側へ向かってくる。笹田が目に入っているはずだが、育ての親なんてすっかり忘れているのか、完全に無視だ。笹田は食い入るように見つめる。青鹿毛の馬体から威圧があふれる。脚の踏み込みがすばやい。大物の歩様はゆったりしているものだが、彼は速い。だが、せわしなさを感じさせない。すばやいが、幅は大きいのだ。人間がなるべく膝を曲げずに前傾姿勢で歩くと、足が勝手に前に出て、自分の意思と関係なく前に進むようになるのだが、この馬の歩様はそれに似ていて、脚が脚を呼んでいる。とにかく前へ進む。それだけのために生まれてきたことを歩様で示している。森野も馬をじっと見つめるが、視線のあり方がグリーンプラネットの行進を見つめる目と同じなので、笹田は気に入らない。ポグロムの前の馬がイレ込んで、さかんに後ろ蹴りする。腹にはペンキのような白い汗がべったりとついている。激しい運動前に白い汗まみれになるのは興奮の証拠だ。ポグロムの歩様は変わらない。とまーれーと合図がかかる。騎手が乗り馬の許へ走ってくる。黒節がポグロムに乗る。競馬エクリプスの梅岸記者がやってきて、笹田に声をかける。単勝一・二倍、これで負けたら恥ずかしいですねと記者は軽口をたたく。何が勝つと思いますかと笹田は聞き返す。ポグロム、と彼は即答する。お互い恥ずかしい思いをしないようにと笹田が言うと、記者は頭を掻きながら立ち去る。

笹田と森野は馬主席には戻らず、一般のスタンドに行った。そのままゴール前に陣取った。評判馬の登場とはいえ、新馬戦だから人はまばらだ。

彼らの隣には親子連れがいる。子供が昨日の最大の出来事を話す。「ピョートルがヤゲローを追い詰めるじゃん。それでヤゲローがピストルを取り出してばーんと撃つじゃん。ピョートルがばたっと倒れちゃった！　それで死んだかどうかヤゲローが見に行くわけ。そしたらピョートルの手がぐいっと伸びて、ヤゲローの足首に手錠をかけたんだ！　ピョートルの服はロジーナ繊維工業の防弾繊維だったんだよ。それでね、僕欲しいものがあるんだけど。言っていいかな。ロボ休さん変身セット」空には白い雲がぽわんと浮かんでいる。十月にしては寒い風が吹く。ジガ一一九九を飲む若者がげっぷをする。馬の尾に追い払われたハエが客席に飛んでくる。森野が話す。「さっき見つけたんだ。お前の端末に送ったから見てみろ」笹田が自分の端末を取り出すと、自分の牧場が映っていた。画面中央には肌馬の群れ。その真ん中はサッドソング。「ずいぶん昔にフッキーの馬泥棒が押しかけてきたことあったろ。ギターをかかえたガキの日記だ」端末から動画日記の音声が聞こえてきた。あの少年の声だ。「青い海から飛び出したあの馬はみんなを食い殺し、僕を蹴り倒し、踏みつけ、頭からがぶりと食べる。でも僕はいつかあの馬に乗ってみたい」少年の声と映像はそれで途切れた。サイトにこれ以降のデータはない、と森野が言った。森野はやけに気持ちよさそうだ。遠くでGP歌が聞こえた。さきほどの行進が折り返してきたのだ。まもれ大地を海を空を。場内にスタートの合図が鳴った。ゲートが開いた。人間が作った自然が走りだした。蹄がACTを叩く。馬体が目の前を通り過ぎる。着順なんてどうでもよかった。

口取り式で黒節と話した。

「出遅れたのは想定済みです。ゲート試験の出来がよくなかったので。でも、そのほかは順調でした。すべてがうまくいきました。かからなかったし、何より速いですし。こんなに差をつけて勝つつもりはなかったんですけど、先行馬があっさりバテちゃったので仕方ないですね。他馬と併せるまでもなかった。とにかく強い。評判通りダービーを狙える馬だと思います……。実を言うとちょっと不安なんですよね。新馬戦というのは馬を教育するためのものです。三流馬にとっては勝つことが大事ですが、一流馬の場合は過酷な闘争のスタートという意味合いになります。だから先頭で入線することよりも、馬の欠点を見つけることのほうがはるかに重要なんですが、それが見つからなかったんですよ。ただ単に僕はまたがっていただけ。それって騎手の理想なんです。馬の邪魔をしてないってことですから。でも新馬戦でまたがっていただけはマズイと思うんですよね。あの馬何か隠しているような気がするんですが……」

彼はマリッジブルーのように不安な表情を見せながら馬の横に来て、写真撮影に臨んだ。笹田が馬主であれば、不安を打ち明けるなんてしなかっただろう。それは幼稚園児に向かって恋愛相談をするような、つまり独り言だった。

ポグロムの気性についていろいろ聞きたかったのだが、次のレースがある黒節は駆け足で地下馬道へ向かった。それで笹田は利根調教師をつかまえた。彼は上機嫌で今後の予定を話した。

「このあとは月末のクリルステークスに出します。それから新潟のウラジオストク市長杯を使って、阪神の日本プラウダ杯に行きます。それで年内は終わり。もちろん全勝を目指しますよ。明けて二月のイタルタス通信杯を経て、皐月賞です。そりゃまあ、ソエやフレグモーネが出てプランが狂うことはありえすぎるくらいにありえますが、この馬はうまくいきますよ。理由は直感。ははは」

「気性は大丈夫ですか。前に話したでしょう、牧場でほかの仔馬に噛み付いて殺してしまったことがあるって。レース中にそういう気の悪さが出なければいいんですが」担任に相談する母親みたいな調子で笹田は尋ねた。

「問題ないですよ。さっきのレースでも馬群のなかで折り合ってたでしょう」

利根は平然と答えた。すると笹田の隣にいた森野が、用を足しに行くと言って離れた。笹田はこの先ポグロムのライバルになる馬について尋ねた。やはり利根はあっさりと答えた。

「特に見当たらないですね。おそらく井声ファーム勢がダービーに大挙として出てくるはずです。私が預かっている馬を含めて走る馬ばかりですが、ポグロムの相手になるかというとね……。関西馬は自分の目で見てませんが、大物がいるという話は聞かないです。今のところ関東で目に付く馬は、ボロディノ、ロジーナロジーナ、ネコライオン、ムイミナタタカイ、ノートルロボキュー、メンデレエフ、タザワスター、ドマゾノキョウダイ、ゼロエクスタシー、ニオウガワラッタ、エピメテウス、フシギナエホン、コドモガシヌジダイ、バードバードバード、牝馬のニンジンフィーバー、このあたりですかね。ラクスマン賞のボロディノは強かった。直線で完全に詰まったのに、外に出してからごぼう抜き。並の一流馬ですよ。相手筆頭を強いてあげるとこの馬。ただし、早熟という気がしないでもない。次点でタザワスター。成長力はこっちのほうがあるかな。タザワハラショーみたいに先行力に富んだ馬ですが、ハラショーより格上でしょうね」

「名前のあがった馬たちはもうデビュー済みなんですか」

「メンデレエフとエピメテウスはまだです。新馬の使い出しは年々早まってるし、競馬会自体がその方向で動いているわけですが、今年は特に早かったですね。早熟に見えない馬でも五月段階で結構出馬してました。この二頭だと、エピメテウスがよさそうですね。いや、よさそうというより狂気じみている印象がある。小柄な馬で、時計は驚くほどではないんだけれども、矢が放たれたような走りをするんですよ。おそらく芝向き。南《みなみ》松《まつ》厩舎の馬ですが、ついつい見てしまう。ただ、ひよわでね、よく熱発すると南松先生が愚痴をこぼしてますよ。それに体が実戦前なのに、出来上がりすぎている。使い込まれた七歳馬のような体つきなんです。若々しさがかけらもない。あんな二歳馬を見たのは初めてだ。あれでは上がり目を見込めないんじゃないかな」

「せっかくのいい馬でも、虚弱体質では能力を発揮できませんからね。馬主さんは幸運な貧乏くじを引かされた心境でしょうね」と笹田は言った。

利根はふふと笑って、「持ち主は井声さんですよ。ほかにもいい馬がたくさんいるんだから、大して気に留めてないでしょう。来年のダービーはポグロムに取られるとしても、再来年があるわけだし」

「来年しかない私とは違うということですかね」

「来年があるならそれでいいのでは？」

利根は冷たい笑みを浮かべて立ち去った。

用を足しに行った森野を待つ笹田は、デートをすっぽかされた間抜け男みたいに立っていた。一向に戻ってくる気配がない。鏡を見たら自分がいなかったと森野が今朝話していたことが思い起こされた。情報端末を取り出して森野を呼ぶと、調教師と話し込んでいたから俺は一人で腹脳検査に行くことにした、とディスプレイモードで短文を返信してきた。何も言わずに勝手に行くことはないだろうと軽い怒りを感じたが、それは瞬時に疑惑へと変貌した。その疑いを取り消すように端末をしまうと、次のレースが始まった。二歳の未勝利戦だ。平均ペースで進んだが、四コーナーで二番手につけていた馬が落馬した。勢いをつけて上がってきた後続馬が次々に転倒する。追い込み馬に乗っていた黒節が大外をまくり、勝手にバテた逃げ馬をかわして、真っ先にゴールした。落馬したなかであきらかに三頭は、残り三十分の命もなかった。

競馬場から市の中心にある腹脳検査所へ歩いて、そこから競馬場の北側に停めた車まで戻るのは二度手間なので、笹田は亘を拾いに行ってから腹脳検査所に向かった。渋滞は緩和されていたものの、まだ市街の混乱は続いていた。ようやく検査所に着くと、玄関先に森野が立っていた。もう終わったと言う。森野は検査所に直行したはずである。利根と話し、そのあと車を取りに行ったのがいわば笹田のロスタイムだが、その時間内に検査が終えられるとは思えなかった。

笹田は詳細を聞かずに森野を車に乗せた。

無言のまま車は東へ走る。笹田の口は異様に渇き、飢えた犬のような息遣いだ。言葉を口に出せる状態ではない。反面に、心のなかでは一つの文が連鎖となってリピートする。お前検査受けてないだろお前検査受けてないだろ……。

エンジンが回り、タイヤが鳴く。森野は情報端末でレースのリプレイを見ている。ポグロムの新馬戦を見たあと、次のレースを見る。落馬があったレースだ。落馬シーンを何度も繰り返す。そしておもむろに口を開いた。

「真っ先に落馬したの曾根崎だろ。こいつ自業自得じゃないのか。新馬のポグロムを見て、こいつは腹立たしさを感じた。本来、厩舎の主戦であるはずの自分が乗れないことに憤りを感じた。そして黒節を嵌《は》めてやろうと考えた。呆れるほど単純な嫉妬だよ。曾根崎が乗るビットシャワーという馬は、コーナーで外にふくれる癖があるんだ。ビットシャワーは道中三番手を進んでいた。二番手は新人の馬だ。黒節は後方待機。その馬に乗るときのいつもの戦法なんだ。三コーナーを過ぎてから曾根崎は進出し、新人を恫喝してインを突いた。四コーナーの時点でビットシャワーがわずかに前に出る形での併走だ。そろそろ黒節がまくってくる頃だ。このとき、曾根崎は馬の癖のままか、あるいはヘグッたふりか、馬を外にふくれさせた。隣のジョッキーは当然外によける。そうすれば黒節はさらに外を回らざるを得ない。それを狙ったんだ。そのとき黒節が、まくるぞというようなことを叫んだ。それを聞いた新人は外に出すのを躊躇《ちゅうちょ》した。というより、反射的にインに寄ったのかもしれない。それで曾根崎と接触したんだ。おそらく黒節は検量室かパドックで、曾根崎が何かしかけてくると直感した。そしてレース中に奴の一挙手一投足を監視し、逆に嵌めた。あるいは、ビットシャワーがふくれたのを見てすべてを瞬間的に悟った。どっちにせよ、一瞬の判断だ。曾根崎は黒節の一瞬に負けた。病院送りになったというが、馬はつまらん嫉妬のせいであの世行きさ」

お前の推測は正しいんだろうよ。だから何だ。そんなことより自分の心配をしたらいいじゃないかと笹田は思う。なぜ自分を痛めつけるんだ。わざわざ身を滅ぼそうとするんだ。つまらん嫉妬よりもタチが悪いよ。

しかし、問いかけられない。なぜだと聞けない。体力がないのだ。人と関わるのには体力が必要だ。中年という年齢にある笹田には、人の中心に入り込む質問を投げかける勇気がない。勇気は体力から発生する。昔はためらうような話題も話せたのだ。相手の核をつかみにいくことをしたのだ。年齢を重ねるたびに、自分がやらなければならないことが出来なくなってきている。それを理由に義務から逃げているとも感じる。力が体から抜ける分、空洞を感じて、そこが寒く震える。笹田は無意識にアクセルを踏み込む。タイヤと路面の摩擦エネルギーが電気化して、エンジンを回転させる。宇宙に行ける時代にあっても、車からタイヤが消える様子はない。タイヤがわめく。森野がバックミラーを指して言う。「あっ、俺が映ってる」

笹田は何か言おうと努力するが、口も喉もガラガラで言葉が出ない。

終わりの前には始まりがある。サラブレッドは三大始祖にはじまる。飛行機はライト兄弟、パーソナルコンピュータはアラン・ケイ、和歌はスサノオノミコトにはじまる。曙《あけぼの》は属性はアリストテレスに、何だこれはピカソに、舌出しはアインシュタインに、清少納言《せいしょうなごん》に、腹脳はリチャードソン博士夫妻にはじまるが、ギリシア神話においてのイヴに当たるのがガイアだ。ガイアは自分の息子である天神ウラノスと結婚する。彼女は十二人の子供を産んだ。これをティターンと呼ぶ。その長兄オケアノスが妹のテテュスに産ませた娘がクリュメネであり、彼女はオケアノスの弟イアペトスと結婚した。その息子がエピメテウスである。彼はパンドラという女と結婚し、やがてこの女の箱を開けることになる。

のちにエピメテウスと名づけられる馬は井声ファームで生まれた。とても小さかった。色つやのよくない鹿毛で、線が細く、走りに目立つ点はなかった。母親の庇護《ひご》なしに外を歩けないので、離れると死ぬといわんばかりにいつもぴったりと寄り添っていた。子別れのときは人間の赤ん坊のように泣き叫んだ。仔馬の群れのなかで生活させられることになったが、やはり一番弱い立場だった。端のほうで牧草をちまちま食べた。隠れるように食べるのであるが、食事時間は長かった。いつ何時も餓死寸前のような顔をしていて、食事には異様に執着した。この牧場にはたくさんの競馬記者が取材に来るが、この仔馬に注目する者はいなかった。

井声ファーム内の育成施設でトレーニングするようになってから、馬体が変わりはじめた。急激に成長し、つくべき筋肉がついた。つかなくていい脂肪はつかなかった。そのときにはすでに、実戦を経験したような、無駄を削《そ》いだ体になっていた。むしろ削ぎ過ぎる印象があった。若駒の弾けるような躍動感がどこにもなかった。普段の彼はおとなしいが、ときおり思い出したかのように凶暴になった。住み込みのスタッフが飼っていた子犬が馬房に入り込んだことがあった。スタッフが探しに来ると、子犬は腹を食いちぎられていた。馬の口からは血が垂れていた。あわてて駆け寄るスタッフの頭めがけて馬は噛み付こうとした。スタッフは間一髪難を逃れたが、怯える人間を馬房内から見つめる馬の目に、草食動物のものではなかった。彼は庭先取引されず、せりにもかけられなかったが、井声信一郎はそもそも売る気がなかった。

馬はエピメテウスと名づけられた。命名は井声自身だった。入厩先は関東の南松厩舎に決まった。この厩舎から井声ファーム生産のダービー馬が二頭出ている。せりで高値がついた馬ばかりを追いかける記者たちも、名門厩舎に入った井声信一郎所有馬に注目しはじめた。調教時計はまあまあの成績だった。未勝利で終わるということはないだろうという時計だ。ただし、放たれた矢のごときフォームで走る異様に痩せた馬体には、目を奪うものがあった。小さい体だけれど、時計はそれなりに出るし、さすが井声さんの持ち馬だ、軽い芝かＡＣＴならもっとタイムを出すだろう、と記者たちは一定の評価を下した。調べてみると、母は未出走馬ながら、その全姉はイギリス千ギニー馬である。井声ファームらしく折り目正しい血統というわけだ。走ってもおかしくない馬である。

競馬マッチェムの記者は特に興味を示した。矢としか表現できないあの走りに囚われたのだ。記者は近親に限らない、詳細な血統背景を調べてみた。すると驚くべき事実が浮かび上がった。

父は軽度の故障ながらすぐに引退した二歳王者の新種牡馬ブラックスカイ、母は未出走だが名門ファミリー出のブリガンシメン。五代血統表を見ると、名前が載っている五代父にあたる種牡馬十六頭のサイアーラインが、すべて最主流のマイプラグマ系で占められている。ただし、血統表のなかに同じ馬が複数登場する、いわゆるクロスはないので、極度の近親配合というわけではない、はずなのだが、実は六代まで目を伸ばすと、そこに並ぶ三十二頭の牝馬が二頭ずつ同じ名前になっている。つまり、エピメテウスは十六頭の牝馬のクロスが芸術的にかかっているのだ。

近親交配どころか、近親相姦《そうかん》だ。

この事実を発見した記者はまず吐き気を覚えたのだが、第一発見者だというマスコミ的な喜びがしだいに彼を包んだ。すぐさまアポイントを取り、井声信一郎を訪ね、六代前まで目を通してはじめてわかる血の恐ろしさについて、興奮しながら問いただした。夕暮れ時であった。紺瑠璃《こんるり》の花瓶が驚くべき光を放っていた。答えを待つ記者に対し、彼は「それだけ？」と聞き返した。よく見つけたと誉めてくるか、バレてしまったかと苦笑いするかと思っていた記者は、予想外の返答に困惑した。窮する記者を見ながら、井声はその十六頭のファミリーラインを調べてみたまえと言った。記者は情報端末を取り出し、言われるままに検索してみると、顔面が凍りついていった。この十六頭の牝系先祖をたどると、ナタルマという牝馬にいきついた。すべてがナタルマの一族というわけだ。エピメテウスの牝系は完全にナタルマの園から生まれたナタルマそのものなのである。ナタルマ、この牝馬は二十世紀の大種牡馬ノーザンダンサーの母親であり、そしてエピメテウスのサイアーラインのマイプラグマは、ノーザンダンサーの子孫なのである。

「エピメテウスはナタルマの仔なんだよ」

井声はそう言って記者にカンパリを勧めた。


記者の報道のせいでこの話は即座に広まった。笹田が記事を読んだとき、種付け場でサイボーグ化について話したときに井声が発した言葉を思い出した。夢は破れし、我に残るは狂気のみ。夢がなくなったなんて嘘だったのか。こんな配合は偶然に出来るわけがない。願いなのだ。これは彼の夢なのだ。いや違う、井声の夢は最高の種牡馬づくりだ。競走馬づくりは種牡馬づくりのステップに過ぎないはずだ。極度の近親交配馬は種牡馬として成功しない。成功以前に種無しである確率が高い。人智《じんち》を超えた自然の摂理が血に作用し、愚かな人間の思惑どおりにさせないのだ。しかも、サイボーグ化により血の価値は減少する。種牡馬の価値は低くなる。どうあがいても傑出した種牡馬をつくるのは無理なのだ。これでは夢を見られない。夢はすでに破れたから。では、エピメテウスとは何か。それは最強の競走馬をつくりたいという狂気なのだ、笹田はそう考えざるを得なかった。自分の馬産との立脚点の根本的な違いに恐れを感じながら。

ポグロムの二戦目であるクリルステークス当日、笹田は札幌競馬場にいた。今回もやはり弁務官は来ておらず、代理の部下が大統領の椅子に座る大臣みたいにふんぞり返っていた。彼は笹田を見つけて手招きした。部下の五席隣に田沢がいた。このレースにはダービー有力馬の一頭、タザワスターが出るのだ。田沢も笹田に気づいた。田沢に会釈しながら部下に近づく笹田は、田沢の向こうにコールマンがいることも発見した。彼は画家が題材を眺めるようにターフを見つめていた。笹田は部下のそばに立った。君に閣下からのメッセージがあるんだと言って、彼は自分が弁務官であるように語った。

「ダービーを勝つ馬は世代に一頭のみ。しかし世代リストのなかに二頭いた。サッドソングの初仔とブリガンシメンの初仔だ。井声は大統領が売れと言っても手放さないと私は考えた。商人こそ現世の権力者だからだ。君や田沢は違う。競馬に関わっているだけの人間だ」

笹田を指差して最後のセリフを言った部下はこの上なく笑った。聞き耳を立てていた田沢は、あらぬ方向を見ながら、わかりやすく歯ぎしりした。笹田は何も言わず馬主席を出た。

すると取り巻きに囲まれながら、井声信一郎が廊下を速足で歩いてきた。彼はめったに競馬場へ姿をあらわさない人物だ。その彼がなぜここにいるかというと、考えられる理由はただ一つ、七レースの新馬戦に出走するエピメテウス。

簡単に挨拶を交わしたあと、どちらへと問われた笹田は、わざとらしく後ろを振り向いた。井声は馬主席の部下を視認した。

「あの方は？」

「弁務官の部下ですよ。退散するところです」

「私の隣に座ればいいでしょう」

「よりいっそう厳しいです」と笹田は答えた。これは本音だ。

「私を教師か何かと勘違いしていませんか」冗談を口にしている顔でない笹田を見て、井声の表情はこわばった。

笹田は否と首を振った。「勘違いしてませんよ。あなたはホースマンだ。全身全霊でホースマンだ。競馬は近親配合により成り立つ不健康なブラッドスポーツですが、あなたはそれを体現しすぎている」

井声はほんのかすかに笑った。暗いトンネルのなかで笑うように笑った。「そうですか。ポグロムは間違いなく勝つでしょうが、私のほうは恥をかくことになるかもしれない。一緒に見ないほうが私のためですな。それではまた」

井声は健康な凡人を横切り、中に入っていった。しかし健康といっても、その競馬界の大物にくらべればである。

その馬はまるで突然の雨に悄然《しょうぜん》とするように歩いていた。極端に言うと、被爆したようだった。走る馬に見受けられるしなやかさがない。歩様は硬く、痩せこけている。前評判を知らない者が見れば、調教のやりすぎか、夏のガレ馬だと思うだろう。若駒特有の可能性がない。尻に厚みが出れば、腹がもっと絞れたら、落ち着きが出れば……。新馬は未来の現在形だ。人々はイメージを持たされる。イメージは人の心のなかで勝手に発芽する。この馬はそれを与えない。貧弱な馬体のどこに伸びる要素があるのだろう。現在ですでに完成している。いや、もうピークを過ぎているのではないか。そうとしか思わせない。本当に走るのだろうか、ポグロムの初見に納得した人々が、奇妙な鹿毛馬に好奇な視線を向ける。結局話題だけに終わるのではないか、それともあの貧しい体に、秘められた力が備わっているのか。だとするとそれは人間の手に負えるものではない。か細い四肢と反するギラつく目、単勝一・七倍。

とまーれーの合図で騎手が乗り込む。三番の馬、エピメテウスに黒節がまたがる。そう、黒節だ。井声信一郎はエピメテウスの鞍上《あんじょう》に黒節を指名した。黒節は受けた。ポグロムとエピメテウス両馬が異なるステップを歩むとしても、必ず皐月賞で相対する。そのときに黒節はこの細い馬を選ぶということを自動的に意味している。現在フリーとはいえ、元所属厩舎の馬を選ぶのが通例である。両陣営から騎乗依頼がある場合、師弟関係を優先するのが慣《なら》わしだ。黒節は利根厩舎所属だったから、ポグロムというダービー候補がいるのに、そのライバルになるかもしれない馬の騎乗を任されるのは奇妙であるし、要請を受諾するのも義理合い的には不自然だ。しかし、それがゆえなのである。利根調教師としては、ポグロム一頭だけの弁務官よりも、日本競馬界を支配する井声になびいたほうが得策なのだ。これは黒節の反乱ではない。利根の利益にもとづく行為である。仮にエピメテウスが走らなかったとしても、大馬主井声の心象をよくするほうが、一時の名誉よりも厩舎経営にとって重要だ。弁務官に押し付けられたポグロムであるが、デビュー後の衆人環視状況なら、鞍上を変えたところで権力の恐怖が降りかかることはない。そこに本国、植民地の差はない。

新馬たちは周回を終え、地下馬道へと消えた。笹田もパドックを去った。一般席へ歩きながら情報端末を取り出し、馬券を買った。普段馬券を買うことはない。自家生産馬でもだ。もちろんポグロムも。馬づくりは好きであっても、ギャンブルには興味を持てない。その彼が、最小単位の五百円とはいえ、馬券を買った。単勝三番、エピメテウス。馬券購入は復員してから初めてだ。自分でも理解できない心境だ。あの馬体を見た彼は、平常とは異なる行為をする欲求に駆られたのだ。

磁石を狂わせるような物体は存在する。

笹田はスタンドに出た。ＡＣＴの上で安藤九〇二が歌っていた。緑色の超長髪が振り乱れていた。競馬でなく、このショーを見に来ていた若者たちが、一緒になって踊っていた。一般の競馬ファンはぼんやりと見るか、まったく見なかった。曲が終わると、メインレース前にまた会いましょうとバスとソプラノの交互音で語り、ホログラムは消滅した。スターターがあらわれた。十二頭がゲートに入った。病的に貧しい馬が一番最後のゲート入りだった。

絶望に向けて新馬たちが走り出した。馬はなぜ走るのか。何かから逃げるためとも言うし、単に走りたいからとも言う。とにかく、走るという現象がある。コース上にいるサラブレッドは走る。彼らは狭き門に向けて走る。門をくぐったところで、幸せが訪れるわけでもないのに。でも、門の先に何もないということはないだろう。生命にとって必然で、逃れることができず、触れることを望み、そのくせやはり後悔するものが先にあるのなら、馬が走り人が見るこの行為は、世界の有り様と重なる。エピメテウスは多少出遅れたあと、最後方に下がった。場内がざわつく。

追い込み馬、それは一瞬だ。一瞬ですべてが清算される。極度に痩せた馬が札幌ＡＣＴ千四百メートルの上がり三ハロンを二十八秒二で駆け抜けたとき、それはエクスタシーでもカタルシスでもなく、恐怖だった。

レースが確定し、笹田の情報端末は的中を知らせた。彼は八百五十円を手にしたが、すぐさまポケットに端末をしまった。本当は端末を投げ捨てたいくらいだった。的中が気持ち悪かったのだ。じっとりとした汗を背中に感じながら、彼はしばらく石畳の上に立っていた。すでにレースが終わってから八分経過していた。周囲の人間たちは一様に浮かない顔をしていた。勝ったのが一番人気で二着は二番人気なのだから、的中した者は多いはずであった。

二度と馬券を買わないと笹田は心に決めた。

彼はパドックへ歩を向けた。八レースの馬たちがいる。ポグロムが出る二歳オープンのクリルステークスは九レースだ。目の前を歩くのは平凡なサラブレッドである。元気がよかったり、ツル頸《くび》だったり、コズんでいたり、異様に発汗していたり、尻っぱねに忙しかったり。名馬は一戦で自身を証明する。早熟だろうが、晩成だろうが、歴史に刻む一戦を見せつけるのが名馬だ。ここにいる馬たちは十戦しても二十戦しても表現できないし、その無駄な量が駄馬の証明となる。沖縄やバングラデシュで行われる最後の殺戮競馬に出走するのはこの馬たちかもしれない。尻っぱねをしている八番の馬は笹田がつくった馬だ。牧場では、現四歳世代のリーダー格だった。せりでも高く売れたのだった。単勝十倍ちょうどの五番人気。とまーれーの呼び声のあと、騎手が走ってくる。黒節を探してみたが、このレースには出ないようだ。

彼らは騎手を乗せて、絶望の場へと向かった。周囲の客は情報端末で馬券を買うか、買いながらスタンドに戻るかだ。笹田はレースを見る気がしなかった。太陽光線と秋の風が彼の髪を通過した。

そのままパドックにいると、九レース出走馬が入ってきた。一番はタザワスター。ポグロムのかわりに田沢が井声から買った馬だ。芝向きのわりに調教駆けするので有名なレッドスター産駒で、井声ファーム主催のトレーニングセールでは一番時計を出した。つまり、井声がいらないと思った生産馬のなかでは一番評価が高かったわけである。このレースで四戦目であるが、疲れは感じられず、若駒らしくはつらつとしている。四連勝を狙うこの馬が二番人気、単勝四・八倍。少し間をおいて歩くのがポグロム。新馬戦と変わらない風貌、風格だ。一番人気、単勝一・二倍。あとはどうということもない馬だ。

肩を叩かれた。

井声が立っている。

「あなたの感想を伺いたくて探させたんですよ」井声は旧来の親友に語りかけるように話した。「ここにいると聞いて急いで来ました」

「私の感想なんか聞いても仕方ないでしょう。井声信一郎が匿名に等しい生産者から意見を求めるなんて、冗談にもならない」

「私はあなたが思っているほどのホースマンではない。馬の秘密を一パーセントは理解したかなという程度だ。夫婦の顔は似てくるというが、私は馬面にほど遠いのでね」井声は高揚している。「そもそも、ライバル馬の生産者の意見を拝聴するのは不当ではない」

「不当でなくても役に立ちません」

「まあ、そうおっしゃらずに」井声は語る。「エピメテウスの走行フォームを人は矢とたとえる。誰もがそうです。ほかのたとえを聞いたことがない。判で押したかのように同じことを言う。でも、エピメテウス全体については、いろいろなたとえがなされる。かぶらない。バラバラ。ファーム内で本気で走らせたとき、従業員たちすべてが違うことを口にしました。時間と答える者があれば、悪夢、現実、悲鳴、病気、存在そのものなど、様々な答えが返ってきた。感じ方は人それぞれ、これが面白いんです。速いや強いといった形容詞の答えでないのも面白い。今さっき、レース直後に馬主席で同じことを聞いて回ったんですよ。やはりそうでした。同じ走りを見ているはずなのに、返ってくる言葉は多種多様。地元の馬主さんは戦時中を思い出したそうですよ。自衛隊が逃げ出して札幌があっさり占領された日に、隠れていた民家からロシア兵に引っ張り出された傷病兵の体の崩れ方みたいだ、とね。隣にいた奥さんは、あわてて逃げ出す自衛隊のトラックにミサイルが落ちたことを思い出したそうです。競馬場に来てそんな記憶が引っ張り出されるとは考えてなかったでしょうね。戦争と何の関係もないサラブレッドを見に来たのに……。田沢さんは腕の切断だと言いました。あの人、思いのほか面白いことを言うと感心しました。よろしい、私から感想を述べましょう。さきほどのレースを見て、私は海に向かう人間だと思った。夜明けの時刻に、たった一人で眼下に広がる海に向かって歩みつづける男だと思った。エピメテウスはとにかくそれを私に想起させた。そのイメージをあの馬は私の脳内に誘発させたんですよ。笹田さんはどう思いましたか。率直な感想を伺いたい。私の気持ちをわかって頂けますか」

「私はあなたをわかりたくない」笹田は真面目に答えた。

「辛辣ですな。土下座しないと教えてもらえなさそうだ」

「怖かった。感想はそれだけです」会話を切り上げたくて笹田は素直に答えた。井声に気づいた競馬ファンがざわつきはじめている。

返答を得た井声は笹田の目を覗き込んだ。「表現は違えど、私の感想と似ていますよ。まったく同じではないですが、方向は同じだ。あなたと私は方向として同じ人間ですよ」

彼は口元の皺を寄せた。種付け場で話したときには、この皺はなかった。「それでは私は退散します。ポグロムを見て怖じ気《おけ》づきたくないのでね」彼は表情を引き締めた。「エピメテウスと私の関係のように、ポグロムがあなたに混乱を引き起こす馬でありますように。それでは」

取り巻きとともに井声は姿を消した。パドック内をジョッキーたちがそれぞれの馬に駆け寄る。陽射しを避けるように手をかざしながら走ってきた黒節が、あたかも自分を神だと思っているようなポグロムに騎乗する。

大方の予想通り、レースはあっけなく終わった。中団を進むポグロムが徐々に進出を開始し、残り二ハロンで逃げるタザワスターを捉えると、そのまま突き放し、三馬身差で勝利した。着差以上の完勝だった。能力の半分も出していないのが誰にでもわかった。あまりの強さに、重賞でもないのに拍手が起きた。悄然とする観衆が自らを奮い立たせるような拍手だった。

口取り式は淡々と行われた。勝利と無縁であるようだった。薄暗い地下室にいるような雰囲気だった。笹田は誰とも口をきかなかった。利根と黒節は他人事《ひとごと》のようだった。ただ一人、弁務官の部下だけがはしゃいでいた。

口取り式が終わって、どこかにいるだろう田沢に絡まれないうちに競馬場を出ようとすると、笹田を呼び止める者がいた。グリーンプラネットのコールマンだ。商談を持ちかけるように彼は近づいてきた。
「おめでとうございます。強かったですね」
「どうも」笹田は軽く一礼した。「さきほど馬主席で拝見しました」

「だったらそのときに声をかけてくだされればよかったのに」

そういえば八レースにジーピーなんとかという馬が出ていたようなと笹田は気づいた。グリーンプラネットは競走馬をわずかながら所有している。「私なんかがご挨拶するのは迷惑かと思いましてね」

「とんでもないですよ。それより、そば屋に行きませんか」白い歯を見せてコールマンは微笑《ほほえ》んだ。さっさと競馬場を離れたい笹田はその白さに嫌悪を催す。

「おいしいんですよ。まあ、騙《だま》されたと思って」笹田の内心を見透かしたかのようにコールマンは言った。

移動したあと、笹田は言った。

「あなた、GPのなかで結構偉いんでしょう。平凡な中小牧場経営者に構ったって意味ないですよ。井声さんにも同じことが言えるんだけど」

「人間社会の結節点として要求されるのは、得てして平凡な人間であるものですよ。これがあなたの運命だと考えてください。あなたはひょっとすると、リヴァイアサンに飲み込まれるかもしれない。そう考えると、弁務官とあなたが知り合いだというのもうなずけるでしょう」

「コールマンさんは運命論者なんですか」

「宗教やってる人間ですから。もっともわれわれは、科学的キリスト教団ですが。ビッグバンの時点で、笹田さんと私が、この時この場所でそばを食べることが決定されていたのかもしれませんよ。条件Aと条件Bがそろうと C が成立する。条件Cと条件Dがそろうと E が成立する。条件Aと条件Eがそろうと F が成立する。こういう条件と結果の膨大な系譜が歴史だとすると、神でない限り、事象の孫ひ孫やしゃごたちを把握するのは無理ですが、神ならできる。神は人間ではないので。地平線までを見れるのが人間なら、宇宙の果てまでを見渡せるのが神です。神は運命論者であり、決定論者だ。ビッグバンからそばに至る因果をすべて見通す神。これはあまりに壮大で、かつ合理的な話だ。科学と宗教って同じだと思いませんか」

コールマンはやはり微笑んだ。笹田は笑みを返さない。それでも彼は笑う。

「キリスト教において、最初の人間はアダムです。彼は完璧な人間だったが、一人ぼっちがさみしくて、自分のあばら骨からイヴをつくった。二人は子供をつくり、どんどん子孫が増えていった。こうやって人間は繁栄していったわけですが、困った問題が起きはじめた。数が増えると、どうしてもろくでもない奴があらわれてしまう。秩序を破ることが快感のアウトローです。殺人、強盗、淫行なんでもありです。こういう輩の出現は防げない。血が分散することによって、アダムの完全性も分裂し、一人一人の徳が減少するせいです。特に統計的に徳の平均値から外れた連中が犯罪者になる。この状態を回復するにはどうすればよいか。解決法は一つ、統合です。統合とは何か、それは不逞《ふてい》分子《ぶんし》を殺すことです。それで社会をまとめあげる。神はすべてを把握されるけれど、神様だって監視対象が多いと大変なんですよ。面倒な存在は消してしまうのが手っ取り早い。統計のマイナスの偏りを消去する。集団を小さくして血を固めなおす。そんな神様の代理人が預言者です。預言者が人間を統合する。すると徳が回復する。しばらく経つとまた人間が愛によって増えだし、増えた人間により悪徳がはびこる。また預言者が登場する。これを繰り返しながら徐々に破滅に向かうのが聖書のあらすじですが、預言者がそれほど大した人物とは思えないんです。預言者、つまり血の結節点の代表的存在はノアですが、箱舟をつくれと言われたからつくっただけであって、彼はエスパーじゃないんですよ」

「サラブレッドの歴史も分散と統合のくりかえしですよ」笹田は答えた。「でも統合の役割を果たした種牡馬は、エクリプスからマイプラグマに至るまで、すべて偉大です。偶然じゃない。偉大だからこそ、彼らは自分の血でまとめあげた。平凡なサラブレッドは歴史に名を残せない」

「私は血統に詳しくないのでわかりませんが、サラブレッドは人間よりも偉大だということなんでしょうね」ざるからそばが器用な箸さばきで摘《つま》み取られ、下半分だけつゆに浸《つ》けられて、次々に姿を消していく。「そばは食べるのではなく、飲むのだと最近知りました。たしかに飲み込んだほうがおいしい」とコールマンは言った。

彼らはそば屋ではなく、グリーンプラネット札幌支部の応接室にいる。五階建てビルの一階がそば屋で、その二階がここ。二人は出前のそばを食べている。

「支部に連れて行きたい人には、そば屋に行こうと誘うんです。そうすると警戒心が解ける」とコールマンは笑い、箸を置いた。「われわれを怪しげな団体にしたてあげたい人物が多いのは承知していますが、庶民的でしょう？」

コールマンは見慣れているはずの部屋を見渡した。自分の目を動かすことで、笹田に向けて、お前も見るよう指示している。あからさまに無視する勇気はない笹田が見回すと、観葉植物が多いほかは何ということのない室内だ。白い壁にソファーにテーブルに出前のそば。庶民的というよりも空疎という表現のほうが近い。

ただし、ほかの部屋の内部は見えないし、三階以上がどうなっているかも、応接室からはわからない。この部屋が平凡な分、平凡さの埋め合わせをするように、どこかに牢《ろう》屋《や》や洗脳室があるのでは、と子供じみた発想が笹田の脳裏によぎる。

けれども、一つだけ普通でないものが部屋にある。笹田はさっさと帰りたいのでドア側に、コールマンはそれで奥のほうに座ったのだが、コールマンの向こう、つまり奥の壁に西洋絵画が飾ってある。羽が生えた人物がレスリングのように戦いの相手を抱え込んでいて、それを女たちが見つめている。デジタルではなく、紙メディアのレプリカだ。その絵だけに注目するなら、この部屋はたった一枚だけの美術館と受け取れる。

「ゴーガンの『説教の後の幻影』です」そばをすすりながらも、自分の頭上へ向く笹田の視線に気づいたコールマンが、そのままの姿勢で、まるで後ろの目で絵を直に見ながらのように語った。「一番好きな絵でして、私の趣味で飾ってあります。道端を歩いていたヤコブが、急に天使に襲われるも打ち勝ち、イスラエルという名を手にするシーンです。聖書ではヤコブがわりとあっさり勝ったように書いてありますが、実際は相当ボコボコにされたと思うんですよ。何せ天使ですからね。もっとよく絵を見てください。取っ組み合いの様子が遠景で描かれてあるからこそ、命を削った戦いであることが余計にわかるでしょう。こういう構図にしたのがゴーガンの天才です。この絵のヤコブは私のイメージとぴったりだ」

「それで何の用なんですか」そばを食べ終えた笹田は、絵を見ることをやめて聞いた。

「お友達になりたい」

「同性愛者？」

「隣人愛と呼んでください」コールマンは両手の長い指をあごにかぶせた。「ポグロムはエピメテウスと並んで競馬界の中心です。競馬に興味がない人にも名が知れつつあります。笹田さんはポグロムの生産者だ。あなたは流れの中にいる。流れが引き起こすパワーを感じる」

「冗談にもほどがある」笹田に笑うしかない。「私は世の流れとは無縁の人間ですよ。

取り残されている側だ。私に限らず、サイボーグ化がピンとこない競馬関係者はすべてそうです。みんな負け組です。置いてけぼりです。反対運動がうまくいっていないあなたたちもね」

「そう、運動は不首尾だ」

「あっさり認めるんだ……」笹田は驚いた。

「嘘つきではないのでね」と言って笑ったとき、コールマンの右肩がぴくりと上がった。その癖に笹田は気づいていた。笑うときの癖がそれだとして、では嘘はどういう反応になるのだろう。

「現代は情報化社会です」笹田は遠まわしに話題を振った。「情報が簡単に取れる時代、言い換えれば情報に流される時代ということです。新しい情報が出るたびに、あっちへ行ったり、こっちへ来たり。軸がない。凧糸《たこいと》が切れた凧のようだ。フラフラのブランブラン。こういう時代だからこそ、宗教が必要です。基盤そのものですからね。宗教はアイデンティティを与える」

ふむとコールマンはうなずいた。笹田は話を続ける。さっさと帰りたいという心境は消えていた。あの絵を見たせいだろうか。

「人間はずっとアイデンティティを求めてきたんですよ。それはもたらされるものです。自分の根拠は自分にはない。自分がみすぼらしく、卑小で、すぐに消え入る存在だとわかっているから。自殺してしまうほどに人間は自分を知っている。地震って怖いでしょう。あれって、崩れた物に押しつぶされるかもという死の恐怖じゃなくて、揺れるから怖いんですよね。揺れそのものが怖い。体が震えることにみじめったらしい恐れを感じる。そんな哀れな人間を救うべく、哀れな人間がつくったのが宗教。これが人間に踏みしめる大地を与えた。ただ、同じ働きを持つのがもう一つある。それは国家です。宗教と国家は時に助け合い、時に争いながら、人々にアイデンティティをプレゼントした。プロから見てこの考え方はどうですか」

「合っていると思いますよ」コールマンは唇だけ動かして答えた。

「しかし人間は自殺する動物なんですよ。宗教があるのに自殺する。なぜなら、余計なものを生み出してしまったから。それは資本主義です。資本主義といっても様々なかたちがありますが、本質は一つ、流動性です。世界を掻きまわす風です。人間を一箇所にとどめない風です。野原で昼寝する人間を転がして、何がなんだかわからないうちに、谷間に突き落とす横暴な風。それが資本主義だと思います。国家、宗教、資本主義が三位一体を形成すれば健康なんです。適度な変化をもった秩序が保たれる。でも、風は安定を好まない。地べたに座る風なんかない。風は世紀ごとに勢いを増し、増しすぎるほどに増し、暴風と化し、石造建築ですら吹き飛ばすほどです。大災害のとき、アメリカではいろんな教会が空のかなたに消えたそうです」

「資本主義をあのハリケーンにたとえてるんでしょう。私からすれば、資本主義とは宗教と国家という宿主の腸を破るサナダ虫ですよ」

攻撃的な口調ながら顔つきは冷静なコールマンを見て、演説者的な人物だなと笹田は思う。聞き手の感情を支配するには、まず自分の感情を支配しなければならないことを心得ている。自分に語りかけてから相手に語りかけるのだ。牧場ではじめて会ったときは真面目なだけの下っ端セールスマンみたいに感じた。印象の違いは、牧場とGP事務所という、ホームとアウェーの環境の違いによるのか、彼のテクニックなのか、判断に困った。けれど、そんなことを今考えても何にもならない。自分の間を取り戻すために軽く咳払いしてから話を続けた。

「企業連合体の腹推会は資本主義そのものです。金のために人間をつくり変えようとする連中です。国家のなかにいながら、国家に属さない。金という流動性が彼らの主だ。しかしおかしな点がある。腹脳化、ひいては人間のサイボーグ化とは、生物の個体差をなくすということです。人間の平均化であり、格差の否定であり、先天性の否定です。これって共産主義じゃないですか。平均というユートピアへ企業が導こうとしている。そして腹脳のネット化。この非合法行為に腹推会が関わっているのは疑いようがないし、政府が暗黙に認めているのも、個人的体験として確信しています。ネットを通じて脳を一意的に直接コントロールすれば、完全なる平均化の成立です。言いなりの無力な軍隊です。一部の選良が同質的な大衆を支配する。これはプラトニズムであり、無謬《むびゅう》主義であり、独裁の思想であり、共産主義です。平均化は共産主義だと言ったのはそもそもあなたですが」

「資本主義も中途半端なかたちで個体差を均質化させますけどね。でも、脳コントロールは実際に無理でしょう。そんなことをしたら廃人になることがすでに実証されている。これでは労働力にならない」

「それは自然脳の場合です。生体記憶に人工記憶が混じりこむとおかしくなる。これが腹脳ジャンキー。ただし、現在の非合法ネット接続はおそらく実験にすぎない。彼らの狙いは、自然脳を機械脳へ換装すること。記憶がまっさらの機械脳なら、コントロールが可能なはずです」

「あなたが言いたいことはわかりますよ」右肩をわずかに上げてコールマンは笑う。「腹推会とGPがつながっていると言いたいんでしょう。あるいは同じ組織だと言いたい。前にどこかの競馬記者に似たようなことを言われたんですよ」

　笹田の脳裏に競馬エクリプスの梅岸記者が浮かんだ。コールマンはゆったりとした態度で話を続ける。

「どちらも人間を憎んでいると言うんです。GPは環境を破壊する人間が嫌い。腹推会は出来の悪い生命体である人間が嫌い。だから両者とも人間自体を変化させようとしている。資本主義が完成し、その次段階としての究極経済システムである共産主義。それは完成された機械による清浄なユートピア。これが記者の言い分です。一つの組織が事を進めるよりも、二つの組織が対立しているように見せかけたほうが世間の目を欺ける。われわれは偽装のための一人相撲をしているらしい……」

「結局のところどうなんです？」

「否定しませんよ。反証の仕様がないから。いくらわれわれと腹推会との違いを説明しても、状況証拠を複数示しても、殺人事件のアリバイのように、究極的な冤罪《えんざい》の根拠を提示することはできない。だから言い訳することを放棄します」

「その論法は腹脳的ですね。知り合いの腹脳持ちが似た言い草をしていました。世界に広がる現象をかき集めて、その帰納をある地点でジャンプアップさせて回答を導くのが人間の思考法なのに、あなたの論理は機械的な帰納法だ。飛躍がない」

そうかもしれません、とコールマンは舌の先だけで言葉を発するようにぼそぼそつぶやき、わざとらしく下を向いた。そしてぼそぼそと話した。

「そもそも事実を知ったらどうかなるんですか。ＧＰがサイボーグ化を進めているとして、あなたにせよ競馬記者にせよ、それを止められるんですか。生命の終わりを止められるんですか。魔王を倒す勇者のように一人で戦いを挑みますか。それとも公に訴えますか。監視網をかいくぐって情報を発信する力を持っていますか……」

演技的に話す男を笹田が推し測りかねていると、コールマンは右肩を震わせながら顔を上げ、ふふと笑った。

「冗談ですよ。われわれと腹推会が同じ組織だなんて妄想にも程がある。あなたがたは想像力があり過ぎる。過ぎたるは及ばざるがごとしと言うでしょう。想像力過多は生活に影響を及ぼしますよ。私は想像力に乏しい人間でして、この組織の幹部ではありますが、トップではないので、GPのすべてを知っているわけではない。そして知らないことについて妙な想像をしようとは思わない。これは私についての事実です。デカルトと同じで、私自身についてまでわからないと言うつもりはない。私は私を知っている。しかし私はGPのすべてを知らない。人間と自然の関係は人間と馬の関係に似ていると思います。人間は自然を利用するが、そのすべてを支配しているわけではなく、時としてしっぺ返しをくらう。馬もそうでしょう。われわれは自然保護団体ですが、まったく自然に触れるなと主張しているわけではない。ほどほどにしろと言ってるに過ぎない。だからこそGPは人間が馬を操る競馬を認めるが、サイボーグ化という過剰な操作には反対している。生を受けた瞬間から、死に至る道を歩むのが生命なのに、彼らは死を取り去ろうとする。それこそ生命の究極の殺害です。これは神への挑戦ではなく、そもそも彼らは神を見ていない。見ようともしない。無神論なんてものじゃない。何にも考えていないんです。そういう怠慢こそ私たちの敵なんです。これが私の知っているグリーンプラネットであり、存在の尊厳を踏みにじる腹推会と根本的に異なる団体だと信じていますが、私はGPの神ではないので、私は組織のすべてを知らない。ひょっとすると、名称だけ違う腹推会なのかもしれませんね」

コールマンは笑ったが、右肩は動かなかった。その意味するところを笹田は結局わからなかった。


疲労感を全身に味わいながら車を運転する笹田は、コールマンが自分を支部まで誘った理由は何かと考えていた。

たんなる暇つぶし、梅岸に問い詰められたGPと腹推会の同一組織疑惑の解消、からかい、どれもしっくりこない。とすると彼が語った通り、預言者的結節点が本当に誘った理由なのかもしれない。鵜呑《うの》みにできない説明を鵜呑みしたくなる。しかし結局のところわからないのだ。他人の行動が合理的目標にもとづいている、非合理に活動している、猫のように単なる瞬間的な欲求のままに動いている、そんなのは判定できない。

ただし、コールマンの誘いによって笹田が救われた点が確実に一つある。これにより牧場に帰る時間が遅くなった。つまりその分だけ森野に会わずにすむ。笹田は怖かった。友人が廃人に転落する様を毎日見るのは怖い。なんだかんだで誘いに乗り、GP支部に長居したのは、結局そのせいなのだろう。

森野がフッキーだと百パーセント確信しているわけではない。街中で裸になるとか、包丁で自分の唇を切り落とすというような、狂人と断定される行為をしたことはない。けれども、発言がずれている。人気のクイズ番組を見ていたとき、彼が何の気なしにぽつりと言った。俺が馬のお面を被って出たらもっと面白いんじゃないか。馬の首を切ってさ、頭のなかをくりぬいてお面にするんだ。

三日に一度くらいこんな発言をするのだが、笹田も園川も、街を徘徊《はいかい》する老人を見るように、ああまたかという表情を浮かべる。そして三十分か一時間経ったあとで奇怪な発言を思い出し、身を震わすのだった。恐怖には瞬間的なものと、時間差をともなうものがある。甘味はすぐに感じるが、辛味は遅れてやってくる。

馬の不調には目ざといが、人間関係ではすっとぼけたところがある園川も、森野がフッキーであろうことを察していた。疑念を感じたきっかけは、森野の馬の扱い方がぞんざいになったことだった。馬は繊細な動物であるのに、不注意に物音を立てたり、やたらに触ったり、ちょっとした馬のいたずらを異様に叱り飛ばすのをたびたび目撃した。見学に来た馬主がそういう振る舞いをすることはあっても、プロである厩務員がすることでは決してない。馬の扱いに限らず、妙なことを言い出す森野に園川は呆れ始め、しばらく経ってから恐ろしさを感じるようになった。

笹田の疲労感と反比例して、車はすべるように進む。

運転中の笹田は、腹脳を入れてもない自分がフッキーになったかと疑った。眼前に森野とその妻がいる。彼の妻は牧場によく遊びに来ていた。汗ばむ陽光の下、森野は馬にまたがって、追い運動をやっている。馴致前の仔馬を、狼《おおかみ》が羊を襲うように追い立てるのだ。妻はその様子を少女のような視線でじっと見つめている。笹田が見ているのは現実にあった風景だ。そして現実になかった風景が笹田の前に姿をあらわした。とどろく雷鳴の下、森野が追い運動をやっている。雨に打たれながら妻は夫を熱心に見つめつづける。雷雨は豪雪に変わった。白銀の世界のなかで森野が馬を駆る。妻が相変わらず立っている。無言で見ている。背筋を伸ばし、この男を見るために生まれてきたかのように、彼女は男を見る。すると現実でない女の質感が現実に向けて肥大化し、それはエアバッグがふくらむように笹田に迫り、押しつぶされる圧迫感を味わいながら彼はハンドルを動かしつづけた。

車は新冠市内に入った。シェイクスピア像を抜け、住宅地を通り抜ける。左前方に森野の家がある。一世帯が住むのにふさわしい、こぢんまりとした家だ。明かりが点《つ》いている。自分が出払っているので、牧場留守役の森野は帰宅していないはずだ。この家のなかにいる妻と娘は家族向けの番組でも見ているのだろうか。それとも女どうしで何でもない会話を飽きもせずに繰り返しているのか。あるいは平凡なメニューの楽しい食事だ。森野がいないという事実を思い浮かべた途端、この家が生活感に溢れているように思える。

この家にとって、森野という男は結局いなくてもいい人物なのだ。そう思うと、ざまあみろという感情が笹田に芽生えた。そしてそれは自分にも当てはまることを彼は承知する。夫婦生活に失敗した人間なのだから。朝起きたら有名になっていたバイロン卿《きょう》みたいに、彼は一人身になっていた。バイロンは努力と才能の結果だが、笹田の場合は何もしなかったことの結果だ。

世間の大半がそうであるように、結婚はゴールだと彼は誤解していた。本来スタートでしかないはずなのに、何の気にも留めない関係がなんとなく続くと、根拠なく確信していた。彼は怠慢だった。積極的に生活を維持することをしなかった。婚姻の時点を南中と捉えていた。太陽は勝手に日没していくのだ。彼は地動説を採用しなかった。彼は寝そべって、他人事として、沈む太陽を眺めていた。沈んでいくものは彼にとって仕方のないことであった。そういうものなのであった。太陽はぬくもりを与えてくれるが、しばらくしたら消え去る存在であり、それは固定的な、絶対の法則であった。自分の位置と太陽の位置に相関関係があるとはさらさら考えなかった。

進んで支えようとしないものは、白アリに食いつぶされる家のように、崩れていく。

腹推会は怠慢だとコールマンは語っていた。神の存在、非存在を考えようともしないから、無神論ですらないという。そうなのかもしれないと笹田は考える。宇宙生活を営む技術はすでに開発されているのに、人類は飛び立とうとしない。無重力空間で肉体の改変に挑戦するのではなく、地上において安易なリストカットで満足してしまっている。それが腹脳ジャンキーであり、腹推会であり、人類だ。

みんな怠けてるんだ。

こんな風に考えることで自分を慰めていることに笹田は気づいている。人類全体と同一視して、怠け者の自分を擁護することこそ、怠けだ。自分は堕《お》ちる森野を見る。見る見る見る。そのほかは何もしない。立ち入るのが怖い。その恐れを口実にして立ち入らない。見るだけ。偽記憶に犯された人間は治癒しない。唯一の回復手段は、記憶部位を切断して、無色透明にさせることだ。この事実を知っているがゆえに、笹田は震える。彼は森野の死を予期している。精神的な死ではなく、森野は肉体の死を迎える。その死は通常の死ではない。腹脳ジャンキーは消えるのだ。街中で奇行をくりかえすフッキーが、神隠しのように急にいなくなるのである。病院に収容されている場合は、急死する。精神が崩壊していても、肉体的にはまだ元気な患者が、いきなり死ぬ。死体は検視されることが義務付けられていて、いろいろといじくりまわされた体が遺族に返還される。

行方不明も急死も政府の関与が噂されているが、実態は不明だ。ただし入院しなくても、つまり街中をさまよう腹脳ジャンキーでも消えない場合があり、むしろこれが九割を占める。フッキーは自殺する。たいていは飛び降りだ。わーわーと騒ぎながら、もしくはマリオネットのようにふらふらと、庭へ川へ道路へ飛び降りる。自殺することが義務であるかのように、腹脳ジャンキーは自殺する。森野はいずれそうなる。それを笹田は恐れている。そして何もしない自分を恐れている。

いや、笹田は自分を見下している。侮蔑している。この感情のほうが強い。家庭から逃げ出すために森野が腹脳で自己改造し、さらにネット接続にまで手を伸ばしたことは推測できる。彼は家庭の不和に耐えられなかったのだ。一方の自分は耐えてしまったのである。妻に去られたのは辛かったけれども、どうにかやってこれてしまった。そこに血が噴き出すような努力はなかった。辛いと思っただけなのだ。沈鬱でいたら、だいたいの間そういう状態で、いつのまにやら時が過ぎ去っていた。結婚生活が惰性なら、離婚後も惰性であった。森野はそれでは済まなかったのだ。

でも、でもなのだ。自分には競馬があった。馬づくりには心血を注いできた。世間が評価しなくても、努力をしていたという自負がある。自分は馬に魅了された人間だ。森野は一生懸命牧場の仕事をしていたと思う。森野は馬が好きだった。森野は馬に吸い込まれた人間だ。そして馬に飽きてしまったのだ。

あいつは競馬に飽きたんだ。

脳は爆発的に思考することがある。明かりが点く森野邸を見た笹田の脳に閃光《せんこう》が走り、瞬間的にこの結論へたどりついた。やはり笹田はホースマンだった。人類がどうのこうのは関係なかった。国家や宗教、資本主義などは瑣末《さまつ》な事例に過ぎなかった。彼の思考判断は一択だった。競馬に関することだけが、心の底までたどりつく興味の対象だった。そして競馬と結合する森野。

森野も一択の人間だった。彼が腹脳に手を染めたのは家庭のいざこざによるのではなく、馬から家庭というものへの浮気、その不成功と苦しみによっていた。結婚は馬からの逃走であった。シベリアから帰った森野は駿風牧場で働くことになったが、牧場休止のため、最初は札幌で土木作業をしていたのである。そのときに森野の側から積極的に声をかけたのが弁当屋のアルバイトだった。つまり森野は、馬の仕事に携わる前の段階で、馬から逃れようとしていた。そして彼はつまずいた。結婚は真の逃亡にならなかった。逃亡先から彼は逃亡した。とても無様な形で。

車が一軒家を通り過ぎるとき、笹田の眼球は涙にぬれるとともに、対向車線上の一台の車を映した。車はすれ違った。バックミラーを覗くと、夜道とはいえ、涙目とはいえ、家の明かりを浴びながら車庫に入ろうとする車は、確実に森野の車であった。彼は留守役のはずだが、牧場にいるのがしんどくなったのであろう。そして彼は憩いの場ではないところに逃げてきたのだ。牧場にくらべれば、気楽な場所なのだ。その車は途中でどこかにぶつけたのか、ボンネットがぐしゃりとへこんでいた。

森野は離婚した。ボンネットを見た妻が切り出したと彼は言った。「あなたきっと私を殺すわと怯えきった表情で言うんだよ。なんでそう思ったのかを俺は問わなかった。わかるような気がしたからさ。殺されると考えるのなら、離婚を言い出すのは賢明な判断だと思うよ。なあ、そうだろ。殺されると思いながら同居するって絶対におかしいよな」

家を慰謝料代わりにあげてしまった森野は牧場に住み込むことになった。そのおかげで、彼から運転免許証を取り上げる必要はなくなった。

黒節を背にしたポグロムはウラジオストク市長杯と日本プラウダ杯を勝ち、四戦四勝で二歳戦を終えた。阪神の日本プラウダ杯は、GⅢながら関西の強豪馬が多く集まるレースだが、彼は関西馬たちをまったく寄せつけなかった。その前日の東京で行われたオープン戦、トナカイ賞では、エピメテウスが緒戦同様の豪脚をくりだして完勝した。最後方待機から最後の直線で全馬を抜き去る姿は、悪魔じみていた。来年のダービーに関西馬は不要だと、関西の記者たちはうどんのようにあっさり認めた。一方、弁務官からのポグロム鞍上変更要求はまだなかった。ポグロムは日本プラウダ杯後、育成牧場へ放牧に出された。笹田が様子を見に行くと、以前にもまして迫力に満ちており、サラブレッドの威厳そのものであった。それは悪魔じみていた。

年が明けた。

三歳になったポグロムは二月のイタルタス通信杯に向けて厩舎へ帰った。笹田はただ、日常の雑用に追われていた。森野はあいかわらず奇言を発した。鼻が百キロ先に飛んでいったから、バイオ牧草の臭いを感じないんだ。そういうことを頻繁に口にした。しかし、奇行とよべるものはなかった。迷惑な行為をすることはなかった。それでも、森野を仕事から外させた。何かあった後では遅いからだ。

森野は一日中事務所にいさせられた。風呂は笹田と一緒だった。一人では危なっかしいからだ。夜は徘徊防止のために納屋で寝ることになった。事務所内だと窓を破られるおそれがあった。昼なら逃走してもすぐ気づくが、夜では難しい。非礼な要求を森野はあっさり承諾した。カーボンヒーターを入れたが、閉めてしまえば独居房のようだ。違いは寝藁があることだ。ベッドを運ぼうかと笹田は提案したが、森野は断った。自分で言い出したのに、いざ閉じ込める段になると笹田は気が引けた。そんな笹田を見て、俺がフッキーだと忘れてないか、ネット接続できるんだから寂しくないぜ、と森野はにっこり笑い、寝藁に沈んだ。

一月は大レースがない。クラシックを目指す三歳馬は調整の時期だし、有馬記念を終えた古馬は里帰りしている。空白に近い期間である。ただし、例年と違って今年は話題があった。ベテランの曾根崎が月間の関東リーディングを取ったのだ。落馬で両足を骨折して入院した彼は、年齢のためこのまま引退すると見られていた。しかし、曾根崎は年末に早々と復帰した。しかも明らかに上半身の筋力が増していた。対照的に、縄文系の無骨な顔立ちが狐顔《きつねがお》に変貌していた。目は出走直前のサラブレッドのようにギラギラし、口数が減った。

もともと彼は技巧派と目されるジョッキーで、馬を好位につけさせて折り合いをつけ、直線ですっと差す競馬を得意にしていた。その彼が、復帰戦で追い込み馬に乗ることを志願し、ひたすら鞭をくれて、東京の長い直線を差し切ったのであった。これには関係者もファンも驚いた。そして豪腕的な競馬に限らず、以前と変わらない頭脳的競馬も披露した。そつのない競馬が求められるときはそつのない騎乗をし、極端な競馬が求められるときは極端な騎乗をした。彼は変幻自在だった。長年の義理合いで乗せてきた調教師たちが、年が明ける頃には、積極的に騎乗依頼をするようになっていた。正月最初の関東開催日でいきなり五勝し、東京金杯も勝利した。その勢いのままに勝利数を重ね、関東月間リーディングになった。関西一位の宮代より勝利数が多いので、全国リーディングでもあった。

一月最終週に東京に来ていた四年連続日本一の宮代は、三レースで一緒に乗り合わせたあと、記者団に向かって一言発した。

「なんやアレ」

大活躍ぶりは馬を勝たせることだけでなかった。ヤラズの競馬にも曾根崎は手腕を見せた。二着続きの馬をきっちり二着に持ってくるのだ。今いるクラスでは上位の実力を持っているが、一つ上のクラスだと歯が立たない、こういう馬はわざと勝たせないようにしてずっと現級に留《とど》まらせる。そのほうが確実に賞金を稼げる。これはファンのあいだでも暗黙の了解であり、八百長とは呼ばれない。こういう勝たないことが望まれる馬に乗るとき、曾根崎はちょっとだけ悪い馬場を走らせ、コーナーでちょっとだけふくらませる。そして本気で鞭を振るう。それで先行馬をわずかに差し切れずに二着。ちゃんと追ってさえいれば競馬会からのお咎《とが》めはない。代わりにあるのは、今日はさすがに勝つだろうと思っていたお人よしからの罵声と、関係者ならびに目ざといファンの感心だった。

「老害扱いされていたのにこの変わりよう」競馬中継を見ている森野が言った。「まるで若手ジョッキーじゃないか」ごちゃごちゃするインが開いた一瞬を突いて、というより塞がっているからこそインに飛び込むような姿勢で、曾根崎の馬は有象無象の馬群をごぼう抜きした。「将来有望だけど死ぬかもしれない若手ジョッキーだぜ」

最近の森野は仕事をせず、いや仕事をさせてもらえないので、ただ事務所のなかでごろごろしている。暇だからサイトで見たことを休憩中の二人に話すのだが、競馬の話題はしなかった。その彼が珍しく競馬中継を見ていた。ソファーに身を横たえ、目をつぶりながらダイレクトに中継を見る森野の目の前で、ホログラムの曾根崎が馬をクールダウンさせている。

「なんでですかね」休憩中の園川が聞いた。「急に変わるなんて」

「芽が出てきたからだよ」すかさず森野が答えた。

「何のですか」

「お前少しは頭働かせないと、誰かみたいに頭腐っちまうぞ」低い声で笑う森野は目をつぶったままだ。「ポグロムに乗れる芽が出てきたんだよ。黒節は皐月賞でエピメテウスに乗る。ポグロムの鞍上はまだ決まってない。奴は入院中にこの事実に気づいた。そしてトレーニングを始めたのさ。おそらく一日中」

「でも、両足骨折ですよ」園川が変な調子で叫んだ。

「ダービーのせいだろ」森野は目を開き、むっくりと起き上がった。「奴はすでにダービージョッキーの称号を手にしている。それで奴は満足してしまった。もう一度勝ちたいとは思っていただろうが、体力の低下とともに諦めていた。そもそも一度勝つのだって至難なのがダービーだからな。一度で満足してしまうのは当然さ。だが、黒節へのつまらん嫉妬で落馬し、奴は自分のくだらん行為を反省した。それと同時に、欲がむくむくと湧き出したんだ。またダービーを勝ってやるとな。その欲にくらべたら、両足骨折なんてわけないさ。すでに奴は狂人だからな」

そして森野は笹田を見て、表情筋を意識的に使うようにしてニッと笑い、ふたたび目を閉じてソファーに横たわった。最近の森野は体を動かしていないのに、ずいぶんと痩せた。頰がこけているので、皮肉な笑顔にも痛々しさがあった。大脳辺縁系を侵食された腹脳ジャンキーは、極度に痩せるか極度に太るかのどちらかだ。森野は食欲を破壊されていた。昨日の朝、リンゴを一つむりやり食べさせたきり、何も口にしていない。ひさしぶりに競馬の話題をしているのを見て笹田はうれしかったのだが、枯れ果てた最後の笑みに苦しくなった。

「皮肉な話ですね。ポグロムはフォーレッグズの子供……」しばらく黙っていた園川は笹田へしゃべりかけたが、恐ろしいものを見たように言葉を切った。デビュー時から着実に勝ち星を積み重ねてきた曾根崎は、七年目でダービーを勝った。ゴール直前でフォーレッグズをジャンプさせる形で。それ以降も曾根崎は活躍し続けたが、以前とくらべると精彩を欠いた。「ウイニングラン中に骨折したフォーレッグズから降りたとき、ダービーを何度も獲ってやろうという意志が根っこの部分から抜け落ちたのかもしれません。そしてふたたび闘志に火をつけたのが、フォーレッグズの子供だなんて」

「皮肉でない歴史はないと弁務官が言ってたよ」笹田は答えた。

「弁務官は曾根崎騎手を乗せるんでしょうか」

笹田はうなずいた。「今までずっと黒節を乗せてきたのは、彼に女々しくこだわったからじゃなくて、ほかのジョッキーの品定めをしていただけだろう。ポグロムのライバルがエピメテウスであろうことを弁務官は読んでいたようだが、井声が黒節を要求することまでは思いつかなかった。しかたなくほかのジョッキーの鑑定を始めたが、曾根崎がダービーにふさわしいといい加減に認めたはずだ。次のイタルタス通信杯では曾根崎にチェンジさせると思うよ。曾根崎には有力三歳のお手馬がいないから、もちろん飛びつくし、森野の言うとおりなら、もともとポグロムにまたがりたいがゆえの復帰なんだし。曾根崎との交渉は簡単に済むはずだ。馬主サイドの騎手変更要求は調教師サイドと揉《も》め事を起こすものだけど、この場合は利根に拒絶する権利はない。嵌めたのは利根だからな」

「結局、勝てますかね、ダービー」園川は尋ねた。笹田は動かない森野をちらっと見た。ソファーから左足がだらりと床に垂れている。この男は寝ようとしているのか、それとも ネットを飲み込んでいる最中か。

きっと勝つさ、と笹田は答えた。もちろん根拠なんてない。単なる希望だ。相手がエピメテウスであることは間違いない。天変地異でも起こらない限り、番狂わせはない。早熟だろうがとりあえず相手筆頭はこの馬だと利根が名を挙げたボロディノは、やはり早熟に終わった。タザワスターにはすでに完勝している。関西に新星はあらわれていない。残る有力馬はエピメテウスだけだ。そのエピメテウスに勝てるか。あの狂った矢をポグロムは封じられるのか。笹田は無力を感じた。自分の無力を感じた。勝って欲しいと思っているが、自分は何もできない。ポグロムは自分なしには生まれていない。そして今の自分は何もすることがない。何にも。けれども、別の思いが彼を駆けめぐった。自分が無力であることとポグロムの可能性は関係ない。自分がどうであろうとも、ポグロムは勝つときは勝つし、負けるときは負ける。そう考えると不思議と勇気がわいてきた。ポグロムは自分とは関係ないんだ。そして非論理的だが、自分が無力であればあるほど、ポグロムはダービーを勝つ気がしてきた。

笹田は勇気を得て、安心して、満足した。自分ができることなんて何もない。ポグロムは勝つし、負けたら負けたで自分のせいではない。その身勝手な論理は彼を納得させたし、納得したかった。笹田のほうからその論理に擦り寄り、ぎゅっと抱きしめたのだ。

すると森野が突然口を開いた。

「俺をずっと見ていてくれ。予感がするんだ」

三十秒後、彼はソファーの上で丸まり、ガタガタと震え始めた。惨めで哀れな震えだ。冬の猫、いや、ダンゴムシのように丸まって、そして震える姿は、弱さそのものだ。演技ではない。内発するものに彼は怯えている。額に汗が浮いた。大丈夫ですかと園川が手をかけたが、森野は震え続けた。笹田は言われた通り見続けた。園川は途中で泣き出した。一分ほど経つと震えが止まった。それからまた一分経った。最近自分のことを予期できるようになったんだ、すごいだろ、と森野は目を開かないまま二人に言った。そして吐し振りはきわめて平然としていた。昔かかった病気を話すような口調だった。話いた。胃液だけが出た。何にも食べてないのに、吐く力は残っているのだ。

森野を病院に送るわけにはいかなかった。治療法がまずないし、噂どおりなら入院患者は急死する。自分は何もしてやれないまま死んでいくんだ、と笹田は思った。するとなおいっそう、ポグロムの勝利の姿が鮮明に浮かぶのだった。

極寒の風が吹く。太陽が生きようが、死滅しようが、大地から凍えは消えない。シベリアの収容所のなかで、笹田は捨てられたと感じていた。自分は国に捨てられ、運命に捨てられた。熊が顔を見せることはあっても、自衛隊が助けに来る様子はまったくなかった。

国から捨てられたというのはおそらく正しいが、運命から捨てられたというのは変だとわかっていた。シベリア送りがあらかじめ決まっていたのなら、それが運命だ。運命が自分に抱きついて離れない結果だ。運命は常に自分にまとわりつく。だが、それでも捨てられたという気がしてしまう。運命を愛せよとニーチェは言った。悲劇を愛せよとニーチェは言った。運命は悲劇だ。けれど笹田は凡人であり、悲劇の主役になることを望んでいなかった。

このことを森野に話すと、あかぎれする指を息で暖めながら、「人間はみんな捨てられたんだよ」と言い、両手を股ぐらにやって、「子宮からポイッとさ」と赤ん坊を捨てる真似《まね》をした。

生まれようと思って生まれるわけではない。このことを考えると、自由意志というものは錯覚で、神か自然法則によって行動があらかじめ定められているという運命論が、妥当に思えてくる。その運命が悲劇と決まっているのだとしたら……。悲劇なんか見たくないのに、それどころか舞台に上げさせられるのだとしたら……。

同室で発狂している男がいる。昼間の労働中は普通だったのに、帰ってくるなりブツブツと独り言を口にし始め、そして叫び始めた。自分のなかにあるものを、マグマが噴火するように吐き出しているように見える。そのうちロシア人が来て、連れ出すだろう。

収容所から出られるかどうかは情勢次第だ。自分のことなのに自分ではどうにもならない。明日銃殺が言い渡されるかもしれないし、労働中に死ぬかもしれないし、日本に帰れるかもしれない。運命が悲劇であれば、自分は死ぬだろう。発狂の叫びを間近で聞きながら、その結論に笹田は達した。そして、その結論に耐えられなかった。彼はゆるやかな運命を望んでいた。苛烈さは必要なかった。なのにこんな場所にいるのはおかしかった。やはり運命は悲劇だと追認するしかないのか。彼は苦しんだ。苦しみながら追認を拒否した。帰国した後のことをひたすら想像した。緑の牧場が彼を待っていた。仔馬たちが牧草の上を駆けめぐり、太陽が彼らを照らす。牧場を大きくしてやろう、世界に名を成すホースマンになってやろう、笹田は決意した。俺は努力するんだ、成功に見合う努力をするんだ。日本に帰れるのなら、自分の舞台が悲劇でないのなら……。

戦争が終わり、笹田は解放された。

二月初旬、競馬会の臨時委員会が開かれた。一部委員から出ていたサイボーグ化見直し案が否決され、サイボーグ化が完全に確定された。見直し派の劣勢はマスコミの伝えるところだったので、話題にならなかった。ただし、世間一般には注目されなかったが、関係者が気にする案件が一つあった。新馬戦の前倒しだ。ダービーの翌週から行われている新馬戦を、二年後に現在の四月下旬から三月の最終週に変更すると発表された。

昼食を食べに事務所に戻ってきた笹田と園川に、すでにニュースを知っている森野が教えた。「スピード化、短距離化、早熟化は一貫した競馬の歴史だ。サイボーグ化で馬はますますスピードアップするし、そのうち一歳馬戦なんてのも行われるだろうな」

「短距離化も進むでしょうね。十年後の皐月賞は五百メートルレースかもしれない」園川が笑って言った。彼にはめずらしく皮肉な笑いだった。進んで会話に参加しようというのではなく、義務感めいたものがあって、それが皮肉という形であらわれている。

「スピードアップが求められているのはわかる。歴史ってのはそういうものなんだろう。でも俺はついていけない」と森野は答えた。彼はずっと逆立ちしている。「競馬会の政策は正しいんだよ。連中は歴史の要求を満たしているだけだ。歴史の逆回転なんてないんだよ。常にスピード、スピード、スピードだ。そして俺はついていけない。取り残される。園川、お前は違和感を味わってる。俺はサイボーグ化に反対じゃない。賛成も反対もしたくないんだ」

　森野が苦しそうな表情になってきた。腕が小刻みに震える。「歴史はスピード狂いだ。いつも発狂してやがる。俺だってもうすぐ二十四時間発狂機械になるがな。しかしスピードがあるかどうか。どうやらのろまな発狂機械になりそうだ。狂を発すると書いて発狂だろ。スピードがある奴は常狂だな……」体を支える両腕が、地震のようにぐらつきはじめた。

　園川は困って、母親にすがる子供のように笹田を見た。笹田は森野の心境を察していた。世間の大半は馬のサイボーグ化に賛成でもないし反対でもない。森野は違う。彼は賛成も反対もしたくない。彼は競馬の話題なんか考えたくない。

逆立ちしていた腕が崩れ、森野は頭を打った。へへへへと笑った。頭ぶつけると痛いんだな、日々是《これ》勉強だぜ。

休憩時間が終わり厩舎へ戻ると、途中まで無言だった園川が、荒い息遣いで笹田に訴えた。やっぱり病院に入れたほうがいいんじゃないですか、苦しいんですよ、俺が苦しいんですよ、存在しない奴にお前は存在しないと言うとそいつは存在することになるのか、なんて聞いてくるんですよ、ダービー勝ったポグロムにダービー優勝おめでとうと言えばダービー勝ったことになるんじゃないかって……、たまんないんですよ、苦しいんですよ、このあいだ風呂に入れさせたら俺は水位を上げるだけの存在なんだよなんて言い出すし、サソリが脳を噛み切るとかわめくし、こんなのばっかですよ、俺がおかしくなっちゃいそうです、もう一度考え直してもらえませんか、森野さんは苦しいんでしょうよ、でも俺がキツイんです、耐えられないんです。笹田は拒否した。このあいだも説明しただろ、病院に入れたら政府にバレる、それで殺されるんだ。腹脳は登録制ですよ、検査受けない時点でバレるでしょ、隠し通せないんですよ。だめだ、危険がわかっているところにみすみすやれない。でも……。園川の顔面は薔薇《ばら》色《いろ》で、増悪色だった。彼はまだ何か言いたそうだったが、諦めて引き下がった。背中を向けた園川を笹田は急に蹴りつけた。園川は寝藁へ倒れこんだ。怒りに満ちながら園川が起き上がると、笹田は泣いていた。すまないと彼は言った。

東京芝千四百メートルはスタートしてすぐコーナーに入るため、ペースが緩みがちになるのだが、一枠に入った逃げ馬のミミセンボーイとドマゾノキョウダイがハナを主張しあって、縦長の展開になった。三番手にはタザワスターがつけている。逃げ馬が三番手にいる時点でペースが速いということは、土曜の昼間から競馬にうつつを抜かしているバカでもわかった。過去四戦すべて先行策を取ったポグロムだが、ペースを勘案した曾根崎は、圧倒的一番人気馬を中団につけた。その五馬身後方に十二番人気のビビットショックがいる。追い込みにかけるというよりは、先行スピードがないから必然的にそこにいるという感じだ。ただし鞍上の黒節はじっとポグロムを見ている。

「二十世紀の作家ミラン・クンデラは存在の耐えられない軽さのなかでこう書いていない。永劫回帰という考えで、ニーチェは自分以外の馬を困惑させた。すでに決着を見た勝負付けがもう一度繰り返され、その繰り返しがまた繰り返されるなんて！」と目をつぶる森野はミカンを食べながら言った。

最後の直線に入った時点で逃げ馬二頭はもう終わっていた。タザワスターが押し出されるように先頭に立った。曾根崎が外から追い出しにかかる。ワンテンポ遅れて黒節が気合をつけた。ポグロムはあっという間にタザワスターをかわし、最後は左に切れ込みながらゴールした。ビビットショックは九着だった。

「強かったですね」と園川が言った。笹田はうなずいた。馬主から招待を受けなかったので、おいそれと東京に行くわけにもいかず、事務所でイタルタス通信杯を見ていた。

「最後切れ込んでましたね」

「あれは瞬発力があり過ぎるせいじゃないか。東京でよく見受けられることはお前もよく知ってるだろ」

「とにかくいろんなことが心配で」

「皐月賞はすでに繰り返されていない」ソファーに寝る森野が叫んだ。「あいつ、ポグロムをマークしてた。もちろんクズ馬で勝とうなんて思っちゃいない。エピメテウスに乗ってエピメテウスで差し切る予行演習だ。皐月賞は直線レースだぞ。奴はとんでもない脚で追い込んでくるぞ。ほかの馬に無力感を味わわせるぞ。黒節は差せるという確信を得たんじゃないか。新潟で差せる馬は東京でも差せるぞ。皐月賞の結果はダービーで繰り返される可能性大だ。さあどうする！　どうするんだ曾根崎！　どうする不吉な馬！」

　叫ぶ森野は急に背中を丸め、ぷっつりと黙り込んだ。園川はうつむいた。笹田に蹴飛ばされたあと不平を漏らすことはなくなったし、根に持つこともなかったのだが、どうしても森野に慣れないのだった。

笹田は改めて森野を見た。冬眠に入ったように寝ている。治らないという思いと治る手立てはないのかという思いと今日中にでも死んでくれたらという思いが交錯した。彼は園川の肩を叩いた。二人は仕事に戻った。

森野の予言は的外れなものとなった。弥生賞に出走予定だったエピメテウスが熱発のために回避したのだ。ここで賞金を稼いで皐月賞に挑むつもりだったが、出走回避により、獲得賞金順で皐月賞から弾かれることが確定になった。早熟の馬なら四月にデビューしてすでに十戦以上消化している。エピメテウスは十月デビューで、まだ二戦しかしていない。新馬戦とオープンの優勝賞金だけでは皐月賞に出られない。弥生賞のあともスプリングステークスなどトライアルレースは続くのだが、体調に不安があるエピメテウスにとっては、皐月賞との間隔が詰まりすぎていた。皐月賞ダービー大ロシア賞という地獄の三連戦をこなすには厳しいローテーションになってしまう。調教師は入厩当初から体調面を気にしていた。もともと虚弱体質の馬なんで、クラシック三連戦はキツイと思ってたんです、皐月賞に出そうと思えば出せますが、蹴飛ばしてダービーと大ロシア賞に絞ったほうがいいと判断しました。南松調教師はそうコメントしたが、マスコミは同情的でなかった。彼らはいろいろと書きたてた。黒節は選択ミスか？　南松より苦り顔の利根調教師。度を越したインブリードに対しての自然の摂理による罰では？　こうなることはわかっていた。エピメテウスは非合理存在であり、そこに利得という合理をもちこんだ利根と黒節の失策であって天罰だ。ほかにも、ポグロムに泣いて謝罪する黒節や、自殺をはかる黒節を曾根崎が止めたという記事まであった。利根を含めたエピメテウス陣営叩きは弁務官側につくことになるので、書き方に容赦がなかった。権力を背後にしたマスコミの書き方だった。

一方、曾根崎は持ち上げられた。彼は中年の星だった。苦境をチャンスに変えたヒーローだった。競馬エクリプスのサイトにインタビュー映像が載った。梅岸を相手に、曾根崎が気安くでもなく、他人行儀でもなく、早口で答えている。あの馬は一言で言うと強い、速いというより強い、今まで何頭の馬に乗ってきたのか見当もつかないけど、あんな馬は初めてなんだ。俺って馬相眼《ばそうがん》がないんだよ。歩様見たってさっぱりわかんない。パドックで馬をじいっと見てるファンの人いるじゃない、俺にはまるっきり理解できない世界だよ。見るだけで何がわかるんだって思うね。でも馬に乗ればわかる。一瞬でわかる。こいつは走るこいつは駄目だってね、背中からビシビシとした力が伝わるんだよ、走る馬は電気ショックと同じさ、レース中もそうなんだよ、直線でほかの馬を追い抜くときこれは快楽であるけどショックというほうが近いな、抜き去ると俺に巨大な赤いクラゲがやってくるんだ、俺の背中に抱きついて触手をぶすりと刺す、真っ赤な猛毒がぶわっと全身に流れ込む、そんな感じ、言ってることがフッキーみたいだけどさ、ドーパミンってこういうことだろ、機械に頼らないとドーパミンが出ない連中ってかわいそうだな、つまりポグロムは最高級のドーパミンってことだよ。乗ればわかるとさっき言ったけどトレセンで乗ったときとんでもねえ馬だと思った。でも何か隠してるなっていう気がしたんだ、レース本番でその何かがわかった、あいつは馬鹿デカい赤クラゲを隠してやがったんだ、イタルタスでタザワスターを即座に千切ったときはすべての毛細血管が噴き出しそうだった、叫びそうなのを必死に抑えたんだぜ、だってとんでもねえ毒針で俺をえぐったからな、スタートしてからずっと赤クラゲにブチブチっとは刺されてたんだけどさ、逃げ馬が競り合ってたじゃない、それで曾根崎の奴冷静に控えて中団に下げたなとみんな思っただろ、あれは馬じゃなくて俺を制御していたんだよ、飛ばしたい飛ばしたい飛ばしたいまだ駄目だまだ早い早い抑えろ抑えろ抑えろってな、ははは。こういう感情はカーレーサーも同じだと思うんだ、スピードは向こうのほうが段違いだけどな、でもこっちは生身だぜ、生身の人間が生身の馬に乗るのが競馬だ、スリルはこっちのほうが段違いじゃないかなあ、もっと言うとさ、ジョッキーっていうのは制御しがたいものを制御する商売なんだよ、そして制御し切った末に爆発させる、そこがカーレーサーとは根本的に異なるところじゃないの、サイボーグ化したらどうなるかは知らないけどさ。

インタビュアーの梅岸が皐月賞の話題を振った。エピメテウス不出走が濃厚なんですが。曾根崎は若干不機嫌になった。首筋を三度掻いてから口を開いた。話し方はやはりせわしない。とても残念だ真っ向勝負をして勝ちたかった、なんて優等生発言はしないよ、おかげで皐月賞は天変地異が起こらない限り勝つだろう、でも問題はその後だ、こっちはクラシック三連戦に耐えられるように調整しなくちゃならない、賞金が足りてるからトライアルに出す必要がないんで蓄積疲労なしで皐月賞に行けるけど、皐月賞後の体調維持は大変だ、あっちはトライアルを適当に使ってから二連戦だ、むこうのほうが分がいいよ、しかも利根先生は心情的にエピメテウス派だからな、ふはは。笑ってから曾根崎はしばし黙った。感情を内燃しているようだった。そして再び話し出した。でも俺は三つとも勝ってみせるよ、勝つってそういうことなんだよ、完璧にポグロムを操縦してやる、それは観衆を操縦することでもあるんだ、勝つってそういうことなんだよ、俺にはその自信がある、三十万人を俺がコントロールするんだ、一頭の馬もな、この辺でいいかい？　相当しゃべったつもりだけど、最近話すと疲れるんだ、じゃあ終わり。

いつものようにソファーで寝ていた森野は急に苛立たしい声を発して起き上がると、

目の前で踊っていた安藤九〇二のホログラムを見てさらに大きな声を出した。夕飯のチャーハンを食べていた笹田はこういうことには驚かなくなっていたので、普通にどうしたんだと尋ねた。

「この鬚モジャ女は何なんだ」怒気を籠らせ、森野はホログラムを指差す。

「安藤九〇二っていうVRアイドルだよ。半年前くらいからいるじゃん。最近ますます人気があがってるみたいだ」説明する笹田に、踊る安藤九〇二がウインクした。クックモというお菓子のCMだ。クックモバター味新発売。

「こんなのが人気なのか。訳わからんな」

去年、札幌競馬場の近くで安藤九〇二の歩行型広告ホログラムに遭遇しているのだが、そんなことはすっかり忘れているようだった。そんな昔のことでなくても、安藤九〇二の露出は多いから、ネット接続していれば昨日にでも見ているはずなのだった。そのことを笹田は問い詰めない。「たしかに変だと思うけど、大声出して驚かなくてもいいだろ」

人が驚くには理由があるのさと森野は答えた。そして額の汗を拭きながら彼は語る。最近よくモーツァルトを聞くんだ、学のない俺でも教養に触れられるのがネットのいいところだ、俺は交響曲第三十九番に聴覚皮質を傾けていた、学のない俺が曲名をすらっと言えるのもネットのおかげだな、モーツァルトはたくさん曲をつくっている、その九割九分九厘九毛は奴のかわりに悪魔が作曲したものなんだけど交響曲第三十九番はモーツァルト自身が書いた曲なんだ、楽しくて平和な曲だよ、さっきまで俺はいたって平和だった、それでこの曲を聞く気になったんだ、演奏を探すといくらでも貯蔵されているんだがグルジアの楽団の演奏ってのが目についた、それで聞いてみたんだがこれが妙なんだ、脊髄を直に触られているようなデブ女のベリーダンスを見るようなヒヒィと唸《うな》りたくなるような気持ち悪い演奏なんだ、魚が体内で跳ねまわるのを感じながらどこが変なんだろうと思った、普通のオーケストラ編成だし音の細工もしていない、じゃあ何だ、何が変なんだ、俺はじっと見つめた、それでわかった、バイオリンがよぼよぼのジジイなんだよ、全部毛が抜けちゃってる末期癌患者より死にかけのジジイ、俺は直感した、こいつは指揮者より偉い、こいつがこの田舎楽団を支配してるんだ、その構図を理解した途端おぞましい演奏は平和で平和すぎて退屈なものになった、不協和音のパートなんてちょっとだけ容貌が劣る女の吐息みたいだったよ、それは別にいいんだ、俺はとても満ち足りた気持ちになったんだ、理解したからなんだよ何事も支配している奴がいるんだよそれを理解したんだ何事も、なのに曲が終わったらCMになってさ、バケモノ女男が出てきやがった、俺の腹脳のなかで蛙《かえる》が潰れたような感触がしたそれで俺は発狂して飛び上がって目を開けたらあのバケモノがいたんだびっくりして当然だろ。

笹田はきちんと聞きながらチャーハンを食べていた。自分をぶれさせないように玉子、ネギ、グリーンピースを一つ一つ丁寧に口に運んだ。「驚いた理由はわかったけど、こういうのが人気なんだよ。俺だって両性具有の仮想現実アイドルなんてまったく理解できないけど、それは諦めるしかないんじゃないのか。理解できないものが人気だからといって実害があるわけじゃないし。これが世間なんだと思うだけさ」

人気か……、森野は長くなった髪をかき上げながら蛍光灯を見た。それにしてもポグロムは人気出ないな、ダービーを狙う馬ともなればうだつの上がらん競馬ファンが牧場におしかけるものじゃないか、写真撮らせてくださ〜い、仔馬に触っちゃっていいですかあ、とかさ。

ポグロムが勝ち上がるにつれ、そんな訪問客もあるのかなと笹田は考えていたのだが、指摘通り一人も来なかった。ポグロムに関する報道量は多かった。しかし人気があるという話は一向に聞かなかった。強いのに人気が出ない馬というのはいるものだが、ポグロムは異常なほど人気薄だった。ただしエピメテウスも同様であった。ポグロムは悪魔的に強すぎてエピメテウスは病的だった。そのせいだ。

でも安藤なんたらは人気なんだろ、と森野が言った。九〇二だか六一一〇だか。こいつは相当不気味だぜ。

「ポグロムとエピメテウスはそれどころじゃなく不気味ってことだろ」笹田は答えた。縦横高さともに一メートルの立方体にぎっしりと埋まるゴキブリが次々に産み出すタマゴみたいなこいつより我がポグロムといとしのエピメテウスは気持ち悪いのか、ひでえなあおい。

「両性具有が売りの変なアイドルといっても、しょせんはヴァーチャルリアリティだ。実在の生き物とは違うよ」

それは言い訳にならないぜ、このあいだアバター使ってチャットしたんだよ、年ごまかして小学生用のチャットルームに行ったんだ、かわいらしいピンクのスカートの女の子アバターだぜ、それでテクテク歩いたわけだ、誰か話しかけてこないかしらなんて感じで歩いたんだけどみんな話しかけてこない、完全無視シカトされまくり、俺の正体はバレてないはずだ、でもシカト、俺をまったく見ていない話しかけてこない子供たちは俺の存在を百パーセント否定するネット上なのに子供たちは俺の正体に気づいたんだいや気づいてないんだ俺がここにいるってことを。

話題を変えようと笹田は思ったが、思考が脳の核心をツルツルと滑るだけだった。しかし顔をうずめ、唸りはじめた森野自らが、ひらめいたように顔を上げて新しい話題を振った。なあ笹田、人間が幸せかどうかは四年に一度わかるんだ、顔だけ見てすぐわかるんだぜ。

「オリンピック選手だけが幸せなのかい」

違うようるう年さ、一日儲けたなんて顔なら幸せ、なんでこんな会計な日があるんだろうという顔なら不幸せ。

「俺は幸せに見えるか」笹田は聞いた。今日は二月二十九日だ。

憔悴《しょうすい》する眼球で森野は笹田を見つめたが、結局それには答えなかった。そんなことよりサッドソングの配合決めたのか、そろそろ種付けの時期だぞ。

「スーパースピードにしようかなと思ってる。安いわりに勝ち上がり率が高いから……」

本当はフォーレッグズを付けたいんだろ、だが二年連続不受胎だ、さすがに三年連続では牧場が苦しい、世間体も悪い、しかもサイボーグ時代なのにポグロムのせいでフォーレッグズの種付け料は上がっている、ほかの種牡馬に変えるのが当然だ、そこそこの能力で受胎率が高いスーパースピードがいいだろう、でもサッドソングに一番合うのはフォーレッグズだと思っている、違うか。

「お前が全部説明したから俺が言うことは何にもないよ」

したいようにすればいいじゃないか。

「いや、だから……」

世界にとってサッドソングの新しい仔はいるかいないかのどっちかだ、そうだろ、いるかいないかの二択なんだよ、でもなあ、どっちにしたって世界はあり続けるんだよ、生まれたって生まれなくたって関係ないんだよ、だったら好きなほうにしろよ。

「排中律《はいちゅうりつ》だろ。それを採用しない論理学の流派もあるけどな」

論理学なんて知らねえよ、さっき俺の脳が語りかけたんだ、腹脳か自然脳かわかんないけどとにかく俺に告げたんだ、世界にとってお前はいるかいないかのどちらかだ、俺がいても世界はあるし俺がいなくても世界はあるんだだから俺はゼロ存在だ、いてもオーケーいなくてもオーケーな存在、俺もお前も井声も弁務官もみんなそうだ、いてもいなくても構わない存在、馬だってそうだ、いなくても世界は困らない、世界はあり続ける、だったらお前の好きなようにしろよ、生まれたって生まれなくたって構いやしねえんだよ、天気予報士ってのは全員無能だ、有能ならこう予報する、明日は晴れか晴れでないかのどちらかでしょう、百パーセント的中する予報だろ、なぜこういう風に言わないんだ、何か不都合があるのか、どっちだっていいじゃないか。アップセットは偉いよ、あのマンノウォーを倒したんだからな。モミジショウネンは偉いよ、一位入線してから脚を折ったんだからな。でも負けてもよかったんだ。勝ってもよかったんだ。

そこまでしゃべった森野は急にブルッと震え、そして信じられないほどの勢いで吐いた。それはマグマのようだった。吐瀉物《としゃぶつ》は向かいの席の笹田の顔にかかり、チャーハンにもかかった。どろっとしていて、とても臭かった。朝と昼にむりやり食べさせたので、量が多い。鼻から入り込んだ臭気は一万匹の虫を踏み潰したあとのように嫌悪感をもたらした。壮絶に不快だった。そして森野は星が落ちたようにガクッと頭を下げて、そのまま動かなかった。不吉なことを笹田は考えたが森野は息をしていた。風が窓を叩いた。

笹田は顔を拭いてから、眠る森野を抱きかかえ、納屋に連れて行った。軽かった。布団に寝かせ、赤ん坊を見つめる母親のようにじっとそばにいた。さっきよりも森野は痩せた気がした。頬がこけていて、手の甲には血管がとげとげしく浮き上がっているが、髭は濃いのがアンバランスだ。髪の毛が春先の猫のように抜け落ちた。

笹田はふと立ち上がり、扉に鍵をかけて事務所に戻った。蛇口をひねった。二月の水が落下した。顔を洗った。今までに経験したことのない冷たさだった。異常なまでに冷たく、体中に震えがきた。タオルでごしごし擦《こす》った。とにかく今現在、俺は生きてるぞと思った。森野も生きてるぞと思った。世界にとって関係ない存在であっても俺も森野も生きてるぞと思った。笹田はベッドにもぐりこんだ。目をつぶると全身の鼓動が聞こえた。ほら、やっぱり。

占領後、日本の中心は新潟になった。終戦時の首都は長野の松代だったが、政府機能だけの移転であり、中心としての機能を果たしているわけではなかった。東京は空襲と市街戦により被害を負い、二十三区内建築物の六割が消失もしくは機能不全に陥っていた。新潟市が日本監督の地＝首府に選ばれたのは、戦争を無傷でくぐり抜けたことと、ロシア本土に近いことによる。首府になってからの新潟は、集中的な公共事業とウラジオストク・大連の三角貿易により潤った。新潟市の資産は戦前の八倍になり、府全体だと九倍になったが、戦前の東京の三分の一程度であり、復興後の東京と同水準、もしくはわずかに下であった。

新潟駅前は腹推会本部ビルを中心として、戦後に立てられた現代建築が整然と並んでいる。そこから南に一キロほどの場所に行くと、鳥屋野潟《とやのがた》に入る。緑溢れる地域だ。その周辺に公園やスタジアムがあったのだが、首府になってからは官公庁に変わった。ひときわ目立つのが、三十メートルの青い円柱がぐるりと囲む、十階建ての白い立方体の建物だ。日本総管理府である。噴水があり、赤く着色された水が噴き出している。最前線にいるような重武装歩兵が警備に当たっていなければ、美術館に見える。

木立から笹田はこの建物を見ている。新潟競馬場は空港から東にあり、空港に降り立ったとき、競馬場へ直行する気になれなかった。それで今まで行ったことのない総管理府を見てみようと思った。

近くに行ったところで射殺されるわけでもないが、間近で見る気にならないので遠くから眺める。周囲には小学生が二人いるだけだ。フリスビーで遊んでいる。自然に溢れる場所だが、憩いに来る者は少ない。独立を叫ぶ愛国者は今どきごくわずかだが、さりとてこんな場所に平然とやってくる日本人はそうそういない。ただし、フリスビーに興じる子供はとても楽しそうだ。

笹田はぼんやりと建物を見つめる。明確な理由があってここに来たわけではない。彼は競馬場に行くのが怖かった。空港に着いたとき、心のブレーキがかかった。皐月賞という大舞台を前に彼の心はすくんでいた。自分が走るわけでもないのに、空恐ろしい緊張感に襲われた。逃げるように彼は代わりの場所を求めた。競馬場と反対方向の場所を求めた。そして今、大量の血を経てつくられたあの白い建物を見ている。

空は至って青い。

タイムビートの皐月賞以来の新潟の空の青さだ。

人間が憔悴し切るとは、手が冷たくなることだ。体力の低下が氷のような冷たさを引き起こし、それが心にも影響する。驚き、絶望し、死期が近いと感じ取る。

三月に入ってから森野の手は急に冷たくなった。それは老人の温度だった。森野が隣にいると木立にたたずむ笹田は仮定している。彼の想像力を使って、隣に立つ友人を思い描く。同じところにいても、森野はもう同じ風景を見れる状態にない。それが笹田を悲しませる。隣の男は自分と同じものを見ないのだ。あの円柱が、立方体が、別の物体として彼に映し出されるのだ。寒気がする。心臓が寒気を要求している。芯から震える。そして寒いと感じるのは生きているからだ。あの建物は寒さなんて感じない。

笹田は頬をピシャリと打った。森野が死のうが生きようが存在し続ける建物に向かって叫んだ。

ポグロムは勝つ！

びっくりした子供が、赤いフリスビーをあさっての方角に投げた。

中山競馬場が灰燼《かいじん》にまみれてから、新潟、東京、京都、阪神が中央四場になった。中山で行われていたGIはすべて新潟に移された。皐月賞がここの直線コースで施行されるようになった年に全面改装された新潟競馬場は、東京と同程度の規模になった。新潟独自の特徴は幅二百メートルの巨大ターフビジョン、競馬に興味がない奥様向けの、食料品からブランド物まで取り揃えたショッピングスペース、そして芝がないことだ。あるのはダートコースと、設計上二千メートルまで使用できるACTの直線コースだ。皐月賞はこの直線コースで展開される千六百メートルのスピード地獄絵図だ。

パドックで皐月賞出走馬が周回している。単勝一・一倍のポグロムが悪魔的な体で歩いている。好調の馬は光り輝くものだ。ポグロムは黒光りしている。ほかの馬たちもよく仕上がっている。二番人気は単勝二十・四倍の関西馬タザワスター。田沢が調教師と喧嘩して、関西の立花《たちばな》厩舎に転厩していた。ジョッキーは関西八位の石見《いわみ》。急な転厩のため、宮代らすでにお手馬がいる関西の人気騎手に乗ってもらうことができず、追い込みの腕はあるのだが、出遅れ癖があるのでいまいち勝ち星に恵まれない石見に、この逃げ馬が回ってきた。

ポグロムがいなければ、どの馬も勇猛果敢な最高峰のサラブレッドだ。わずかな勝利の可能性を信じて、各陣営は絶望を胸に秘めながら精一杯仕上げたのだ。

周回する馬たちの内側に弁務官の部下がいた。横柄な構えでほかの馬主と談笑している。イリッチは来ていない。井声もいない。井声ファーム生産馬が八頭出ているのにだ。

三月の太陽が人と馬を万遍なく照らす。

競馬場に着いたばかりのジガ一九三六に人々が群がる。

笹田は地下馬道にいた。モニターでパドックの様子を見ている。よりいっそう充実したポグロムを見て、勝てると思った。モニター越しでも悪魔性は伝わってきた。味方であるが、いっしょに酒を酌み交わしたくない軍人とでもいうのだろうか、今から人を殺しに行くようだ。ポグロムの肉体は祝祭だ。祝祭は常に血を要求する。犠牲をつくるためにポグロムは走る。彼は他馬に対し、生存理由がないことを宣告する。

笹田はポグロムに親近感を覚えない。それでも応援するのだ。応援しなくてもポグロムは勝つだろうが応援するのだ。

笹田は情報端末を取り出し、総合通信モードで園川を呼んだ。園川のホログラムが浮き上がった。森野の様子を尋ねると、ソファーにちょこんと座り、いっしょに中継を見ているという。園川が自分の端末を動かし、森野のホログラムがあらわれた。まるで動物園を訪れた子供のようだった。じっとパドックを見つめている。特に変わったところはないか聞くと、うわごとをつぶやくわけでもなく、見てもらったようにパドックのホログラムを眺めているだけだと答えた。ちゃんと見張っててくれと笹田は通信を切った。

「こんちは」

梅岸記者が横に立っていた。

「どうも」端末をしまいながら笹田は答えた。

「昨日からずっと単勝一・一倍ですよ。穴党悶絶《もんぜつ》レースになりそうですな」

「どんな本命馬にも死角はあるものでしょう」

「死角といえば曾根崎ぐらいでは？　あいつとはいわば同期でしてね、私が入社したのとあいつのデビューが同じ年なんですよ。それでよく知っているんですが、最近調子がいいといっても、決して天が味方についた奴じゃない。疫病神が背中に三匹乗っかってるような奴ですよ」

「相変わらず好調なんでしょ」

梅岸は苦い顔で顔を横に振った。「無理な食餌制限をしてるんですよ。筋トレをしつつ食事量を減らす――そんなの長くは続かない。口数が減ったのが無理がたたっている証拠です。口をセメントで塞げたら、という顔をよくしてますよ。そして無茶をしていることを一番よく理解しているのは曾根崎自身です。長続きしないなんて百も承知です。

さして運がよくないことも承知。フォーレッグズのジャンプでダービージョッキーになれたけども、勝ちそうだった馬が転倒したおかげと陰口を叩かれ、その上フォーレッグズは直後に故障発生ですからね。そういう運勢の持ち主です。あいつはもう騎手人生を終わらせるつもりです。悔いのない努力をして、真っ当にダービーを勝って、ついでに三冠も取って、終わり。奴は運より努力だと信じてるんですよ。信じ込もうとしてるんですよ。もっとも、黒節も天運に恵まれっぱなしのジョッキーではなさそうですがね。とにかくダービーの無敗対決が楽しみですよ」

エピメテウスは前日のダービートライアル躍進ステークスに出走し、いつもどおり最後方からの追い込みでダービー出走権を獲得していた。

「グリーンプラネットにちょっかい出しに行ったようですね」と笹田は聞いてみた。

「あのアメリカ人に聞いたんですか。ただの取材ですよ」梅岸は寂しく笑った。「取材といっても取材ごっこですがね。GPと腹推会は同一組織でしょと水を向けてみたんですが、敏腕政治記者じゃないんでわからずじまいでした。それで勘ぐることはやめたんですよ。事実を解明したところで流れは止められない」

「今でも疑っているんでしょ」

「もういいんですよ。殺されたくはないんでね。そういや、あの人アフリカに行くって言ってましたよ。左遷なのか栄転なのか知りませんけど。聞かなかったですか」

「いえ、何にも」

「ふーん」梅岸は奥深い目で笹田を見た。「そんなことより面白い話があるんです」

「何ですか」

「サラブレッドがハムスターになるんです」

「意味がわかりませんが」

「でしょうね。それだけでわかったら、あなた狂人だ」梅岸は今度は楽しそうに笑った。

「ハムスターってタイヤ状の檻《おり》のなかを走るでしょ。競馬会が五年後に球体の競馬トラックをつくるそうなんですよ。そこでハムスターのようにサイボーグ馬を走らせる。ハムスターの檻と違うのは、コースが固定されていること。動かないんですね。つまり、馬が動く。ということは、コースの上部では逆さまに走るわけです。重力なんたらっていう装置で可能らしいですよ。競馬会もなかなかすごいことを考えつくものですな。そういう重力変更技術があるのなら、宇宙に行けばという気がするけれど、それはそれでということで。サーカスみたいで楽しそうだと思いませんか。札幌につくるそうです。そ冬季開催もできる全天候型トラックなんでしょう。屋根がついてるようなもんですからね」

「嘘でしょ」体の中心から呆れ果てて笹田は言った。

「自分に嘘をつくタイプの人間ですが、他人には嘘を言わないようにしてるんですよ」

梅岸は答えた。「どうしようもなく本当のようです。政治家がからまない競馬の話なら私は詳しいんですよ。競馬マスコミなんでね。でも、どうでもいいじゃないですか、嘘か本当かなんて。競馬は今年で終わりなんだから」

本馬場に向かう馬たちが地下馬道にやってきた。二人の前を十八頭のサラブレッドが通り過ぎる。

「競馬を終わらせる馬の登場ですよ」

最後にあらわれたポグロムを指差して梅岸は言った。「生身の馬を死滅させる預言者だ」

十八個の心臓がＡＣＴへ飛び出した。もっとも勢いがよかったのは五番のタザワスターだ。そのまま奥へ切れ込んでいく。若い順番の馬たちは彼に釣られるようについて行く。外枠の馬たちは逆にスタンド側のラチに向かう。二つの集団が形成された。全頭ひとかたまりよりは二手に分かれたほうが走りやすい。外枠のポグロムは手前の馬群だ。スタート直後はスタンドからは遠すぎて、肉眼では見えない。観衆はみなターフビジョンを凝視する。

アブソービングコンクリートターフはスピードが乗りやすいため、馬が前に行きすぎないようにしっかり抑えることが重要だ。しかしあまりに抑え込むと、スピードに乗った先行馬の惰性的逃げ切りを許すことになる。曾根崎はポグロムを外ラチ集団の五番手につけた。タザワスターが統率する内ラチ集団にくらべると若干遅れている。

各馬位置取りを変えないまま八百メートル地点を過ぎた。三十九秒八。ややハイペース。ここからピッチが上がる。観衆の視線がターフビジョンから生身の走る生物へと移行する。

大ロシア賞に求められるのがスタミナなら、皐月賞に要求されるのは全般的なスピードの持続性である。どこまでバテないかを競うマラソンではなくて、トップスピードに乗った競輪やスケートのように、いつまでスピードを保持できるかにかかっている。これがスピード地獄絵図だ。

千メートル地点を過ぎて、集団がばらけてきた。逃げ出す輸送機の乗降口に両手でしがみついただけの兵士が風に煽《あお》られてこぼれていくように、脚の遅い馬が脱落をはじめた。スタミナは残っているが、スピード負けしているのだ。この時点で彼らは無用な存在となった。馬券という立場から言えば、骨折して死んでも別に構わない存在になった。

そのあと、スピードを持続できない者が後退していく。スピードはあるが、持続できないのだ。彼らもまた無価値の存在となった。そのかわり、これ以上苦しむことはない。

千二百メートル地点でスピード消耗戦に残っているのは、内ラチ集団に三頭、外ラチ集団に二頭。スピード競馬用に開発された新路面が、五頭の蹄を前へ前へと弾き出す。まだ走る根気がある者に対し、路面が進み止まないことを強要する。騎手に追われ、路面に追われ、疲労物質で埋め尽くされている脚が前へ前へと回転し続ける。

一気にポグロムが前に出た。スピードの維持ではなく、さらに加速したのだ。内ラチ集団先頭のタザワスターをあっさりと抜き、ゴールへと突き進む。それは人間の古い脳を刺激する走りだ。アルコールは大脳新皮質を麻痺させ、制御されていた本能的欲求を剝《む》き出しにさせるが、ポグロムは直接古層に響く。走るという動物の基本動作そのものだった。彼は勝った。大本命馬があっさり勝つと、場内は当然過ぎる結果に盛り下がるものだ。だが、今日の観衆は口々に叫び声をあげた。それは一人一人違っていた。狼のうなり声、生まれたばかりの赤ん坊の泣き声、精神病患者の独り言、あらん限りの絶叫、暴行される女の悲鳴、チェーンソーの回転音、古臭いエンジン、発情期の牝猫《めすねこ》、人が吐く音、などに似ていた。

勝利騎手インタビューに臨んだ曾根崎は興奮しながら疲れていた。目が見開いているが、表情に精神的疲労があった。会心の勝利でしたねとマイクを向けられた曾根崎は、それがマイクだと認識するのに三秒要した。

「そうだね。強かった。強かったよ。皐月賞は消耗戦でね、ゴール前はポグロムも疲れてたけど、そっからさらに伸びたからね。ほかの馬はスピードの維持で精一杯なのに、ポグロムは隠していた力を出したんだ。俺の予想以上に強い。甘かった。今日は俺が主役になるつもりだったんだけど、負けたよ」

曾根崎は冗談を言っている顔ではなく、本当に敗残者のようだった。それだけ言うと曾根崎はマイクから離れた。インタビュアーは後を追わなかった。彼も疲れていたのだ。コース上で表彰式が行われ、笹田は生産者の台に上った。マスコミが取り囲み、その外側にはスタンドの観衆が十一万。

笹田は目に飛び込むものすべてを凝視する。

故障でもない限りポグロムの勝利は確定だったので、牧場を出る際に、この風景については九割九分発生する未来として笹田は考えた。あまりうれしさを感じないのではと思った。クラシックホース生産者の名誉を得ることはむろん自分の目標であったし、喜びに違いないが、森野の影が心に巣食い、晴れがましい気分にはならないと想像した。年が明けてからずっと彼らは穴の開いた船に乗っていたのだ。沈み行く船のなかに閉じこもっていたのだ。

生産者の笹田、調教師の利根、騎手の曾根崎、そして馬主の座にいつもの部下が立っている。曾根崎はあらぬ方向を向き、利根は賭けに負けたという顔をしている。レースはとっくに終わったというのに、九割ほどの人間がスタンドに残っている。大観衆を前に、笹田は予測とは違い、自負を感じた。利根厩舎に入れなくてもポグロムは勝っただろう、騎乗馬がいない黒節を代わりに乗せても勝っただろう、イリッチが欲しがらなければ田沢の馬として走ったはずだが、もちろん田沢が馬主でも勝っただろう。しかし自分がいなければポグロムは存在しなかった。これは断言できる。この馬をつくったのは自分だ。そしてシベリアの収容所で森野がいなかったら、自分は狂死していたかもしれない。

ふと彼は気づいた。スタンドの所々で喧嘩が始まっていた。どれもひどくゆるやかな喧嘩だった。殴り合いにしろ睨み合いにしろ口喧嘩にしろ、緩慢だった。最終ラウンドの病み上がりボクサーどうしのようだった。暴力を喚起させられた者どうしが根本の体力を削がれた状態で憎しみ合っていた。世界のなかで、この競馬場スタンドだけが時間の流れが違うようだった。それほどにぽわわんとした祝祭だった。

式典が終わると園川から連絡が入り、笹田はすぐに空港へ向かった。森野が消えたのだ。中継を見終わったあと馬が騒ぎ出したので様子を見に行った、放牧中の仔馬が転倒して、まわりの馬たちも驚いて叫び声をあげていたのだが、馬たちが落ち着いてから事務所に戻るといなくなっていた、と園川は泣きながら告げた。今は近所の牧場に連絡していっしょに探している、警察にはまだ連絡していないという。警察呼んだほうがいいですかねとうろたえながら聞く園川に、笹田は必要ないと答えた。

新潟空港に向かうタクシーのなかで、笹田は森野が行きそうなところを考えた。思い当たる場所は飲み屋と元自宅しかなかった。森野と二度行ったスナックは潰れていた。別れた妻にあげた家に連絡した。すでに彼女は園川から聞いていたが、ここには来てないし、私は捜索に協力する気はない、もし来たら連絡すると答えて通信を切った。総合通信モードでかけたのだが、彼女は音声通話に制限した。

空港の待ち時間、笹田はネットを洗った。何か森野が手がかりを残しているのではと思ったのだ。しかし、膨大すぎるネットの海の前に彼はなす術《すべ》がなかった。それでも森野修一《しゅういち》やポグロムといった単語で検索してみたが、何も見つからなかった。空港を行きかう人々は、それぞれの目的のために行動していた。新千歳行きの機体はイリューシン・ネオダグラス三二八だった。席に座ると隣の客からさっき見ましたと言われた。生産者の方でしょ、なんだかすごかったですね。そのとき笹田は気持ち悪くなって吐いてしまい、とても驚かれた。

牧場に帰って敷地内をくまなく探したがいなかった。もうすぐ日付が変わる。捜索に協力してくれた近所に礼を言ってから、園川を帰宅させて事務所に戻った。照明をつけると他人の家に来たような感覚を受けた。テーブルにせよコンソールにせよ、こんなだったかなと笹田は疑問に思う。眼鏡《めがね》をかけたように世界が違う。度が強すぎる眼鏡だ。立っていられなくてソファーに沈み込むと、クッションの下に紙切れを見つけた。ふえはててかれにくえあ、と走り書きしてあった。この無意味な文字列を笹田はコンソールで入力して検索にかけた。すると該当ページが見つかった。それはテキストのみだった。

ふえはててかれにくえあ
そろそろ時間のはずだ
俺は捕まらない
シベリアでお前と最初に話したとき俺が何か言っただろ
このあいだ聞いてきたよな
さっき思い出したよ
ダービー馬をつくろう
たしかそんなセリフだ

記憶の扉が開いた。その通りだった。移送中に他人事のような顔をしていた男が、馬のことになると急にぺらぺらとしゃべり出し、そしてその晩、無名の若者二人が、初めて入った収容所のなかで、ダービー馬をつくろうと誓い合ったのだ。

当時思い描いた風景は、夢物語が現実へと近づいているにもかかわらず、まったく見えなかった。愕然《がくぜん》とする笹田の脳に、今日のポグロムが直撃した。彼に睡眠薬のような睡魔が襲った。


床に転がっていた笹田は、園川に起こされて目が覚めた。もう九時だ。ホースマンとしては昼と同然の時刻だ。起こしてくれるならもっと早くしてくれ、と重たい脳で抗議したが、あまりにも疲れ果てた眠り方だったので起こすのに忍びなかったと園川は答えた。

「でも結局起こしたんだろ」

「実は……」園川は朝にふさわしくない表情で説明した。空胎の繁殖牝馬が一頭いない。そして馬具一式とショルダーバッグ、スコップ、チェーンソーが見当たらない。

「敷地内か他の場所に隠れていた森野さんの仕業としか思えないんですが……」

園川は沈鬱に語った。空胎の肌馬は今年一頭しかいない。サッドソングだ。今年もまた彼女はフォーレッグズの子供を身ごもらなかった。まるでポグロム一頭にすべての力を使い果たしてしまったかのように。

「そうだな」笹田はうなずいた。チェーンソーを持ち出している以上、そうするしかなかった。

「警察に連絡……」園川は恐々と尋ねた。

翌日、牧場から二キロ離れた森林で一頭の牝馬の死体が発見された。その馬は首が切断されていて、頭部がくり抜かれてあった。腹部は縦に裂かれており、これもくり抜かれていた。周囲には内臓が散乱していた。警官が発見したとき、切断された頭と胴体はくっついていた。うつ伏せになっていたので、腹の裂開に彼は気づかなかった。まるで馬肉加工場に馬がのんびりと昼寝をしているようだった。そばに落ちているバッグとスコップとチェーンソーが不釣合いだった。首の裂け目に気づいた警官が、おそるおそる頭を引き剝がしてみると、中に人間の男がすっぽりと入っていて、舌を嚙んで死んでいた。警官が探していた行方不明の腹脳ジャンキーだった。

ダービー前日の昼休み、笹田はピロシキをつくっていた。二年前に弁務官が来たあと、彼はピロシキづくりをやめていた。再びチャレンジする気になった理由は、彼自身よくわからない。

具はエビだ。エビだけ。エビをたくさんギュウギュウにつめこんで、オーブンで焼いた。時間は適当。わりあいにおいしいものが出来上がる気がした。

焼きあがったピロシキを食べてみると、今までで一番おいしかった。園川にも食べさせた。彼はとてもほめた。何度もほめた。


宇宙から見ると果てしなく小さい東京も、地表の人間からすると広大だ。空から地平線から襲い掛かる有象無象の爆薬によって、灰になったこの都市だが、日本人の木造建築DNAは再び東の街を目覚めさせてしまった。ビルが折れ曲がり崩れ去った跡地に、むじゃむじゃとビルが群生する。資産ベースで考えれば戦前の東京には及ばないが、そのときはバブル状態だったので、あの被災は焼畑農業的活性化の役割を果したと考える人もいる。

新潟の都市建設がロシア政府主導だったのに対し、東京の再建は民間主体であった。この日も朝から、東京の全細胞が産み出す熱が厚い皮膚から放出されている。その熱を産み出す人間の活動を一言で表せば、惨めだ。

黒雲が東京を覆っている。アジア大洪水後、東京湾沿いに構築された高さ三十メートルの可動式津波防壁である東京ウォール、熱帯地方的巨大昆虫が跋扈《ばっこ》する新宿御苑《ぎょえん》、サンシャイン120、練馬《ねりま》の畑など、あらゆる東京が黒雲の支配下にある。

黒い東京を巨大な馬が西へ駆ける。家をビルをすり抜けて一頭の巨大な馬が駆ける。広告用のホログラムだ。

調布《ちょうふ》の原っぱで、動物園から逃げ出したような女が、近所の子供たちといっしょにジガ四〇〇〇を飲みながら踊っていた。自分に向かって駆け出してくる馬を見た女は絶叫した。フッキーの姉ちゃん、あれはホログラムだぜと子供たちが笑った。知ってるだろ、今日はダービーなんだよ。

巨大な馬は彼らを実体のない脚で踏み潰し、西へ駆けていった。

東京の中心から離れた府中《ふちゅう》に、十五万の人間が足を運んだ。学生なり外国人なり老夫婦なり、さまざまな構成であるが、みな楽しげではない。まるで義務のイベントに向かうようだ。たとえば、葬式。

府中の空も暗い。しかし雨が降る様子はない。

馬主席の中央にアレクセイ・イリッチがいる。

笹田は無言のまま左隣に座った。右にはいつもの部下、そしてＳＰが二人。

「二年ぶりかね」弁務官が口を開いた。「直に会うのは」

「何年ぶりでも構わないでしょう。どうせ今日で最後だ。あなたは三冠制覇に興味がない。ダービーだけだ」笹田は答えた。

「その通りだ」

ガラス越しに馬が走っている。六レースだ。未勝利のつまらないレースだ。それでも大レース当日は、大観衆のせいでスタンドからさまざまな奇声罵声が飛び交うものだが、この日の平場レースは煙のような声が散発するだけだ。

ＡＣＴを馬が駆ける。マイル戦だ。短距離化、ＡＣＴ化は年々進んでいるが、来年からはその移行がさらに加速する。サイボーグ化にともない、マイル以下に限定されているＡＣＴレースが二千メートルまで解禁になるのが、変則的例外だ。

四コーナーで先頭に躍り出た一番人気馬がそのまま押し切った。馬主席の最前にいた小学生の女の子が歓声を上げげつつ拍手した。

「最後のダービーを自分の馬で終わらせる。それだけが私の希望だ」弁務官が言った。彼は白人だが、肌色が白いというよりは生白く、笹田には見えた。

「たった一頭でダービーを制覇するという奇跡がなされようとしている」

「奇跡的ではあるが、ありえないわけではない」弁務官は言った。「この世は可能性に満ちているのに、その可能性に気づかない、信じない、むしろ自分の狭い了見を根拠に否定しようとやっきになる、嘲笑に熱中する、世界はきわめて限定的だと考えずにいられない。こういう者を馬鹿と呼ぶ」十秒置いて、彼は言葉を続けた。「もっとも、可能性を潰すに値する馬が立ち塞がっているわけだが」

まるで跳び上がるようにはしゃいでいる女の子を祖父らしき人物が制し、ロボピョートルショー見に行こうと言い、逃げるように彼女を連れて部屋を出て行った。

笹田は聞いた。「ポグロムという名にしたのはなぜですか」

「もっともふさわしいからだ」弁務官は答えた。

「なぜふさわしいのですか」

「自分で自分の首を絞める行為だからだ」

「自分というのはサイボーグ化させる競馬会ですか、それともご自身ですか」

「どちらかといえば、私自身だな」

「どういうことですか」笹田は聞いた。

「独りよがりの虚栄を得たかった」弁務官は答えた。「競馬という壮大な茶番に勝利することで、虚栄を摑《つか》むことで、過去の自分を惨殺するつもりだった」

笹田は隣の男が何を言っているのかわからなかった。「権力は虚栄そのものではないんですか」

「私は大統領を目指している」

「それは虚栄の玉座でしょう」

「いや違う」イリッチは言った。「無だ。私利私欲邪念雑念を捨て去ったところに真の玉座が存在する」

「無の政治って何ですか」

「誰のためでもない政治。万人のための政治」

「公平無私な政治ということですか。特定個人の利益誘導ではなく、どこまでも万人の利益にもとづいた政治……」

イリッチは冷たく答えた。「そういうレベルの話をしているのではない。前に進んで進んで進みきった末の無力。これ以上どうしようもない、極限の場所でない場所。からっぽなのだ。無規定。鎖がない。自由。存在のそのもの。存在することのみに規定される存在。存在のあるべき姿は無であり、無とは存在そのものだ。私が目指す政治は無だ。無に至るためには通過点として俗悪が必要なのだ。だから私は一頭の馬の馬主になった」

笹田は意味がわからなかった。「何のことかさっぱりわからない」

「そうだろうな」イリッチはあっさり言った。「私自身がわからないのだから」

「馬鹿にするのはやめてください」

「そういうつもりではない。本心で言っている。無を得るために俗なる有が必要だと私は理解している。しかし無とは何なのかはわからない。認識しているつもりだが、まだ見ていないからな。まだわからないが、今日ポグロムがそれを見せてくれると信じている。扉が開かれるはずだ。いや違うな、彼は見せつけるのだし、我々を扉の中に放り込む。たどり着いた先にある扉の向こう側にだ」

前かがみに座っていた弁務官がゆっくりと上半身を起こし、背を沈めた。

「ところで、君の友人は残念なことになったな」

「なぜそのことを？」吐き出しそうな沈黙のあとで笹田は言った。

弁務官は問いに答えず、正面を見ていた。彼と笹田の間には、流刑地に送る側と送られる側の壁があった。

「腹脳管理府の報告だ」部下が言った。「お前の同僚は二月の段階で保護されるはずだった。しかしポグロムの生産牧場の人間だということに気づいた担当者が、閣下に伺いを立てたのだ。閣下は、大ロシア賞が終わるまでは監視にとどめる配慮を下された。しかし奴は逃亡し、あげくに自殺したというわけだ。しかも訳のわからん方法でな」部下はにっと笑った。「もっとも、フッキーにとっては訳がわかるのだろうがな」

「やっぱり政府が腹脳ジャンキーに関与してたのか」笹田は言った。

「傷害を起こしかねない社会不適合者を取り締まるのは当然だ」部下は平然と答えた。

「だったらなぜ早く捕まえないんだ」

「キャパシティには制限があるのでな。フッキーになったばかりの奴はほっといても構わない」

「要は腹脳データ収集の社会的実験というわけだ」二人の間でじっとしている弁務官に笹田は言った。「競馬の終わりを憂うような態度を取っているくせに、裏ではああいうことをやっている。どうりで積極的に腹脳化を阻止しようとしないはずだ」

「貴様、閣下にその態度は何だ」部下が怒鳴った。

肖像画のように一点を見ていた弁務官が静かに言った。「腹脳は好きではないが、時代の流れであるとは認めている」彼はSPを指差した。「たとえばこのSPの見た目は普通だが、実際はSP用の特殊な腹脳を入れている。周囲の状況を腹脳がスキャンして、自然脳に常時伝えている。私はこうした腹脳の恩恵に与《あずか》っているわけだ。そして諦めている。腹脳化は仕方がない」

部下が話に割り込む。「貴様の同僚は馬のなかで自殺したらしいな。狂人そのものじゃないか。腹脳持ちといっても、一般人とフッキーは違うってことだ」

「彼には彼の訳があったんです」笹田は塞がりそうな喉を無理やりこじ開けて言った。

「彼は競馬に取り込まれた人間です。そこから逃れようとし、失敗し、そして失敗した自分を認め、競馬のなかで死んだ。彼にはきちんとした理由があった。あなたにはバカバカしいことに思えても、彼は真剣だった。真剣にそういう死に方を選んだ。少なくとも私はそう思います」笹田はようやく言い切ると、苦しい息を吐いた。

「訳のわからんことを」

「君はポグロムの調子を見に行きたまえ」イリッチが部下に言った。「調査活動と報告はゆっくりでいいぞ」

弁務官に目を向けた部下は、その冷たい顔を捉えた。

彼は唾液の音をヌチャと立て、不平を顔中の筋肉で押し殺しつつ、馬主席を後にした。

その上で、イリッチはSPを後方に引き下がらせた。

「死に方については聞いてなかった」ちらりと笹田を見てから、イリッチはふたたび正面の一点を見つめた。

「死ぬ瞬間を誰にも見られない胎児のように、彼は死にました」自分を落ち着かせるように笹田は言った。

「なるほど。しかし殺された馬はいい迷惑だな」

「私より話せる相手だったかもしれませんね。彼もあなたも欲求が強く、強すぎる」

「一度その男と話をしてみたかったな」

「サッドソングですよ」

そうか、と言ってイリッチは沈黙に陥った。空は依然として暗い。次のレースの出走馬たちが芝へ駆け出していく。最内がダート、真ん中がACT、外側が芝だ。

「私よりもはるかに欲求が強い男だな」イリッチはようやく口を開いた。「ダービーオーナーになろうと思ったが、馬になろうとは思わなかった」

「馬のなかで死んでも、馬になれるわけではないですがね」

「君はなったと思っているのだろう」

笹田はうなずいた。「なれないものになるのは人生の究極の目的かもしれません。人が死ぬ理由を決め付けるのは当人にとって不正だと思いますが、彼はなったと信じます。いや、彼の内部にサラブレッド的要素があって、種が花に変化するように、潜んだ姿が現実のものになったと言うべきでしょうか。馬のようにいつもどこか遠くを見ている人物だったんですよ。彼は記憶が決壊していた。自分を保つ一貫性を失っていた。なのに彼の根源にあったサラブレッドが、彼をサラブレッドにしたんです。死なせてしまったお前の言い訳だ、結局助けられなかったじゃないか、となじられる覚悟はありますが、それでも私は信じます。彼は希望を達成した。しかし陶酔はなかった。人が歩み続けるように、絶望を背負いながら、終わりへ向かって、着実に、彼は変化を遂げたと思います」

「絶望を伴わない自殺は存在しないのだろうな」

「彼は競馬にしか興味が無かったんですよ。そして競馬に飽きていた。私は違う。そこまで競馬好きではないし、飽きてもいない。だから生きています」

「私も生きている」

「どう生きるのかわからなくても人は生きている。生きていける。自殺する人間はどう死ねばよいのかをわかってしまった。これは確かに言えることではないでしょうか」笹田は言った。

「私はどう生きればいいかわかっている」弁務官は言った。

その返答に笹田は肯定も否定もしない態度で言った。「あなたに会ったらいろいろと聞いてみたかったんですよ。腹脳についてどう思っているのか。腹推会とグリーンプラネットとは何なのか。彼らの一部あるいは全体と関わっているのか。しかし聞くのはやめます。聞いたってどうしようもない。機械化だのエコロジーだのはあなたがたが勝手にやってください。戦争中だって日高の生産者たちは馬をつくり続けたんです。私はホースマンです。もうすぐ競馬は終わります。私は新しい競馬にべったりと張り付いてやろうと思います。倦《う》み飽きるまで」

「不相応な詮索をしないのはきわめて妥当なことだ」弁務官は冷たく言った。

二人はまた無言に戻った。正面を見続けた。ターフビジョンには双子の人間の女が映っている。子供たちの間で人気が出始めているアイドルだという。双子は、火傷《やけど》するように赤いミミズをつまようじで刺して、せわしくはないが次々と口に運んでいる。何も話さず静かに食べ続ける。死んだような顔をした女だが、口が大きく、開くと裂けているように見えた。

双子がそれぞれ用意されたミミズ二十匹を食べ終わると、これからが本番ですと言って、今度はお手玉をしながらミミズを犬食いしはじめた。慌てることなく静かに食べる。若年層を中心に拍手が起きる。食べ終わり、双子が拍手を浴びながら退出すると、ファンファーレが鳴り、レースが始まった。千六百メートルの芝レースだ。先行馬は多いが、逃げ馬が一頭もいなかった。スローペースになるという予測がされていた。実際は、内枠の先行馬二頭が競い合ってハイペースになった。それでも二頭は残り三百メートル地点まで粘ったが、そこでばったりと脚が止まった。中団にいた有力馬三頭がぐっと先頭に躍り出た。直線上で競う三頭は、四コーナーを回り最後の直線に入るとき、三頭ともインを突いていた。今日の芝コースはイン、アウトの荒れ具合が同じだ。ならばインを突いたほうが有利だが、それは周知の事実のため、ジョッキーは皆そこを狙うので、ごちゃつく危険がある。だがペースが速いために馬がばらけ、三頭ともインにもぐり込めた。しかしハイペースはやはり彼らの脚に負担をかけ、余力が無い。伸び切らない。そのうちの二頭は残り百メートル地点で力を喪失した。一頭がどうしようもない状態でゴールに向かう。すると最後方にいた人気薄の馬が、切れる脚ではなくなまくらな刀のような脚で大外から走り込んできて、最後の最後でかわし切った。クビ差だった。

「あの馬たちは青ざめた大道芸人だ」弁務官が言った。「芸人とは精根尽き果て、疲労し、世界の端の壁ぎわに追い込まれているものだ。その狭い空間で彼らはパフォーマンスを見せる。それは知的な肉体作業だ。パントマイムにせよジャグリングにせよ、自らの内奥に潜む態度と経験を肉体に乗せて提示する。追い詰められた状態でだ。彼らは笑うが笑わない。そして一様に疲れきっている。彼らの芸は、足の裏に画鋲《がびょう》を刺して踊る茶番劇だ。茶番を演じる偉大なダンサーだ。悪魔の火で溶かされたような体で、彼は天使のような軽業を演じる。彼はこの世の地獄とあらぬ天国の橋渡しを務める。その行為を偉大と呼ばずして何と呼ぶのか」彼は沈めていた背をゆっくりと持ち上げた。「そうはいっても、大道芸人は芸人にすぎない。王侯貴族では決してない」

弁務官は立ち上がった。「王を見に行くことにしよう」

府中に巣食っていた黒雲の一部がドーナツ状に開き、そこに太陽があらわれたのが午後三時だ。

パドックでは十八頭の優駿《ゆうしゅん》が肉体を揺らせている。

馬は人間を内蔵している。生産者なり調教師なり、関わりあったすべての人間が縦糸横糸として内部で絡まりあっている。父と母も同様であり、遺伝子を通じて無数の人間が蓄積されている。しかし、サラブレッドはそんなことをまったく考えない。彼らにあるのはサラブレッドだという自覚だ。世界中の生物のなかで最も駆けるのに適した存在だという自覚だ。彼らは独立している。

聡明《そうめい》な寡黙さで馬たちが歩く。競馬場におけるサラブレッドは他馬を殺すことで初めて価値を認められる。沖縄やバングラデシュの殺戮競馬でなくても、敗残はサラブレッドとして死だ。

十八頭はすべて孤独だ。静かに静かに自己の役割のみに意識を集中させて歩く。柵外を取り囲む観衆たちも静かだ。彼らは自発的におとなしくしているわけではない。サラブレッドに引きずられている。

地下馬道入り口そばに立つ笹田とイリッチは同じ馬を見ている。母親を殺された馬だ。その馬体は雄大であり風格があり、殺人者の卑俗さを持ち合わせている。細部まで綴《つづ》った肉体の詩だ。馬体重は皐月賞から比べて二キロ減。疲れは見えず、黒光りする皮膚はむしろ好調を示している。単勝一番人気一・五倍。

その三頭後ろに、病院に向かう腰が曲がった老婆のようなエピメテウスがいる。あばらが浮き、腹が巻き上がっている。天使でも悪魔でもなく、ただやつれているだけだ。飢えた狼のように筋繊維だけの存在だ。普段通りのエピメテウスだ。パドック中央のサークル内に陣取る井声信一郎が彼の狂気を見つめている。エピメテウスは井声が所有する狂気だ。井声は普通に立っているのだが、杖《つえ》を使っているようであった。その顔は期待に彩られており、青ざめている。絶望している。絶望が彼のなかのマグマを噴き出させている。ポグロムに次いで二番人気、一・六倍。丁半博打《ちょうはんばくち》にならないオッズだ。三番人気のタザワスターは四十五倍。

とまーれーの合図がかかり、一列に並ぶ騎手が所定の注意を受けたあと、各馬に向かって走り出した。一番精気にあふれた姿をしているのは黒節で、エピメテウスに跨《また》がった彼は世界を操るようだ。反対に苦しそうなのが曾根崎で、馬に駆ける姿には迷いがあった。うつむきながら小走りでポグロムの許に詰め寄った曾根崎は、しかし騎乗すると、気が晴れた。雑念が消散した。ダービーを勝つという一点だけが残った。依然として弱々しいのは確かだが、運命を受け入れるしかないという姿勢がうかがえる。それは勝つということだ。絶望を見据えるということだ。笹田にはそう見えた。

笹田と弁務官の許に利根調教師がやってきた。彼は一言だけ発して立ち去った。

「残念ながら、状態は完璧です」


本馬場入場した十八頭は思い思いに散らばり、返し馬に入った。すでに馬主席に戻っていた弁務官と笹田はポグロムを見下ろしている。興奮するのを恐れて、ジョッキーたちは馬をスタンドから遠ざける中、曾根崎はスタンド前をゆっくり通過させてから軽く気合を付け、ポグロムを駆けさせた。客は沸いた。観衆は三時段階で十六万。敗戦後の入場最多記録だ。外国人観光客が目立つ。ＧＰの旗を振る一団もいる。しかし大衆の歓声はポグロムにとって、何の関係もないことだった。イレ込みとは無縁の闘志のみがあった。始祖ダーレーアラビアンから、いや、馬属誕生以来受け継がれてきた走るという記憶を、ポグロムは操縦する。遺伝が彼を走らせるのではなく、彼が記憶を利用し、彼がDNAに未知のデータを書き込むのだ。一方、黒節は入場してすぐにスタンドからエピメテウスを離れさせた。その様子をやはり馬主席に戻っていた井声が見つめる。彼はエピメテウスしか見ていない。自分がつくりだした狂気しか見ていない。田沢は着物姿の妻に馬についての講釈を垂れている。

笹田はレースシーンを想像した。

ゲートが開き、まず飛び出すのはタザワスターだ。逃げ馬はこの馬のみだ。楽に先頭を取り、他馬は競りかけない。逃げ馬が一頭のみの場合は、それをあっさりと行かせてしまうものだ。外枠なので、他馬をかぶせる形で逃げる。

ペースは平均、ないしややスロー。ポグロムは中団につける。エピメテウスは最後方だ。各馬位置取りを変えないまま、向こう正面を過ぎる。欅《けやき》を越すあたりでペースが上がる。タザワスターとの間隔が詰まる。ポグロムは三頭ほどかわす。最後の直線に入る。ペースが速くないので全馬余力がある。瞬発力勝負だ。タザワスターがまだ逃げている。後続馬と脚色が同じだ。しかし馬群を突き抜けて襲い掛かる馬がいる。ポグロムだ。残り二百メートル地点でタザワスターを抜き去る。そのまま独走かというところで、大外から一頭の馬が矢のように走り込んでくる。エピメテウスだ。驚異的な速力だ。だがポグロムはもう一段階加速する。いくらペースが遅いといっても、それは例年のダービーとくらべればであって、やはりダービーはスピード、スピードの持続性、瞬発力、スタミナの四要素すべてが問われる。ゴール直前では特にスタミナが要求される。にもかかわらずポグロムはさらに加速した。エピメテウスはその桁を超える脚だ。矢のように追い込んでくる。差が縮まる。差が縮まる。時空が捻《ね》じ曲がったかのように差が詰まる。しかしポグロムはアタマ差残った。ペースの遅さが味方した……。

都合のいい想像であることは充分承知であるが、それでも笹田は実現化することを祈らずにいられなかった。自分の名誉のためでなく、死んだ者のために。

相変わらず空は澱《よど》んでいる。風はある。ロシア国旗がたなびいている。しかし雲は動かない。薄汚れた雲がべったりと張り付いている。一箇所だけ開いた穴から、太陽が弱い光を送っている。

スターティングゲート後方に馬が集まり、輪乗りをはじめた。

モスクワから来たオペラ歌手がロシア国歌を独唱した。スターターがあらわれた。観衆に伝染病のようなざわめきが広がった。ブラスバンドがファンファーレを鳴らした。馬がゲートに入る。ダービー出走という特権を得た彼らだ。各馬嫌がる様子なく、素直にゲート入りする。二千メートルの絶望に向けて。

　太陽は再び黒雲に閉じられた。一条のみの陽光が姿を消した。ゲートが開いた。芝へ飛び出す。一頭完全に出遅れた。タザワスターだ。立ち上がったときにスタートが切られてしまったのだ。予想外の出来事に、場内から驚愕の洪水が起きる。誰もが逃げると思っていた逃げ馬の出遅れは、ジョッキーたちに戦術変更をささやいた。あからさまな逃げ馬がいるために、無理して行くつもりのなかった先行馬のジョッキーたちが、誘惑に駆られた。中途半端な競馬をしても二強に勝てない、しかし逃げ馬に絡めば自滅する、その前提が崩れた。ハナを取ろうと前に出て、競り合う形になった。

　ペースが乱れたまま向こう正面を進む。先頭集団は五頭いるが、一団の状態だ。ペースを上げてしまったことを自覚したジョッキーたちが馬を抑え込もうとするが、競り合いで闘志に火がついたサラブレッドは簡単に言うことを聞かない。流れは簡単に止まらない。六百メートル手前で、ようやくムーンキッドがごちゃつく先団から一歩抜け出た。というよりも、他の馬よりも抑えが効かないので前に押し出された格好だ。ポグロムは中団のインにつけている。エピメテウスは馬群の最後方。定位置だ。そのさらに後ろに出遅れたタザワスターがぽつんといる。

　最初の千メートル通過タイムがターフビジョンに表示された。五十六秒四。スタンドがどよめく。異常なハイペースだ。先行馬の馬主が「無理だ」と馬主席で叫んだ。笹田、イリッチ、井声は無言のまま、コーナーを曲がる馬群を見つめる。

三コーナーを回った時点でムーンキッドはバテはじめた。中京競馬のように馬群がいっせいに詰まる。ペースが速いことは全ジョッキーが承知の上であるが、ダービーという舞台が彼らに欲を与える。後方にいたままでは直線で届かない、と彼らを見下ろす欅が語りかける。集団催眠のように、一人の騎手が動くと、横にいる騎手も動いた。曾根崎はインでじっと待機していたが、あわただしい流れに逆らいきれなくなり、手綱を動かした。ポグロムがインをスルスルと上がっていく。エピメテウスはまだ後方で脚を溜めている。

欅を過ぎ、四コーナーを回った。内側にいた馬はそのままインコースに入っていく。ただしペースのせいで団子状態ではない。やはりインを突いたポグロムの前にぽっかりと隙間があった。そこをめがけ曾根崎は手綱を押した。そのとき、先行馬がよれた。消耗しきってバランスが取れなくなったのだ。最内からポグロム側に斜行した。骨折したかのように倒れこむ勢いだった。あわてて曾根崎は手綱を引く。そして強引に外に出し、鞭を使った。

しかし曾根崎は右前方の馬をしっかり見ていなかった。この馬も体力が限界で、よれはじめた。ポグロムと衝突した。皮膚が血を噴き出す。強靭すぎる馬体は軟弱な無価値馬をはね返したが、マイナスであることに変わりなかった。

スピードを殺されたポグロムだが、前が完全に開くと、急激に加速した。スローペースの果ての瞬発力比べのような速度だ。

たちまちに馬群を突き切り、先頭に立った。しかし東京の直線は長い。まだゴールまで三百メートルある。ポグロムは独走する。五馬身、六馬身、七馬身と差が開いていく。青鹿毛の王が肉体の究極点を誇示する。観衆は歓声を上げない。喉が恐怖で詰まっている。

だが、震える観衆の視線は、顔を左に殴られたかのように、アウトコースへ注がれた。空間がそうさせた。脚を溜め込んでいたエピメテウスがどす黒い太陽のように大外から突っ込んできた。誰もが見たことのない脚だった。それまでのエピメテウスを凌駕《りようが》する速度だった。壮絶な勢いでポグロムに迫る。

残り百五十メートル地点で二頭の差は三馬身あった。その馬に気づいている曾根崎は、必死に鞭を振るう。黒節も限界に鞭をくれる。両馬はさらに加速した。扉の先へ加速した。そのとき、ポグロムの左前肢が折れた。馬は転倒した。騎手は投げ出され、柵に激突した。笹田はそのすべてを見た。イリッチもそのすべてを見た。エピメテウスは伸び続けた。そして残り五十メートル地点で右後肢を折った。馬はジョッキーとともに転倒した。井声はそのすべてを見た。

最後方からの競馬で一番余力のあったタザワスターが、消耗しきった馬群を抜き去ってゴールした。レコードタイムだった。田沢と妻が勝った勝ったと喜んだ。

あとがき

世の中、急激に変わるものがあれば、おっさんのあくびのように、何にも変わらないものもある。

さしたる理由がないのに怒濤《どとう》の変化、変化すべき理由があるのに旧態依然の馬耳東風、それが世の中と言われてしまえば、まあそうなのであろう。

コスモスとカオスは人智の及ばぬところで喧嘩をしている。たいていはコスモスが勝ち、ときおりカオスが勝利の雄叫《おたけ》びを上げる。その様を見ることができれば億万長者であるが、人間は争いの痕跡を眺めることしかできない。

数学史において、確率論の誕生は遅い。計算が得意な人は物事を原因で考えようとするが、結果だけを見る作業なんて、拒否反応のあまり、じんましんができるためだ。現在でも、理系に限らず大半の人物はニュートン力学信者だ。

この小説の設定は未来である。見てきたように書いているが、筆者の頭の中を書き写しただけだ。突飛な内容なので、それが実現するとは思っていないけれど、筆者なりに設定の根拠はある。パチンコ玉が右に跳ねるか左に跳ねるか、株価がビンジャーバンドのどこに位置するのか、そんなものは結果を見ないとわからないので、本当に起きる話があるかもしれない。摩周湖オバケランドとか。

芭蕉によると、不易と流行は根が同一であるそうだ。単行本を書いたときから何年も経つが、内容は同じである。筆者の中の流行は変われども、不易は鎮座している。古臭いと思う箇所があったとしても、そういうものだと思ってほしい。

そんなことはともかく、文庫版が世に出るのはＷＩＮ５を見事に当てたあの輝ける瞬間よりもうれしい。当てたことないけど。

杉山俊彦

解説

北上次郎

いきなり私事で恐縮だが、私には『勝手に！　文庫解説』（集英社文庫、二〇一五年）という著作がある。これは、解説を書きたいと思っていても依頼がこないと書くことは出来ない、だったら、勝手に書いてしまえばいいではないかということで、こつこつと書きためた「解説」を一冊にまとめたものだ。何の話かというと、その中に本書『競馬の終わり』を取り上げた項がある。今回が初文庫だから、その段階ではもちろん文庫になっておらず、しかしどうしてもこの小説の「解説」が書きたいので勝手に書いてしまったものだ。

いやはや、本当に文庫になるとは、集英社文庫はホントにエライ！　というわけで、この解説は『勝手に！　文庫解説』に書いたことと一部だぶることをお許しいただきたい。この傑作小説については、他にも何度か紹介文を書いているが、まったく違うことは書けないことを最初にお断りしておく。

さあ、何から語っていこうかと思ったが、とりあえず、「決定版・競馬小説ベスト

10」をまず掲げておきたい。いまから二十年ほど前に決めたベスト10を『勝手に！文庫解説』には収録したのだが、現時点におけるベスト10をかかげておいたほうがやっぱりいいのではないか、と思うのである。以下が現時点でのベスト10である。

①『利腕』ディック・フランシス
②『グランプリで会おう』油来亀造《ゆきかめぞう》
③『あした天気にしておくれ』岡嶋二人《おかじまふたり》
④『輓馬《ばんば》』鳴海章《なるみしょう》
⑤『ジョッキー』松樹剛史《まつきたけし》
⑥『競馬放浪記』新橋遊吉《しんばしゆうきち》
⑦『天皇賞への走路』阿部牧郎《あべまきお》
⑧『サシウマ勝負』石月正広《いしづきまさひろ》
⑨『優駿《ゆうしゅん》』宮本輝《みやもとてる》
⑩『駆けぬけて、テッサ！』K・M・ペイトン

一作ずつに細かくコメントをつけていきたいところだが、長くなるのでここは我慢。それよりも、本書『競馬の終わり』がベスト10に入っていないことについて、触れるべ

きかもしれない。そうなのである。本書はベスト10には入らないのだ。ではなぜ、入らないのか。それが本稿のテーマである。

杉山俊彦『競馬の終わり』は、第10回の日本SF新人賞受賞作である。ちなみにこの賞は第11回を最後に休止となっている。一読して驚き、SF界の事情に詳しい知人に、選考委員に競馬好きの人がいるのかと尋ねたら、いや、いないはずだと言われたことを思い出す。のちに、競馬を知らない友人が、面白かったと本書の感想を言っていたので、競馬を知らなくても十分に面白い小説なのだと納得。阿佐田哲也《あさだてつや》『麻雀《マージャン》放浪記』が、麻雀を知らない人にも面白いように、本書もまた、競馬を知らない読者をもたっぷりと愉《たの》しませるということだろう。しかし、『麻雀放浪記』が麻雀を知っていればもっと面白いように、『競馬の終わり』も競馬を知っていればもっと面白いことは、確実に言えるような気がする。

たとえば、皐月《さつき》賞が新潟の直線一六〇〇メートルで行われていること。その路面が最先端のアブソービングコンクリートターフ（略称はACT）であること——などはその筆頭かもしれない。このACTは、こう書かれている。

「コンクリート状に見せかけた特殊樹脂で、衝撃吸収力にすぐれていながら、強力な反発作用がある。重みがかかったときにぐにゃっとやわらかくなるのだが、反発するときはコンクリートのように硬くなるのだ。略称はACT。これにより、ダートよりも二十パーセント脚の負担が緩和し、芝より二十パーセント速度が増す」

ちなみにダービーは東京二〇〇〇メートル、菊花賞は大ロシア賞と名称を変えて京都二四〇〇メートルで行われている。スピードを求める傾向がどんどん進んでいるためで、現在の競馬を知っている人なら、なるほどと思うだろう。

そうか、なぜ本書がSFなのか、その大前提について紹介するのを忘れていた。小説の舞台となるのが二十二世紀初頭の日本なのである。その時代、日本はロシアに占領されて、日本の首府は新潟になっている。どうしてそんなことになったのか、については本書をお読みいただきたい。とにかく日本は戦争に敗れ、ロシアの支配下にあるとの設定なのだ。皐月賞が新潟で行われているのは中山が戦争で廃墟《はいきょ》と化したからで（ちなみに中山で行われていたGＩはすべて新潟に移行）、中京が関東扱いになったので岡山に競馬場が出来たこと（そこで行われるGＩは、岡山きびだんごステークスだ）、日本プラウダ杯、ウラジオストク市長杯、イタルタス通信杯など、特別競走の名称はロシア色が強くなっていることなど、二十二世紀の日本競馬に関する小ネタがあちこちにちりばめられている。世界的には、石油資源が枯渇して、中東戦争でドバイが破壊されたので、イースター島でワールドカップが行われていることなども、背景にある。

で、どういうドラマが展開するかというと、これがドラマチックである。現一歳馬が四歳になる三年後に、すべての馬がサイボーグ化される、そう決まったのである。ということは、現一歳馬が生身のサラブレッドが戦う最後のダービー世代ということになる。北海道を統括するロシア弁務官アレクセイ・イリッチ（将来のロシア大統領候補と噂《うわさ》されている若きエリート）が、新冠《にいかつぷ》で小さな牧場を営む笹田伸人《ささだのぶと》のところに馬を買いに来るのが本書の冒頭。買いつけたその馬で、「最後のダービー」を勝とうとするのだ。対するは日本最大手のオーナーブリーダー井声信一郎《いごえしんいちろう》。この両者の対決が始まるのだ。スプリングS、皐月賞、ダービーまで、両者の対決はスリリングに続いていくから目が離せない。

まず、ロシア弁務官アレクセイ・イリッチの人物造形が興味深い。この男はサラブレッドのサイボーグ化に反対なのである。「ひどい話だ」と笹田伸人に言ったあと、こう付け加える。「馬をサイボーグ化すれば格段に速くなるだろう。メンテナンスが楽になるだろう。故障した脚を取り替えればよいのだから。しかし、そんなものをサラブレッドと呼べるのか」

だからこそ、生身の馬体で行われる「最後のダービー」を勝ちたいと言うのである。この小説が異彩を放つのは、ロシアに占領された日本の姿を、その現実と風景をほとんど描かないことだ。描かれるのは、そういう時代の競馬がどうなっているか、ということだけだ。だから、読者の想像がどんどんひろがっていく。いったいどうなっているのだろうと。実に巧みな設定といっていい。

その時代のディテールはほとんど描かれないとはいっても、その隙間から零《こぼ》れてくる光景がないことはない。たとえば、函館《はこだて》の五稜郭《ごりょうかく》はロシアの爆撃機に大量に爆弾を落とされたので巨大なクレーターになっていて、その前でロシア人夫婦が写真を撮っていたりすること。日本は植民地とはいえ、ロシア語を強制されないし、副通貨の円の使用率は九九パーセントであること。ただし、月に一回、ロシア国歌を「歌唱所」に行って歌わなければならないこと――こういう光景が随所にかいま見える。

ここでようやく、なぜこの長編が通常の競馬小説ベスト10に入らないのか、という話に戻ることが出来る。本書の最後に出てくることなので、あるいはネタばらしになりかねないところではあるのだが、これを紹介しないと本書の独自性が際立たないので許されたい。読書の愉しみは何が書かれているかにあるのであり、それを割ってはいけない、という方には、ここから先は読まないようにとお断りしておきたい。ここから先は、本書を読了後にお読みください。

本書のラスト近く、新聞記者の梅岸《うめぎし》が笹田に言う箇所に留意。

「競馬会が五年後に球体の競馬トラックをつくるそうなんですよ。そこでハムスターのようにサイボーグ馬を走らせる。ハムスターの檻《おり》と違うのは、コースが固定されていること。動かないんですね。つまり、馬が動く。ということは、コースの上部では逆さまに走るわけです。重力なんたらっていう装置で可能らしいですよ」

このくだりを読んだとき、もしもそうなったら、球体コースにおける勝ち馬の狙い方、なんていう実用書も出るだろうし、私、馬券も絶対に買うなと思った。球体競馬なんて、ホントにいかがわしいけれど、なんだか面白そうではないか。

そして、ようやく気がつくのである。生き物を走らせて、そこに金を賭けること自体がいかがわしいことなのだと。それでも私は好きなのだが、競馬の本質をこのように浮き彫りにする展開は素晴らしい。つまり、この「球体トラック構想」は、現行競馬のいかがわしさを映す鏡であるのだ。こういう「批評」が競馬小説で描かれたことは初めてではなかったか。前記の「競馬小説ベスト10」に入らないのは、このように、これまで書かれた競馬小説とはまったく異なる地点で描かれているからである。だから本書は、永遠のベスト1だ。

（きたがみ・じろう　文芸評論家）

本書は書き下ろし単行本として二〇〇九年一〇月、
徳間書店より刊行されました。
文庫化にあたり、書き下ろしの「あとがき」を加えました。

集英社文庫　目録（日本文学）

集英社文庫　目録（日本文学）

S 集英社文庫

競馬《けいば》の終《お》わり

2017年7月25日　第1刷　定価はカバーに表示してあります。

著　者　杉山俊彦《すぎやまとしひこ》

発行者　村田登志江

発行所　株式会社　集英社
東京都千代田区一ツ橋2-5-10　〒101-8050
電話【編集部】03-3230-6095
【読者係】03-3230-6080
【販売部】03-3230-6393（書店専用）

印　刷　株式会社 廣済堂

製　本　株式会社 廣済堂

フォーマットデザイン　アリヤマデザインストア　マークデザイン　居山浩二

ISBN978-4-08-745611-0 C0193